WUNDERRAUM

Lesen ist ankommen.

Buch

Saint Rhémy, ein Bergdorf im Aostatal, während des ersten Weltkriegs: Die junge Fiamma, die allein in einem Haus im Wald lebt, kennt sich mit Heilkräutern aus. Deshalb bitten die Dorfbewohner sie heimlich um Hilfe, während sie die »Hexe« in der Öffentlichkeit meiden. Der einzige Lichtblick in Fiammas einsamem, kargem Leben ist der junge Raphaël, mit dem sie eine tiefe Freundschaft verbindet. Doch dann empfindet Raphaël Gefühle für Fiamma, die sie nicht erwidern kann. Kurz darauf zieht Raphaël in den Krieg und fällt. Fiamma ist untröstlich, doch ihr Herz gehörte schon immer einem anderen …

FRANCESCA
DIOTALLEVI

Der Wind in meinem Herzen

Roman

*Aus dem Italienischen übersetzt von
Katharina Schmidt und Barbara Neeb*

WUNDERRAUM

Für meine Eltern

Im Mitleid, das nicht dem Hass weicht,
Mutter, habe ich die Liebe gelernt.

Fabrizio De André

Im tiefsten Winter fand ich heraus,
dass ich, tief in mir,
einen unsterblichen Sommer mit mir trug

Albert Camus

Als die Zigeuner noch Vögel waren

Im Anfang waren wir Vögel, wir hatten Flügel und flogen jeden Tag hoch über den Wipfeln der Bäume und den Gipfeln der Berge, um Nahrung zu suchen. Wir waren Vögel, und wenn der Winter kam, zogen wir in die wärmeren Länder. Sobald erste Anzeichen des Jahreszeitenwechsels zu erkennen waren, wenn die Blätter an den Bäumen langsam gelb wurden und Würmer und andere Erdgeschöpfe sich in ihre Höhlen zurückzogen, verließen wir das Land und zogen in ein anderes.

Einmal, als wir lange Zeit nichts zu fressen hatten, kamen wir in eine Gegend, die reich an Getreide war, so reich, wie wir es noch nie erlebt hatten. Wir fielen in diese Felder ein und fraßen uns so satt und schwer, dass wir uns nicht wieder in die Lüfte schwingen konnten. So ruhten wir in dieser Nacht auf dem Boden zwischen Gras- und Getreidehalmen aus.

Am nächsten Morgen flogen wir nicht etwa fort, sondern hörten auf unsere Mägen und fraßen wieder. Wir blieben auf diesem Feld. Mit jedem Tag wurden wir schwerer, wir konnten nicht mehr fliegen und mussten, um von einem Ort zum anderen zu gelangen, auf unseren Beinen hüpfen. Schließlich begannen die Blätter an den Bäumen, sich wieder gelb zu verfärben, die Würmer und die anderen Geschöpfe auf der Erde verkrochen sich in ihre Höhlen, der eisige Winterwind hob an zu blasen, doch wir konnten uns nicht mehr in die Lüfte schwingen.

Das Gras lichtete sich, und die Getreidehalme vertrockneten. Als wir beobachteten, wie die anderen Wesen eifrig hin und her eilten, fingen auch wir an, Körner aus den Halmen zu schütteln, häuften sie auf und schoben sie in Erdlöcher. Die Federn unserer Flügel verkrusteten, verklebten und fielen langsam aus. Allmählich nahmen sie die Form von Armen und Händen an. Und da wir nicht mehr in der Lage waren wegzufliegen, gruben wir Höhlen in Flussufer und Bergflanken.

Wir sind Vögel. Unsere Arme sind zwei Flügel. Jedes Mal, wenn wir ein Gebirge sehen, packt uns der Wunsch, seine Gipfel zu erreichen; aber wir können nicht mehr fliegen, daher müssen wir laufen, wenn wir dort hinaufwollen. Doch eines Tages wird das Volk Kalo, das Volk der Zigeuner, seine Flügel wiedererlangen.

Agape

Die Zugreise war lang gewesen, zuweilen hatte ich gedacht, sie würde nie enden, aber die letzten Kilometer an Bord dieses schäbigen Fuhrwerks, das sich mit etlichen Mühen den Berg hinaufkämpfte, hatten mir endgültig jegliche Kraft geraubt. Ich seufzte, während ich die beeindruckenden Steinriesen betrachtete, die rings um mich aufragten, und umklammerte fröstelnd die Ecken meines Koffers. Obwohl es Juli war, lag die Temperatur hier deutlich unter der, an die ich gewöhnt war. Ich dachte an die drückende Hitze Roms zurück, an das träge Chaos, das in der Stadt herrschte, und an den endlos weiten Himmel, der sich über ihren Ruinen erstreckte. Hier musste er sich seinen Raum gegen die Berge erstreiten, und es kam mir vor, als befände ich mich in einem riesigen Felstrichter. Man sah keinen Horizont; wohin auch immer ich meine Aufmerksamkeit wendete, stellten sich die Silhouetten der Berggipfel meinem Blick entgegen, einige schneebedeckt, andere grün bewaldet.

»Dauert es noch lange?«, fragte ich Bernard, den Mann, der mich vom Bahnhof in Aosta abgeholt hatte und nun das Fuhrwerk lenkte. Er hatte mich bei meiner Ankunft mit einem knappen Gruß bedacht, um danach in düsteres Schweigen zu verfallen.

»Nein, Hochwürden, nicht mehr lange«, antwortete er mit einem seltsamen Einschlag. Mein Französisch war ausgezeichnet, aber im Aostatal, so hatte man mir erklärt, bedienten sich die Menschen des *patois*, und das war mir nicht sehr vertraut.

»Dort liegt das Dorf.« Mein Charon hob einen Arm und deutete auf eine Senke zwischen zwei Bergen, in der ich meinte, eine kleine Ansammlung von sich aneinanderdrängenden Häusern mit einem schmalen, darüberragenden Kirchturm zu erkennen. Ich beugte mich aus dem offenen Fuhrwerk, um besser sehen zu können. Es dämmerte bereits, und der Himmel über den Gipfeln wirkte wie ein großer, in seinen Farben umgekehrter Bluterguss in Tönen von Gelb bis Violett, die demnächst in dunkelstes Blau übergehen sollten. Bald würde die Nacht hereinbrechen, und ich dankte stumm dem Herrn dafür, dass er mich heil und gesund zu meiner neuen Heimstätte geführt hatte, zu diesen Menschen, die ich mir als schlicht und arbeitsam vorstellte, und die zu leiten und im Glauben an Gott zu vereinen meine Aufgabe sein würde.

Ächzend bewegte sich das Fuhrwerk durch die verlassenen Gassen des Dorfes vorwärts. Die Hauptstraße war so eng, dass die Häuser auf beiden Seiten sich einander entgegenzurecken und beinahe zu berühren schienen. Die alte Kirche im klassizistischen Stil wirkte seltsam unpassend inmitten dieser einfachen Häuser aus Holz und Stein. Sie stand auf einem winzigen Platz, der diesen Namen eigentlich nicht verdient hatte, und wurde schier erdrückt von den uralten Gebäuden, deren Fenster auf den Kirchplatz gingen.

Das Fuhrwerk hielt vor der mächtigen Treppe, die zur Kirche hinaufführte. Die Wohnung des alten Pfarrers lag gleich nebenan. Bernard kletterte vom Bock, reichte mir eine Hand, um mir beim Aussteigen zu helfen, dann lud er meinen Koffer ab.

»In den nächsten Tagen wird weiteres Gepäck eintreffen«, informierte ich ihn in der Annahme, dass es seine Aufgabe sein würde, dieses abzuholen. Der Mann nickte nur als Antwort und grunzte etwas Unverständliches dazu.

Wir gingen zur Haustür, und genau in dem Moment, als Bernard klopfen wollte, ging die Tür auf. Auf der Schwelle konnte ich die Gestalt einer jungen Frau erkennen.

»Ach, da seid Ihr ja. Ich habe die Hufe auf dem Pflaster gehört«, sagte sie, öffnete die Tür weit und forderte uns auf einzutreten. Sie trug eine weiße Schürze über ihrem Kleid, die blonden Haare waren zu zwei Zöpfen geflochten, die über den Ohren zu Schnecken aufgerollt waren.

»Willkommen, Hochwürden, es ist mir eine Freude, Euch kennenzulernen. Ich bin Marie, ich kümmere mich um den Haushalt«, stellte sie sich vor.

Die junge Frau wirkte geradeheraus und hatte einen festen Händedruck. Ihr Gesicht war gerötet, und ich nahm an, dass sie gerade in der Küche zugange gewesen war, weil ein köstlicher Geruch das Haus erfüllte. Mein Magen knurrte, wie ich voller Scham bemerkte. Ich hatte seit dem Morgen nichts mehr zu mir genommen, und für einen Mann von meiner Statur war dies ähnlich wie für andere tagelanges Fasten.

»Guten Abend, Marie«, stammelte ich und drehte verlegen meinen Hut zwischen den Händen.

»Wollt Ihr nicht ablegen? Ich zeige Euch dann gleich Eure Unterkunft«, sagte sie.

Marie schien niemand zu sein, der gern Zeit verlor. Sie nahm meinen Mantel und meinen Hut an sich und eilte durch den Flur davon, bei jedem Schritt, den sie machte, bebte ihr üppiger Busen. Ich konnte ihr nur schweigend folgen.

Sie führte mich in ein kleines, anheimelndes Zimmer. Die Wände waren holzgetäfelt, und aus Holz waren auch der Fußboden, das Bett, der Kleiderschrank und die Betbank unter dem Fenster. Ein schlichter, aber wohnlicher Raum, so ganz anders als das, was ich bisher gewöhnt war. Meine Gedanken wanderten zurück zu den hohen Decken der eleganten Wohnung in Rom, in der ich meine Kindheit verbracht hatte, zur majestätischen Pracht der barocken Kirchen, in denen ich mein Studium absolviert hatte. Zu all dem Gold, den Stuckverzierungen und den Heiligenstatuen aus Marmor. Zu den Säulen des Petersplatzes im Licht des Sonnenuntergangs. Es gab eine einzige, eine ganz bestimmte Stelle, von der aus man alle Säulen hintereinander sehen konnte.

Ich schluckte und versuchte, diese Gedanken aus meinem Kopf zu vertreiben. Sie gehörten der Vergangenheit an, Saint Rhémy war nun meine Gegenwart: ein vollkommen anderes Umfeld als das, aus dem ich kam. Es war mein ausdrücklicher Wunsch gewesen, all das hinter mir zu lassen, um beweisen zu können, wie ernst ich meine Aufgabe nahm. Wie stark mein Glaube war. Das wollte ich vor allem mir selbst beweisen, und je härter die Umstände waren, unter denen ich arbeiten müsste, desto mehr würde mein Geist gefestigt.

Marie ließ mich allein, damit ich die wenigen Dinge einräumen konnte, die ich mitgebracht hatte, doch zuvor erinnerte sie mich noch daran, dass das Abendessen in wenigen Minuten auf dem Tisch stehen würde. Ich grübelte kurz darüber nach, wo ich die Dinge, die ich mir aus Rom hatte nachschicken lassen und die in ein paar Tagen eintreffen würden, unterbringen sollte. Es handelte sich vor allem um Bücher. Ohne Bücher fühlte ich mich verloren. Zweifelnd sah ich mich in dem kleinen Raum um. Auf dem Nachtschränkchen neben dem Bett lag eine alte Bibel, die unheilverkündend knisterte, als ich versuchte, sie aufzuschlagen. Offenbar hatte seit Jahren keiner mehr darin geblättert, und so schloss ich sie schnell wieder, da ich fürchtete, die Seiten könnten jeden Moment unter meinen Fingern zerfallen.

Nachdem ich mich kurz präsentabel gemacht und mir die Hände in dem eiskalten Wasser der Schüssel gewaschen hatte, die man mir freundlicherweise hingestellt hatte, ging ich wieder ins Untergeschoss, immer dem Essensduft nach, der das Haus erfüllte.

In dem Zimmer, das wohl der Hauptraum des Hauses sein musste, obwohl es nur von bescheidenen Ausmaßen war, sah ich einen für zwei Personen gedeckten Tisch. In einem Sessel vor dem erloschenen Kamin saß ein Mann, der in eine Decke gewickelt war. Ich war auf der Schwelle stehen geblieben und konnte von dort nur die dünnen weißen Haare erkennen, die auf seinem fast kahlen Schädel wuchsen. Der alte Pfarrer, den ich ablösen sollte, musste schon recht fortgeschrittenen Alters sein. Ein leises Schnarchen drang durch den Raum. Verlegen räusperte ich mich. Ich wusste nicht, wie ich mich bemerkbar machen sollte, ohne ihn zu stören. Zum Glück erschien nun hinter mir Marie, in den Händen ein großes Tablett mit zwei dampfenden Schüsseln und dicken Scheiben gerösteten dunklen Brotes. Sie stellte alles auf den Tisch, während ich nervös meine Finger knetete, dann ging sie zu dem schlafenden Mann und rüttelte ihn sanft an der Schulter.

»Pater Jacques? Es ist Zeit fürs Abendessen, außerdem ist der neue Priester angekommen«, sagte sie ziemlich laut.

Der Mann schrak zusammen, klapperte mit den Lidern und streckte dann eine Hand zur Decke aus, um die Brille aufzunehmen, die ihm von der Nase gefallen sein musste.

»Er ist schon hier?«, krächzte er mit rauer, kehliger Stimme. Dann setzte er sich die Augengläser auf und drehte sich zu mir, um mich eingehend zu betrachten. Er hatte buschige weiße Augenbrauen, eine große Hakennase und blaurot schimmernde Lippen, die so schmal waren, dass sie mehr wie eine Narbe in seinem Gesicht wirkten. »Er ist aber schnell gekommen«, war sein einziger Kommentar, nachdem er mich eine Zeit lang genau gemustert hatte. »Hilfst du mir, Marie?«, fragte er dann die junge Haushälterin. Sie beugte sich über ihn, und es kam mir vor, als würde sie ihn mit ihren kräftigen, wohlgeformten Armen hochheben. Dieser Mann wirkte leichter als ein vertrocknetes Blatt, ein leichter Windstoß hätte genügt, um ihn von den Beinen zu holen. Als er endlich stand und Marie ihm seinen Gehstock gebracht hatte, machte er ein paar unsichere Schritte auf mich zu.

»Dann seid Ihr also Don Agape, der Pfarrer aus dem *Süden*?«, fragte er und sprach das Wort Süden so aus, als wäre es eine Beleidigung. Zumindest kam es mir in dem Moment so vor.

»Ja, Vater. Ich freue mich, Euch kennenzulernen.« Ich trat näher und streckte ihm die Hand zur Begrüßung hin.

Er betrachtete sie einige Sekunden lang mit angewidertem Gesichtsausdruck, dann wandte er sich wieder an die Haushälterin: »Marie, rück mir den Stuhl zurecht! Ich habe Hunger und will mich setzen.«

Marie tat dienstbeflissen, was man so barsch von ihr verlangt hatte. Mit grimmiger Miene setzte Hochwürden Jacques sich zu Tisch.

»Nun, wollt Ihr vielleicht Platz nehmen, Don Agape? Die Minestrone wird sonst kalt, und ich mag sie nicht, wenn sie kalt ist. Dann wird der Käse hart und zäh wie Leim. Schmeckt Euch etwa Leim, Don Agape?«

Eingeschüchtert eilte ich zu Tisch und nahm den Löffel zur Hand. »Nein, natürlich nicht«, antwortete ich und tauchte ihn in die breiige, grünliche Flüssigkeit.

Der alte Mann warf mir einen finsteren, vorwurfsvollen Blick zu. »Zuerst wird gebetet«, sagte er frostig.

Vor Scham wäre ich am liebsten im Boden versunken. Ich legte den Löffel zurück auf die Serviette und faltete die Hände. Don Jacques tat es mir gleich. Er hatte lange, knotige Finger, die wie Vogelkrallen aussahen. Die Haut seiner Handrücken war fleckig und von dünnen bläulichen Adern durchzogen, ein Anblick, bei dem ich unwillkürlich an zum Zerreißen gespanntes Papier denken musste.

»Wir danken dir, Herr, für diese Speise und dass du unseren neuen Pfarrer, Don Agape, heil und gesund zu uns gebracht hast«, sagte er mit seiner kratzigen Stimme, die klang, als würde man mit Fingernägeln über Glas kratzen.

Ich nickte hastig und schloss: »Amen.«

Er räusperte sich. Offensichtlich war sein Gebet noch nicht zu Ende. »Wir hoffen«, fuhr er fort, »dass seine Arbeit in unserer Gemeinde beispielhaft sein möge. Auf dass er uns ein weiser

Führer werde, ein liebevoller Bruder und wenn nötig ein strenger Vater.« Nach diesen Worten hob er ein wenig die Lider und warf mir einen kurzen, sprechenden Blick zu. Seinem Verhalten entnahm ich, dass er nicht das geringste Vertrauen in mich hatte. »Amen.«

»Amen«, wiederholte ich mit einem Seufzen. Alle guten Vorsätze, die mich bis zu diesem Moment erfüllt hatten, schienen sich vor dem herrischen Wesen des alten Pfarrers von Saint Rhémy in Rauch aufgelöst zu haben.

Schweigend begannen wir zu essen. Die Suppe war würzig und schmackhaft, das Brot noch warm und der Wein, den Marie uns aus einem Krug einschenkte, kräftig und vollmundig. Ich war nicht an Alkohol gewöhnt und spürte, wie sich mir im Kopf schon nach einem Glas alles drehte. Hochwürden Jacques schlürfte seine Suppe in kleinen Schlucken, ohne einen Laut von sich zu geben.

Nach einigen Minuten des Schweigens fragte ich mich, ob ich eine Unterhaltung beginnen sollte, um diese drückende Stille zu unterbrechen, die über uns lag wie eine Glocke.

Doch das war nicht nötig, der alte Mann sprach mich an: »Ihr kommt also aus Rom. Denkt Ihr, Ihr könnt Euch an eine so ganz andere Wirklichkeit gewöhnen?«

»Ich wüsste nicht, was dagegen spräche.« Ich spürte, wie eine Hitzewelle mir vom Nacken hochstieg, bis meine Wangen gerötet waren. Am liebsten hätte ich mir mit zwei Fingern den Kragen der Kutte geweitet, um besser Luft zu bekommen.

Der alte Pfarrer legte den Löffel auf den Tisch und wischte sich den Mund mit der Serviette ab. Sein Teller war noch so gut wie voll, und er hatte weder das Brot noch den Wein angerührt.

Ich fragte mich, ob meine Gier unangebracht gewirkt hatte. Es gab bestimmt nur wenige Dinge, die dieser Mann nicht als ungehörig betrachtete.

»Saint Rhémy ist ein kleiner Ort, das werdet Ihr bald merken. Weiter unten im Tal gibt es noch das Dorf Bosses. Die Gemeinden sind 1782 zusammengelegt worden, und kurze Zeit später wurde unsere Kirche errichtet. In Bosses gibt es ebenfalls eine, San Leonardo, mit einer eigenen Gemeinde«, erklärte er mir würdevoll. »Die Kirche von Saint Rhémy ist dem heiligen Lorenzo geweiht. Ein schöner Bau, findet Ihr nicht auch?« Ohne mir Zeit für eine Antwort zu lassen, fuhr er fort: »Natürlich seid Ihr aus Rom ganz anderes gewohnt.«

»Ich finde Dorf wie Kirche ganz bezaubernd«, gab ich zurück und versuchte, mich entgegenkommend zu zeigen.

Marie kehrte zurück, um Pater Jacques beim Aufstehen zu helfen und ihn zu seinem Sessel zu führen. Draußen hatte sich ein kräftiger Wind erhoben. Ich hörte, wie er im Rauchfang pfiff und draußen gegen die Fensterläden schlug.

»Ich glaube … ich glaube, ich werde mich jetzt zurückziehen«, stammelte ich und trat verlegen von einem Fuß auf den anderen. Es war ein langer Tag gewesen, noch dazu über alle Maßen anstrengend.

»Ich erwarte Euch morgen, um Euch die Korrespondenz der Gemeinde zu zeigen. Außerdem wäre es nützlich und gern gesehen, wenn Ihr begännet, das Dorf und seine Bewohner kennenzulernen.«

»Natürlich«, erwiderte ich knapp, ziemlich verärgert über seine besserwisserische Art.

Sobald ich in meinem Zimmer war, setzte ich mich mit dem Gebetbuch in der Hand aufs Bett. Mir fielen die Augen zu vor Müdigkeit, es war kalt, und ich konnte es kaum erwarten, unter die Decken zu schlüpfen. Doch ich zwang mich, auf der Betbank niederzuknien, und faltete die Hände vor dem Gesicht. Ich hatte die Fensterläden offen gelassen, weil ich bei kompletter Dunkelheit ein starkes Gefühl der Beklemmung empfand, und aus dieser Position konnte ich die zahlreichen Sterne erkennen, die am Firmament funkelten. In meinem ganzen Leben hatte ich noch nie so viele erblickt, noch dazu so strahlende. Wenn Gott wirklich dort oben im Himmelreich weilte, musste ich ihm in diesem Moment näher sein als jemals zuvor. Die Bergkämme waren spitze Silhouetten, die sich vor dem tintenschwarzen Himmel scharf abhoben.

»Herr, hilf mir, leite mich bei dieser Aufgabe, mach einen guten Hirten aus mir«, sagte ich leise und dachte dabei an Don Jacques und seine herablassende Art. Er hatte die Dorfbewohner als ehrlich und gottesfürchtig beschrieben, als eine geschlossene Herde, als ob es zwischen ihnen keine Unterschiede geben könnte. Als ob sich in ihren Herzen keine Laster oder Leidenschaften verbergen würden. Oder Geheimnisse. Alle hatten doch Geheimnisse.

Ich vergrub das Gesicht in den Händen. Trotz der Kälte waren sie glitschig vor Schweiß. »Herr, gib mir die Kraft, an meine Entscheidung zu glauben. Zu glauben, dass es die richtige Entscheidung war.«

Yann

Es war fast schon Abend, und das Licht über den Wiesen wurde langsam schwächer. Die Sonne ging hinter den steilen Gipfeln unter, und der Schatten der Berge legte sich dunkel über das Tal.

Ich wischte mir den Schweiß von der Stirn und beobachtete die Tagelöhner, die nur noch schwach mit der Sense ausholten. Ihre Arme hatten nicht mehr den kräftigen Schwung der ersten Tagesstunden. Die Frauen folgten ihnen mit den Rechen und häuften das frisch geschnittene Gras auf. Später, wenn es getrocknet war, würden sie auch dieses binden und dafür die Ernte in kleine Bündel, die *balon*, aufteilen. Ich sah, wie meine Mutter sich die Halme vom Rock schüttelte und meine Schwester Agnés sich stöhnend auf den Stiel ihres Rechens stützte. Unter dem Tuch auf ihrem Kopf quollen zerzauste Haarsträhnen hervor, ihr Gesicht glänzte vor Schweiß.

Bevor es dunkel wurde, mussten wir die bereits gebundenen *balon* eingebracht haben, sonst würde das Heu, mit dem wir unsere Tiere fütterten, durch die Feuchtigkeit der Nacht verderben. Die Luft kühlte sich bereits ab, und innerhalb weniger Stunden würden die Temperaturen stark absinken.

Mit einem Wink lenkte ich die Aufmerksamkeit der Männer auf mich. »Für heute ist's genug. Wir haben gute Arbeit geleistet«, sagte ich und bewegte meine Finger, die von der langen Arbeit mit der Sense schmerzten. Ich spürte auch meinen Rücken wegen der gekrümmten Haltung, in der ich den ganzen Morgen und den größten Teil des Nachmittags verbracht hatte. Der Juli war der arbeitsreichste Monat im gesamten Jahr und das Heumachen eine harte Arbeit. Allein hätte ich die Ernte nie einbringen können, deshalb hatte ich zwei Helfer eingestellt, Saisonarbeiter, die pro Tag bezahlt wurden. Noch ehe die Sonne hinter den Bergen hervorkam, begannen wir mit dem Mähen. Das war die beste Zeit des Tages, dann hatten die Arme noch Kraft und die Sense war scharf.

Mit von der Sonne verbrannter Stirn und schmerzenden Gliedern machten wir uns auf den Heimweg, die Heubündel trugen wir auf dem Rücken. Immer dem Lauf des Baches folgend stiegen wir ins Tal hinab. An einer Stelle, wo das Wasser schäumend ans Ufer klatschte, beugte Agnés sich hinunter, um sich den Nacken und die Wangen zu kühlen.

»Du wirst dir einen Schnupfen holen«, schimpfte unsere Mutter verärgert. Ich bemerkte, dass sie dabei nicht Agnés ansah, sondern die beiden Tagelöhner überwachte.

Agnés hatte die Hände zu einer Schale geformt und trank daraus. Ein Wasserrinnsal lief ihr den Hals entlang, und sie wischte es achtlos mit dem Handrücken weg. Meine Schwester kam allmählich in das Alter, in dem es Zeit wurde, einen Ehemann zu finden, die Männer sahen sie schon auf eine Weise an, die mir überhaupt nicht gefiel. Als ich allerdings versucht hatte, mit ihr über das Thema zu sprechen, hatte Agnés mich mit wenigen Worten zum Schweigen gebracht: »Wen soll ich denn heiraten? Einen alten Kerl? Die jungen sind alle in den Krieg gezogen, da ist keiner mehr im Tal.«

Ihre Worte strömten eine solche Bitterkeit aus, dass ich nicht gewusst hatte, was ich ihr darauf antworten sollte. Denn zu den jungen Männern, die nicht zurückgekehrt waren, nicht einmal als in eine fadenscheinige Fahne gehüllte Leiche, gehörte auch unser Bruder Raphaël.

Raphaël, der an einem sonnigen Tag mit einem Lächeln auf dem Gesicht gegangen war, in der naiven Begeisterung seiner zwanzig Jahre. Die Rabenfeder an seinem Hut hatte tintenschwarz geglänzt an jenem Tag. Dem letzten, an dem ich ihn gesehen hatte.

Sein Verlust hatte ein tiefes Loch zurückgelassen, und ich versuchte, darin zu überleben. Das war schwer, manchmal erschien es mir sogar unmöglich; doch das Leben ging trotz allem weiter, und für mich gab es kein Entkommen.

Agnés hatte dennoch Unrecht. Nicht alle jungen Männer waren fortgegangen. Ich hatte es nicht geschafft. Ich war ein kaputtes Spielzeug, ein Rohstoff, mit dem nichts anzufangen war. Instinktiv ging meine Hand zu meinem linken Bein. Selbst nach all den Jahren schmerzte es noch. Doch mehr als alles andere brannte in mir das Schuldgefühl. Wäre mein Bein gesund gewesen, würde mein Bruder vielleicht noch leben. Vielleicht wäre ich statt seiner gestorben. Alles in allem wäre mir das lieber gewesen.

Wir setzten unseren Weg fort. Der Himmel hatte einen düsteren Lavendelton angenommen und am Horizont war keine einzige Wolke zu sehen. Diese Nacht würde kalt, aber sternenklar sein.

Als wir die ersten Häuser erreichten, war es beinahe dunkel. Aus den steinernen Schornsteinen stiegen Rauchsäulen auf, der eine oder andere wärmte schon das Abendessen auf. Der Bauernhof meiner Familie lag weit entfernt von der Ortsmitte, eigentlich schon am Waldrand.

Sobald wir die Umzäunung unseres Hofes erreichten, ging ich mit den Tagelöhnern zum Stall, um dort die Heubündel abzulegen. Als wir ihn betraten, hoben die Kühe, die wir nicht auf die Alm getrieben hatten, kauend die Köpfe aus den Futtertrögen. Ein stechender Geruch nach Mist vermischte sich mit dem süßlicheren des Heus. Die Luft hier drinnen war lau und angenehm. Ich hatte diesen Geruch schon immer gemocht, wenn ich ihn wahrnahm, fühlte ich mich zu Hause. Wir stellten die Bündel ab, und ich zahlte die Tagelöhner aus.

Beim Verlassen des Stalls löste ich das Lederband, das ich beim Heumachen immer um den Arm trug. Es war abgenutzt, die Lederstreifen waren dünn wie Papier und kurz vor dem Zerreißen. Für das kommende Jahr würde ich mir ein neues besorgen müssen. Ich massierte die gerötete Haut am Handgelenk, dort, wo das Leder gerieben hatte, und holte meine Pfeife aus der Tasche. Vor dem Abendessen gönnte ich mir immer ein wenig Tabak. Das tat ich gern zu dieser Stunde, wenn die ersten Sterne am Himmel leuchteten und ich mich leer vor Erschöpfung fühlte. Lupo, unser Hütehund, trottete hinter mir her, bis er auf einmal stehen blieb, die Ohren aufstellte, misstrauisch schaute und ein tiefes Knurren ausstieß. Ein finsteres Grollen.

Jemand kam den Weg zu unserem Hof herauf. Zwischen den Schatten der Dunkelheit konnte ich kaum etwas ausmachen. Ich kniff die Augen zusammen und versuchte, die Gestalt zu erkennen. Sie war angezogen wie eine Frau, hatte aber die Statur eines Mannes. Als sie näher kam, erkannte ich das schwarze

Gewand, von dem sich der blütenweiße Kragen abhob: Es war der neue Pfarrer.

»Ihr müsst Yann Rosset sein«, sagte er. Sein Atem ging schwer, und er presste sich eine Hand gegen die Seite, die ihn ziemlich zu schmerzen schien.

»Der bin ich«, antwortete ich und runzelte die Augenbrauen.

Er holte ein Taschentuch aus seinem Gewand und wischte sich den Schweiß von der Stirn. »Ganz schön steil zu Euch herauf, nicht?«, sagte er und deutete mit dem Kopf auf den ansteigenden Pfad, den er gekommen war.

»Kommt mir nicht so vor«, erwiderte ich, während ich meine Pfeife stopfte und sie anzündete.

Der Mann wartete ab, bis ich fertig war, dann streckte er mir die Hand hin. »Ich bin Don Agape, der neue Pfarrer.«

Ich drückte sie nicht gerade überzeugt. Natürlich hatte ich gewusst, dass er kommen würde, aber ehrlich gesagt wirkte er auf mich zu jung. Vielleicht war mein Erstaunen auch der Tatsache geschuldet, dass ich bisher nur alte und weißhaarige Pfarrer kannte. Dieser Mann war groß und stämmig, doch seine Hand fühlte sich weich und verschwitzt an und sein Händedruck schlaff. Zudem hätte ich geschworen, dass ich einen Akzent wie seinen noch nie gehört hatte. Er musste von weit her kommen, aus dem Süden höchstwahrscheinlich.

Einer wie der, dachte ich, wird es nicht lange hier in den Bergen aushalten, die gnadenlos und grausam sein konnten gegen Menschen, die sie nicht genug kannten, um sie zu fürchten. Niemand wusste das besser als ich. Ich hätte darauf gesetzt, dass er es höchstens bis zum ersten Schnee aushielt, dann würde seine ganze Begeisterung erstarren wie der Atem zwischen seinen

Lippen, und er würde sich vielleicht einen nicht ganz so lebensfeindlichen Ort wählen, um seine Schäfchen um sich zu scharen.

»Ich mache gerade die Runde durch alle Häuser, um mich vorzustellen«, erklärte der Pfarrer mit einem Lächeln, das ich nicht erwiderte.

»Da werdet Ihr nicht lange brauchen, Hochwürden. Hier oben sind wir nur eine Handvoll Christenmenschen.«

»Ja, ich nehme an, dass ich schon alle kennengelernt habe. Bis auf Euch und Eure Familie.« Er nahm den Hut ab, kratzte sich an der Stirn und setzte ihn wieder auf. Lupo schnupperte misstrauisch am Saum der Soutane, wobei sich der Pfarrer sichtlich unwohl fühlte.

»Lupo, Platz!«, rief ich den Hund hart zu mir. Ich sog einen Mundvoll Rauch ein und stieß ihn langsam wieder aus. Eine durchsichtige Wolke erhob sich in die sich verdunkelnde Abendluft.

»Meine Mutter wird sich freuen, Eure Bekanntschaft zu machen«, sagte ich, nachdem wir eine Weile geschwiegen hatten.

Das schien Don Agape wachzurütteln, der in den Anblick des Tannenwaldes jenseits der Umzäunung unseres Hofes versunken war. »Hier ist es so friedlich«, sagte er leise. »Und so still …«

»Ja.«

Die Leute hier sind genauso still, hätte ich ihm am liebsten gesagt. Niemand spricht mehr als das Notwendigste. Die Leute hier gleichen den hohen Gipfeln, die uns umgeben, sind genauso verschlossen und zäh. Und Ihr seid ein Priester, der nicht von hier kommt und zu viel redet. »Folgt mir bitte ins Haus. Die Frauen werden Euch gern etwas zu trinken anbieten, und wenn Ihr zum Abendessen bleiben wollt …« Ich unterbrach mich mitten im Satz. Mit zusammengekniffenen Augen sah ich zu einer schlanken Gestalt hin, die am Waldrand aufgetaucht war. Sie war kaum zu erkennen, da die Dunkelheit schon die Berggipfel erfasst hatte, aber ich musste sie nicht sehen, um zu wissen, um wen es sich handelte. Sie kam jeden Abend, immer um die gleiche Zeit. Stand dort und betrachtete den Bauernhof, der allmählich vom Blau der Nacht verschlungen wurde, dann drehte sie sich um und verschwand im Wald.

Der Pfarrer hatte bemerkt, dass mich etwas abgelenkt hatte, und richtete seinen Blick auf den Punkt, dem meine Aufmerksamkeit galt. Er musste die Gestalt ebenfalls bemerkt haben, denn er runzelte die Augenbrauen. »Wer ist diese Frau?«, fragte er verwundert.

Ich sah sie an: Die langen zerzausten Haare fielen ihr bis über die Schultern, und auch wenn es jetzt fast ganz dunkel war, wusste ich, dass in ihnen der Widerschein der Flammen war. Ihr schlichtes, an mehreren Stellen geflicktes Kleid bedeckte nicht einmal ihre Knöchel. Bevor sie im Schatten der Bäume verschwand, neigte sie kaum merklich den Kopf, und ich umklammerte meine Pfeife so fest, dass meine Fingerknöchel weiß hervortraten. Ich hätte sie gern davongejagt, so wie man es mit einem wilden Tier tut, hätte ihr gern gesagt, wie sinnlos und unerträglich es war, dass sie jeden Tag hierherkam. Stattdessen blieb ich wie jeden Abend stehen und beobachtete sie, bis sie sich umdrehte und zwischen den Bäumen verschwand. Nur das Rauschen der Blätter an den Zweigen füllte nun die Stille der Nacht.

»Niemand«, sagte ich als Antwort für den Pfarrer, doch meine Augen waren immer noch auf die Stelle gerichtet, an der sie bis eben gestanden hatte. »Das ist niemand.«

Fiamma

Wilder Knoblauch, Wermut und Stängel von der Engelwurz, auf deren Wurzeln ich bis zum Herbst würde warten müssen. Mein Korb quoll förmlich über vor Kräutern.

Die Blüten der Kamille musste man abends an trockenen Tagen sammeln. Ich knipste die Köpfchen mit den Fingernägeln von den Pflanzen ab und bewahrte sie in meiner Handfläche auf. Der Duft, den sie verströmten, hüllte mich ein und stimmte mich heiter.

Mit dem Korb unter dem Arm stieg ich am Bach entlang hinauf zum Wald. Inzwischen war es beinahe dunkel, aber ich brauchte kein Licht, um mich zurechtzufinden. Ich kannte jeden Weg, jeden Stein, jedes Stück Baumrinde. Ich war dort oben geboren, zwischen den Rottannen und den Birken. Seit neunzehn Jahren war dieser Wald mein Zuhause.

Die Hütte tauchte aus den Schatten der Nacht auf. Auf den ersten Blick wirkte sie verlassen, die grauen Steine waren mit Moos bewachsen, und auf dem Dach fehlten einige Ziegel. Die Holztür knarrte, als ich sie öffnete, und ein intensiver Duft nach getrockneten Blüten und wilden Beeren kroch in meine Nasenlöcher. Ich stellte meinen Korb auf einem Schemel ab und zündete die Öllampe an. Ein schwacher Lichtschein spiegelte sich in den Holzbalken der Decke und auf dem Boden aus festgestampfter Erde wider. An Annehmlichkeiten war ich genauso wenig gewöhnt wie daran, Gesellschaft zu haben.

Das Haus, in dem ich nun allein wohnte, seit meine Mutter vor zwei Wintern gestorben war, war klein und ungemütlich, aber ich hätte an keinem anderen Ort leben können. Der Wald war die einzige Welt, die ich kannte, der einzige Platz, an dem ich mich sicher fühlte. Ich war an die strengsten Temperaturen gewöhnt und hätte nie auf die Freiheit verzichtet, die mir dieses Leben gewährte.

Und doch lastete manchmal die Einsamkeit schwer wie ein Stein auf mir, besonders seit er fortgegangen war.

Ich kuschelte mich in den durchgesessenen Sessel, die einzige Sitzgelegenheit in der Hütte. Ich hatte ihn in der Nähe des Dorfes gefunden, er musste jemandem gehört haben, der beschlossen hatte, sich seiner zu entledigen, ihn aber nicht verbrannt, sondern einfach am Waldrand fortgeworfen hatte. Es hätte auch ein Geschenk für mich sein können, aber da war ich mir nicht sicher. Ich hatte bis zum Abend gewartet, ehe ich ihn doch unter einigen Mühen zur Hütte schleppte. Nun hatte ich mich darin zusammengerollt und starrte ins Feuer, das sich in den Rindenstücken festsetzte, die ich ihm hingeworfen hatte. Ein warmer Duft nach Pilzen hatte sich im Raum ausgebreitet, und auf den Holzstücken im Feuer hatten sich Blasen aus Harz und Feuchtigkeit gebildet. Die knackenden Flammen verbreiteten eine schwache Wärme.

Ich lehnte die Stirn gegen die Knie und seufzte. Wie jeden Abend war ich bis zur Umzäunung des Rossetschen Bauernhofes gekommen und hatte nicht den Mut gefunden weiterzugehen. Seit der Schnee im April geschmolzen war, tat ich nichts anderes, als immer wieder dorthin zurückzukehren, wo ich schon einmal gewesen war. Ich wusste, dass es keinen Zweck hatte, dass sie mich höchstwahrscheinlich wegjagen würden, ohne mich anzuhören. Dennoch hatte ich das Gefühl, dass ich es ihnen schuldete, da sie Raphaëls Familie waren, und Raphaël war der einzige Freund, den ich jemals gehabt hatte.

Ich schloss die Augen und sah mich einen Moment als kleines Mädchen wieder.

Meine Mutter hatte eine Stimme wie ein Engel, und wenn sie mich mit in den Wald nahm, damit ich ihr half, Kräuter, Pilze und Beeren zu sammeln, stimmte sie Lieder an, die sich in meiner Erinnerung mit tausend anderen Geschichten vermischt haben. Balladen, Schicksale von Unvorsichtigen, die sich auf den Berg gewagt hatten, ohne zu wissen, dass er grausam und unerbittlich sein konnte demjenigen gegenüber, der erkennen ließ, dass er ihn nicht genügend kannte. Die Reisenden in diesen Legenden verirrten sich zwischen den Bäumen und im Schnee, oft begegneten sie Waldgeschöpfen wie Feen, Gnomen und Kobolden, recht widerspenstigen und respektlosen Wesen. Wenn meine Mutter sang, hörte ich ihr wie gebannt zu und stolperte dabei oft über meine eigenen Füße. Sie selbst kam mir vor wie eine dieser Waldfeen mit ihrer extrem langen Haarpracht und der durchscheinenden Haut.

Es sollte noch einige Jahre dauern, bevor ich bemerkte, dass es außerhalb des Waldes eine ganze Welt gab, die uns mied und uns fürchtete. Die Dorfbewohner bekreuzigten sich, wenn sie uns begegneten, das Wort »Hexe« machte die Runde, niemand wagte es, sich uns zu nähern. Doch wenn der Abend hereinbrach, klopften sie an unsere Tür, die Gesichter im Schatten der Dunkelheit, damit man sie nicht erkannte. Sie fragten nach etwas, was sie Zaubertränke nannten, dabei waren es doch nur ganz einfache Kräuteraufgüsse. Asthma, Rheumatismus, Verdauungsprobleme, Schlaflosigkeit, Entzündungen ... Meine Mutter wusste, wie man jedes Leiden heilte. Als Bezahlung brachte man uns Brot, Obst, Milch, Eier und Wolle. Sie legten alles vor die Tür und blieben nie länger als unbedingt notwendig.

Als Kind fragte ich mich, warum die Leute alle so einträchtig zusammenlebten, während wir dort oben ganz allein wohnten und nie mit jemandem redeten. Die wenigen Male, die ich es gewagt hatte, meine Mutter danach zu fragen, sagte sie mit einem nachsichtigen Lächeln: »Die Leute können böse sein, Fiamma. Hoffentlich erspart dir das Schicksal diese leidvolle Erfahrung.«

Sie glaubte fest daran, dass der Wald uns alles gab, was wir brauchten. Schon vor Jahren hatte sie sich für dieses Leben entschieden, ohne mir je zu erklären, warum, und ich hatte sie nie etwas gefragt. Sie war eine liebevolle und mich umsorgende Mutter. Vergewisserte sich ständig, ob ich genug zu essen hatte, ob ich warm genug angezogen war, wenn der erste Schnee kam, und dass ich nicht zu nah am Bach spielte.

Aber ich sehnte mich nach einem Freund und wollte den nicht länger in den Steinen, den heruntergefallenen Tannenzapfen und den Umrissen der Berge suchen, unbelebten Objekten, denen ich mit meiner Fantasie Leben einhauchte.

Dann kam eines Tages Raphaël zu uns herauf.

Mutter hatte mich allein gelassen. Sie war schon vor Sonnenaufgang mit ihrem Sammelkorb und dem dick in ein Tuch eingewickelten Messer zum Schneiden der Stängel aufgebrochen. Sie stieg hoch hinauf, um dort jene Pflanzen zu schneiden, die, genau wie wir, Gesellschaft lieber mieden, so wie Enzian und Beifuß. Sie hatte mir eingeschärft, ich sollte mich nicht vom Haus entfernen, weil sie fürchtete, ich könnte mich verirren oder versehentlich ins Dorf laufen. Dieser Ort jagte ihr mehr Angst ein als alles andere auf der Welt.

Da ich nicht gerade wagemutig war und mich mit dem wenigen begnügte, was ich hatte, setzte ich mich auf die Lichtung in der Nähe unserer Hütte. Tilli und Justine nahm ich mit, die einzigen Puppen, die ich je besessen habe. Meine Mutter hatte sie mir aus abgelegten Kleidern genäht, sie waren mit trockenem Laub gefüllt und hatten Haare aus fettiger Wolle. Mit sechs war ich noch zu klein, um solche Dinge zu bemerken, vor allem hatte ich keine Vergleichsmöglichkeiten. Wenn ich spielte, waren die Puppen immer Mutter und Tochter, die einzige Beziehung, die ich bis dahin kannte.

Es war ein warmer Morgen Ende Mai, und die milden Sonnenstrahlen strichen durch die Zweige. Im Wald schien es still zu sein, doch wenn man genau hinhörte, konnte man die vielen leisen Geräusche bemerken, die die Luft erfüllten. In mein Spiel vertieft, vollkommen beschäftigt damit, mich an die täglichen Ermahnungen meiner Mutter zu erinnern, die Tilli dann an Justine weitergab, hörte ich ihn nicht kommen. Als ich den Schatten sah, der sich lang vor mir erstreckte, war er schon zu nahe, als dass ich hätte weglaufen können. Ich erstarrte und hob nur ein wenig den Kopf.

Vor mir stand ein schmächtiger kleiner Junge mit einem dichten weizenblonden Haarschopf und ein paar Sommersprossen auf der breiten Nase. Er sah mich neugierig an, doch in seinem Blick lag weder Furcht noch Bosheit.

Dies war nicht meine erste Begegnung mit einem anderen Kind. Die Bauernjungen wagten sich oft in den Wald, immer nur in kleinen Grüppchen zu dritt oder zu viert, und suchten nach mir. Ich hatte inzwischen gelernt, ihnen aus dem Weg zu gehen, und wenn ich sie kommen hörte, versteckte ich mich zwischen den Bäumen oder schloss mich in unserer Hütte ein. Beim ersten Mal war ich jedoch neugierig gewesen und hatte sie herankommen lassen. Sie hatten geschrien und mir Dinge an den Kopf geworfen, die ich nicht verstand, jedenfalls nicht so richtig, und einer hatte zwischen den Blättern auf dem Boden nach einem Stein gesucht, um nach mir zu werfen. »Hexe, Teufelstochter, Schandweib« waren nur ein paar der Worte, an die ich mich erinnere. Mit der Zeit sollte ich lernen, alles an mir abgleiten zu lassen und sogar Mitleid mit ihnen zu haben, weil sie mich nur beleidigten, um die Furcht abzuwehren, die meine Mutter und ich ihnen einjagten. Als würde es uns zu bösartigen, gefährlichen Menschen machen, dass wir fern von allen im Wald lebten und die Geheimnisse der Pflanzen und Kräuter kannten. Ich habe nie begriffen, warum Menschen abergläubisch sind.

Doch an dem Tag, als Raphaël auf der mit Tannennadeln bedeckten Lichtung auftauchte, konnte ich nicht fliehen. Reglos blieb ich vor ihm sitzen und sah ihn erschrocken an, erstarrt wie ein Tier, das der Jäger aufgespürt hatte. Ich ließ meine Puppen fallen und zitterte plötzlich am ganzen Leib, während meine Augen sich mit Tränen füllten. Er musste es bemerkt haben, denn er streckte seine Hände vor sich aus: Sie waren leer, nichts lag darin, womit er mich hätte verletzen können.

»Ich wollte dich nicht erschrecken«, begann er vorsichtig.

Ich sah ihn weiter misstrauisch an, während ich auf dem Boden hockte und überlegte, wie lange ich wohl brauchen würde, um aufzustehen und wegzurennen. Wahrscheinlich zu lange. Der Junge schien älter zu sein als ich und hatte auf jeden Fall die längeren Beine.

»Ich heiße Raphaël Rosset«, sagte er dann und kauerte sich auf seine Fersen, damit er auf gleicher Höhe mit mir war. »Ich wohne in dem Bauernhof am Waldrand. In dem großen Steinhaus, das man von hier sehen kann«, fügte er hinzu und deutete auf einen Punkt zwischen den Bäumen. Ich wollte ihn nicht aus den Augen lassen, da ich fürchtete, er würde mir gleich einen üblen Streich spielen, wenn ich nicht aufpasste, deshalb sah ich nur flüchtig hin. Eine dünne Rauchsäule erhob sich zwischen den Tannen etwas weiter unten im Tal, sie kam aus dem Schornstein des Hofes, den der Junge mir gezeigt hatte.

Als ich mich wieder ihm zuwandte, um ihn grimmig anzustarren, bemerkte ich überrascht, dass er jetzt vor mir saß. Er hatte die Beine überkreuzt und wirkte keineswegs beunruhigt.

»Und wie heißt du?«, fragte er mich.

Es dauerte eine Weile, bis ich mich entschloss, ihm zu antworten. Ich war sechs Jahre alt, und es war das erste Mal, dass jemand anderes als meine Mutter oder ihr Freund Lucien mit mir redete.

»Fiamma«, sagte ich nach einer kleinen Pause. »Nur Fiamma«, erklärte ich, weil mir einfiel, dass er sich mit zwei Namen vorgestellt hatte.

»Fiamma, natürlich«, sagte er lächelnd, und ich bemerkte,

dass ihm einige Zähne fehlten. Ich glaube, dieses Lächeln überzeugte mich, dass er nicht böse war. Jemand mit einem so warmen Lächeln, das gleichzeitig ebenso wenig perfekt war, konnte einfach nichts Böses im Sinn haben. »Du heißt Fiamma wegen deiner roten Haare, stimmt's?«, fragte er und richtete seinen Zeigefinger auf mich.

»Ja«, log ich ihn an. Eigentlich wusste ich das selbst nicht so genau. Ich war mit einem Schopf kupferroter Haare auf die Welt gekommen. Mit der Zeit waren sie dunkler geworden, hatten sich zu einer dichten Lockenpracht entwickelt, die an die Flammenzungen eines Kamins erinnerte. Meine Mutter hatte blonde, glatte Haare, deshalb nahm ich an, dass ich diese Löwenmähne von meinem Vater geerbt hatte, aber ich hatte keine Ahnung, wer er war.

»Darf ich ein paar davon haben? Von deinen Haaren, meine ich«, sagte Raphaël jetzt für mich völlig überraschend.

Ich runzelte die Augenbrauen und versuchte zu ergründen, was sich hinter dieser scheinbar absurden Forderung verbarg. »Wozu brauchst du meine Haare?«

Er zuckte mit den Schultern. »Die anderen Kinder glauben nicht, dass ich mutig genug bin, allein hierherzukommen. Ich will ihnen beweisen, dass sie unrecht haben. Deshalb brauche ich eine Locke von dir, um ihnen zu zeigen, dass ich dir wirklich begegnet bin.«

Ich machte ein finsteres Gesicht. »Die Kinder aus dem Dorf hassen mich. Sie nennen mich Hexe. Was ist eine Hexe?«, fragte ich ihn und nutzte so seine Anwesenheit, um die Fragen zu stellen, auf die meine Mutter nur ausweichend antwortete.

»Hexen sind alt und böse. Und hässlich. Du siehst nicht wie

eine aus.« Er hatte einen Tannenzapfen vom Boden aufgehoben und drehte ihn in der Hand. »Wie ist das so, im Wald zu wohnen? Mir würde das gefallen, aber mein Vater sagt, gute Christenmenschen können nicht wie Wilde leben.«

Nun zuckte ich mit den Schultern. Ich hatte das Leben, das ich führte, nie infrage gestellt, der Wald war mein Zuhause. Nur eins bekümmerte mich daran, und während ich diesen mageren Jungen mit dem zerzausten Haar, den aufgeschürften Knien und den roten Wangen ansah, beschloss ich, auch etwas für mich dabei zu gewinnen: »Wenn ich dir eine Locke von meinen Haaren gebe, wirst du dann mein Freund?«

Und schon war da wieder dieses Zahnlückenlächeln. Er streckte mir die Hand hin, vielleicht etwas zu hastig, woraufhin ich zusammenschreckte. »Abgemacht!«, rief er begeistert aus.

Ich hockte einfach da und sah verblüfft auf seine langen, schmalen Finger und die Handfläche, die schon Spuren der harten Arbeit auf dem Bauernhof aufwies.

»Du musst sie nehmen, wenn du willst, dass unser Handel gilt«, ermahnte er mich leise.

Schüchtern legte ich meine kleine Hand in seine und stellte überrascht fest, wie warm sie war.

Mit der Zeit sollte ich merken, dass Raphaël immer warme Hände hatte, selbst wenn es kälter wurde und einem der Atem auf den Lippen gefror. Und mir sollte bewusst werden, dass Raphaël an diesem Tag, dem Tag, an dem unsere seltsame Freundschaft begann, die ihm bei seiner Familie und im Dorf etliche Scherereien einbringen würde, genauso einsam war wie ich. Die Haarlocke, die ich mir für ihn mit seinem Taschenmesser abschnitt, das er mir beinahe ehrfürchtig hinhielt, machte ihn bei den anderen Kindern nicht beliebter. Eher das Gegenteil war der Fall: Sie beschuldigten ihn, er hätte sich von mir betören lassen, und sagten, ich hätte ihn mit meinen bösen Zaubern verhext. Deshalb wandten sie sich noch mehr von ihm ab, und er suchte Zuflucht im Wald, wo ich bald ungeduldig auf ihn wartete und darauf brannte, gemeinsam mit ihm herumzulaufen und zu spielen.

Raphaël, der beste Freund, den ich je gehabt hatte. Und der einzige.

Mit schmerzenden Gliedern stand ich aus dem Sessel auf. Ich war eingenickt und hatte das Feuer ausgehen lassen. In der Hütte herrschte inzwischen Dunkelheit. Ich wich den Gittern aus, die ich auf dem Boden zum Trocknen der Kräuter und Blüten ausgelegt hatte, und ging zum Fenster, wo ich die Läden weit öffnete. Eine schmale Mondsichel hing über den Baumgipfeln. Die Berge waren dunkle, reglose Schattengestalten. Mein Atem verdichtete sich zu einer bläulichen Wolke, die langsam aufstieg und sich in der Nacht verlor.

Gestern Abend, als ich in der Nähe des Rosset'schen Hofes aus dem Wald getreten war, stand dort Raphaëls Bruder vor dem Haus. Er redete mit einem Mann, den ich noch nie gesehen hatte und der seiner Kleidung nach der neue Pfarrer von Saint Rhémy sein musste.

Ich dachte an Yann, an die verächtlichen Blicke, die er mir zuwarf. Seine grimmige Miene konnte ich selbst aus der Ferne erkennen. Er würde mir nicht mehr erlauben, mich ihm zu nähern, nie mehr, das wusste ich. Und eigentlich hätte ich das, was ich ihm zu sagen hatte, auch für mich behalten können, wie ein ewiges Geheimnis. Denn Raphaël war zu mir gekommen, als der Krieg vorbei war. Ich hatte ihn gesehen.

Es war ein kalter Januartag gewesen, dichter Nebel hatte die Berge eingehüllt. In diesem milchig-trüben Dunst hatte ich ihn gesehen, unweit der Lichtung, auf der wir uns zum ersten Mal begegnet waren. Er lief zwischen den eisverkrusteten Bäumen hindurch, in einer schäbigen, fleckigen Soldatenuniform, mit einem verbeulten Helm.

Er wirkte verwirrt, während er da so umherging. Und auf dem Schnee hinter ihm waren keine Fußspuren zu sehen.

Agape

Die Martins, die Jotaz' und als Letzte die Rossets«, sagte ich, während ich mir eine großzügige Schicht Butter auf eine Brotscheibe strich. Die Butter war gelb und cremig und schmeckte wie Sahne. Ein früher Sonnenstrahl traf die Messerklinge und warf den Lichtschein auf Pater Jacques' Gesicht zurück, der mir mit geschlossenen Augen und auf dem Tisch verschränkten Händen zuhörte. Ich berichtete ihm gerade von den Besuchen, die ich am Vortag den Familien des Dorfes abgestattet hatte, und er nickte von Zeit zu Zeit, obwohl ihn andere Gedanken zu beschäftigen schienen.

»Oh ja, die Rossets. Brave Leute.« Er nickte erneut, hob die Lider und schickte einen kurzen Blick aus dem Fenster. Oben auf den Bergen glitzerte der Schnee im Licht der Sonne. »Henri Rosset kümmerte sich darum, den Weg zum Pass in Ordnung zu halten, er hat uns im Jahr 1911 verlassen. Der eine Sohn ist ihm wenige Jahre später gefolgt. Der Krieg.« Er sagte es so, als widerte ihn dieses Wort an, und sicher war dem auch so. Der Krieg hatte das Gleichgewicht in dem kleinen Ort aus den Fugen gebracht, in dem seit Jahrhunderten die Menschen zur Welt kamen und starben, ohne sich je aus dem Schatten fortzubewegen, den der Berg über diese Handvoll einsamer Seelen warf.

Pater Jacques konnte sich nicht damit abfinden, dass er einige der jüngeren Mitglieder seiner Gemeinde verloren hatte. Schafe, die nie mehr zu der Herde zurückkehren würden, welche er mit unerbittlicher Hartnäckigkeit zusammenzuhalten entschlossen war. Er schüttelte den Kopf, als müsste er einen unangenehmen Gedanken vertreiben. »Im Oktober wäre er einundzwanzig geworden«, fügte er hinzu, während er grimmig auf seine Handrücken starrte.

»Niemand sollte mit zwanzig sterben«, sagte ich und schluckte den Bissen Brot hinunter, an dem ich gerade kaute. Plötzlich kam mir das Essen, das mir bis vor wenigen Minuten herzhaft und köstlich erschienen war, ungenießbar vor.

»Es ist nicht unsere Aufgabe, über das Werk des Herrn zu urteilen. Er gibt und nimmt nach einem Plan, den zu kennen uns nicht gegeben ist«, sagte der alte Pfarrer und schob sich die Brille auf seiner langen Hakennase zurecht. Seine Augen waren kalt. Ich zwang mich, den Blick auf die Tasse mit Milch zu senken, in der die inzwischen durchweichten Brotstücke schwammen. Mir war der Appetit vergangen.

»Und Yann Rosset?« Ich schob einige über den Tisch verteilte Krümel zusammen. »Mir ist aufgefallen, dass er hinkt. Eine Kriegsverletzung?«, erkundigte ich mich weniger aus Interesse, sondern um das Gespräch in etwas unverfänglichere Bahnen zu lenken.

Pater Jacques presste seine Lippen noch fester zusammen. Die Haut seines Gesichts war faltig und mit Flecken überzogen. Er wirkte, als wäre er tausend Jahre alt. »Der ältere Sohn der Rossets war ein Soldat des Schnees, ein *marronier*. Wisst Ihr, was das bedeutet?«

Ich schüttelte den Kopf, diesen Begriff hatte ich noch nie gehört.

»Die *marroniers* sind Führer, die Reisende über den Großen-St.-Bernhard-Pass bringen sollen. Deshalb sind sie von der Militärpflicht befreit. Es ist ein althergebrachter und ehrenvoller Beruf«, erklärte der alte Pfarrer und wedelte mit der Hand, um eine Fliege vom Rand seiner Tasse zu verscheuchen, aus der er einen dünnen, ungezuckerten Tee geschlürft hatte. »Allerdings war Yann Rosset bei Ausbruch des Krieges bereits verletzt. Er hätte also gar nicht mit in den Kampf ziehen können.«

»Was ist ihm denn zugestoßen?«, kam ich nicht umhin zu fragen, nun aus echtem Interesse. Yann Rosset hatte verschlossen und hart auf mich gewirkt, wie ein Mann, der schwere Arbeit und die Einsamkeit gewohnt war, nicht wie jemand, der sich in leerem Geschwätz verlor. Letztere Eigenschaft hatte ich bei verschiedenen Einwohnern des Dorfes bemerkt. Das waren Bergleute, deren Charakter von den widrigen Bedingungen einer feindlichen, unzugänglichen Gegend geprägt wurde. Und genau so wirkten sie auch auf mich: unzugänglich. Daher würde mir jede Information, die ein wenig Licht ins Dunkel brächte, dabei helfen, ihr Wesen zu ergründen, nun, da ich ihr Hirte war.

In dem Moment öffnete sich die Tür, und Marie kehrte mit dem leeren Tablett zurück, auf das sie nun die Tassen und Löffel zurückstellte. Sie bewegte sich geschickt und im hellen Morgenlicht war ihre Haut frisch und rosig wie eine Blütenknospe.

»Der Berg«, erwiderte der alte Pfarrer nach kurzem Schweigen. »Der Berg hat ihn verraten. Und zwar auf die grausamste Art, denn er hat ihm das Leben gelassen, aber als Krüppel.«

Das Wort »Krüppel« klang aus seinem Mund wie etwas Vulgäres und Unziemliches.

Ich sah, wie Marie den Atem anhielt. Sie wirkte auf einmal sehr aufmerksam und musterte Don Jacques mit schief gelegtem Kopf. »Sprecht Ihr von Yann Rosset, Hochwürden?«

»Von wem denn sonst?« Er nahm die Brille ab, putzte sie mit dem Ärmel seiner Kutte und setzte sie sich dann wieder auf die Nase. »Wie ich Euch bereits gesagt habe, Gott handelt so, wie ER es für gerecht erachtet, aber ich muss schon sagen, dass diese Familie übermäßig von Unglück geschlagen wurde.«

Ich dachte an die Rossets. Sie waren mir trotz allem wie eine Familie vorgekommen, in der man zusammenhielt. Corinne Rosset, die Mutter von Yann und Agnés, hatte mir trotz all der Schicksalsschläge, die ihre Familie getroffen hatte, den Eindruck einer aufrechten und unerschütterlichen Frau vermittelt, wie ein Fels, den man schwerlich umstoßen, ja vielleicht nicht einmal ankratzen konnte. Ihr Haus zählte zu den größten des Dorfes, und der Hof prosperierte. Ich betrachtete Marie, wie sie mit gerötetem Gesicht eifrig die Krümel auf dem Tisch zusammenfegte, um sie sich dann sorgfältig auf die Handfläche zu schieben. Sie war ein gesundes, kräftiges Mädchen im heiratsfähigen Alter. Und Yann einer der wenigen Junggesellen, die es in Saint Rhémy nach dem Krieg noch gab. Mochte er auch ein verkrüppeltes Bein und einen schwierigen Charakter haben, galt er dennoch mit Sicherheit unter den jungen Frauen des Dorfes als gute Partie.

Im Laufe dieser Überlegungen fiel mir schlagartig etwas ein, beinahe wäre ich zusammengeschreckt. »Da war eine Frau«, rief ich etwas zu laut, »am Rande des Hofs der Rossets. Sie stand erst starr am Waldsaum, dann ist sie zwischen den Bäumen verschwunden.« Ich versuchte mir das verschwommene Bild in Erinnerung zu rufen, das mir von dieser seltsamen Erscheinung geblieben war. Wäre ich nicht vollkommen sicher gewesen, dass Yann Rosset sie trotz seines Leugnens ebenfalls gesehen hatte, hätte ich es für bloße Einbildung gehalten.

Das Schweigen, das auf meine Äußerung folgte, ließ mich zunächst annehmen, meine Worte wären ins Leere gefallen. Oder hätten einen wunden Punkt getroffen. Marie wirkte auf einmal vorsichtig und warf dem alten Pfarrer besorgte Blicke zu, der seinerseits den üblichen griesgrämigen Ausdruck im Gesicht trug, die dichten Augenbrauen zusammengezogen und die Augen so kalt wie Eis.

»Ich … Nun, ich habe mich gefragt, wer das wohl sei«, stammelte ich, plötzlich verlegen.

Pater Jacques seufzte einmal tief auf, als sei er nun gezwungen, ein unangenehmes Thema anzusprechen, aber Marie kam ihm zuvor: »Sprecht Ihr von der Hexe? Oh, Don Agape, ich hoffe, Ihr habt Euch bekreuzigt, als Ihr sie gesehen habt«, rief sie erschrocken aus, die runden, blauen Augen, die in ihrem pausbäckigen Gesicht wie kleine Knöpfe wirkten, weit aufgerissen.

»Hexe?«, fragte ich verwundert.

»Marie«, mahnte der alte Pfarrer sie scharf.

Doch die junge Frau war zu erregt, um sich so schnell beruhigen zu können. »Die ist eine Hexe, sage ich. Sie hat dem Herrn abgeschworen, um sich mit dem Teufel zu vereinen. Nachts tanzt sie auf dem Sabbat mit Ausgeburten der Hölle, und sie kann sich in eine große, wilde Füchsin verwandeln.«

»Marie!«, wiederholte Pater Jacques ungehalten.

»Basile Blanche hat geschworen, sie bei seinem Heuschober gesehen zu haben«, gab die junge Frau in schrillem Ton zurück. »Als er versuchte, sie zu verjagen, hat sie nur die Zähne gefletscht und hatte Schaum vor dem Mund.«

Pater Jacques schüttelte den Kopf. »Wenn Ihr einen Rat wollt, Don Agape, dann meidet den Wald, wenn Ihr nicht in Gesellschaft seid. Hexe oder nicht, es handelt sich um eine verlorene Seele, die unmöglich gerettet werden kann. Eine arme Schwachsinnige, die niemals die christliche Kultur kennengelernt hat. Sie lebt in den Wäldern wie ein wildes Tier, und ich kann Euch versichern, dass sie durchaus gefährlich sein könnte, obwohl ich persönlich nicht an all diese Torheiten glaube.« Er stieß einen tiefen Seufzer aus. »Was allerdings das Verleugnen des Herrn betrifft, da hege ich keinerlei Zweifel. Wie ich Euch gesagt habe, sie kann unmöglich gerettet werden. Ein trauriges Schicksal, das ihre.«

Marie bekreuzigte sich klammheimlich und machte noch andere Zeichen zur Abwehr des Bösen. Bestürzt schloss ich die Augen.

Jede Herde hatte ein schwarzes Schaf. Die Frau, die ich am Waldsaum gesehen hatte, als die Sonne hinter den Bergen versank, schien der dunkle Fleck auf dem ansonsten untadeligen Wirken von Don Jacques in der Gemeinde von Saint Rhémy zu sein. Eine Kreatur fern vom Licht des Herrn, die am Rand der Gemeinschaft verblieben war und keinerlei Interesse hegte, ein Teil davon zu werden.

Dort Erfolg zu haben, wo Pater Jacques versagt hatte, konnte mein Weg zur Erlösung werden: Indem ich der Herde ein

Schäfchen zuführte, das dazu verdammt schien, auf ewig ausgeschlossen zu sein, könnte ich beweisen, dass auch ich ein guter Hirte war. Diesen Entschluss fasste ich mit den edelmütigsten und barmherzigsten Gedanken, erfüllt von einer nie gekannten Begeisterung. Ja, ich tat das Richtige, das war der Plan Gottes für mich. Ich würde diesem verlorenen Schäfchen eine Hand reichen und es auf den rechten Weg zurückführen.

Yann

Die Stimme des Pfarrers hallte durch die kleine Kirche. Süßlicher Weihrauchgeruch durchzog die klamme Luft. Die Stille zwischen den Worten der Predigt wurde von Hustenanfällen und Seitengeraschel ausgefüllt. Ich blickte hinüber zu meiner Mutter und meiner Schwester auf der anderen Seite des Kirchenschiffs: Sie saßen gesittet da, die Kopftücher unter dem Kinn verknotet und das offene Gebetbuch auf den Knien. Doch in ihren Gesichtern war deutlich zu erkennen, dass die Worte des neuen Pfarrers nicht die gewünschte Wirkung entfalteten: Meine Mutter betrachtete ihn mit finsterer Miene, während Agnés nur so tat, als würde sie zuhören, und stattdessen in ihre eigenen Gedanken versunken war.

»Der scheint wohl nicht ganz bei sich zu sein …«, flüsterte mir Basile Blanche zu, ohne jedoch die Augen von der Kanzel zu wenden, auf der Don Agape seine Predigt hielt und dabei mal vor sich hin stammelte, mal leiernd von den vor ihm liegenden Blättern ablas. Hin und wieder unterbrach er sich, um sich die schweißnasse Stirn mit einem Taschentuch abzutupfen, dann verlor er vollends den Faden und blätterte hastig seine Notizen durch, bis er wieder ansetzen konnte, nur um sich gleich darauf wieder zu verhaspeln. Eine wahre Quälerei.

Don Jacques, der auf einer Bank hinter dem Altar saß, umklammerte krampfhaft seinen Stock und schüttelte ab und zu energisch den Kopf. Seine zusammengepressten Lippen mit den nach unten verzogenen Mundwinkeln ließen die Verachtung und völlige Missbilligung seinem Nachfolger gegenüber deutlich erkennen. Hätte ihn sein vorgerücktes Alter nicht daran gehindert, sämtliche Tätigkeiten zu verrichten, die ausschließlich von einem amtierenden Pfarrer ausgeübt werden können, hätte er die kleine Gemeinde von Saint Rhémy auch weiter mit der Entschiedenheit geleitet, die ihm immer eigen gewesen war.

Ich beobachtete ihn, wie er angespannt dasaß, die Haut von tiefen Falten durchzogen, die inzwischen schütteren Haare auf dem glänzenden Schädel. Nur sein Blick wollte sich dem Alter nicht beugen, diese eiskalten Augen, die einen durchbohrten und dazu zwangen, Sünden zu gestehen, die man nicht einmal begangen hatte.

Als wir noch Kinder waren, verging kein Tag, ohne dass wir uns heftige Schelte von dem Mann einhandelten, den ich noch nie in meinem Leben auch nur einmal lächeln gesehen hatte. Er hatte die Einwohner des Ortes fest im Griff, so wie man eine Herde führt, mit Härte, und knauserte dabei mit barmherzigen Worten ebenso wie mit den Geldern der Kirche, die er verwaltete.

Er brachte uns dazu, dass wir unser Haupt vor jenem gnädigen und rächenden Gott neigten, dessen Bild ich in diesem Moment auf der Tafel hinter dem Altar sah. Ein Christus mit Leidensmiene und ausgebreiteten Armen, an das Kreuz genagelt wie ein Schmetterling in einem Schaukasten. Mir schauderte es bei dem Gedanken, was dieser sich von den Menschen hatte antun lassen, die er nach seinem eigenen Bild geschaffen hatte. Welcher Wahnsinnige würde schon seinem eigenen Geschöpf ein Messer in die Hand drücken und es bitten, dass es einen durchbohrte?

Man hatte mich dazu erzogen, diesen barmherzigen Gott zu lieben, der zu Fleisch geworden ist, um die Sünden der Welt zu sühnen. Aber Liebe kann man niemandem beibringen, und während ich nun diesen neuen Pfarrer beobachtete, wie er sich dort auf der Kanzel verzweifelt bemühte, eine vernünftige Predigt zu halten, wurde mir etwas klar, das ich eigentlich schon immer gewusst hatte: Wir waren allein auf dieser Welt, die nur aus von Wind gepeitschtem Fels bestand. Niemand sah von dort oben auf uns herab oder wachte über uns. Ob wir uns freuten oder litten, ob der Berg uns unter sich begrub oder wir eines Tages aufbrachen, um nie mehr zurückzukehren, es kümmerte niemanden, weil dort oben jenseits des stillen Nachthimmels eben niemand war.

Pater Jacques hatte sein Leben der Aufgabe gewidmet, unseren Köpfen eine Lüge einzuhämmern, und nun tat der neue Pfarrer eifrig dasselbe. Wir waren Schafe, die zahm gehalten und zu einer Wahrheit geführt werden mussten, die nicht so leicht zu akzeptieren war: Den Lohn für dieses Leben voller Leid und Entbehrungen würden wir erst erfahren, wenn dieses zu Ende ging und wir auf eine Ewigkeit hofften, die keineswegs sicher war.

Während Don Agape die Kanzel verließ, um das Brot für die Heilige Eucharistiefeier zu brechen, stand ich auf, lief durch das Kirchenschiff, ohne auf die bestürzten Blicke der anderen Gläubigen zu achten, und trat hinaus ins Freie.

Vor mir lag das Dorf im warmen Licht der Augustsonne.

Ich setzte meinen Hut auf und stieg die Kirchenstufen hinab. Da die ganze Gemeinde in der Kirche versammelt war, umgab mich eine unnatürliche Stille, und ehe ich michs versah, lief ich ohne ein festes Ziel über das Steinpflaster. Zum Hof konnte ich ohne die Frauen nicht zurückkehren, die hätten ein so respektloses Verhalten als persönliche Beleidigung angesehen. Ich würde mir schon die Vorwürfe meiner Mutter anhören müssen, weil ich so unhöflich gewesen war, die Kirche mitten im Gottesdienst zu verlassen. Da spielte es keine Rolle, dass ich schon seit Langem aus dem Alter für Strafpredigten heraus war und inzwischen der Mann im Haus. Für meine Mutter würde ich immer der starrköpfige Junge bleiben.

Ich holte die Tabaksdose aus der Tasche und stopfte mir die Pfeife mit gewohnten Bewegungen. Inzwischen hatte ich das Tor zum Friedhof erreicht, der neben der Kirche lag. Ich blieb bei der niedrigen Mauer stehen und betrachtete gedankenversunken die Grabsteine und die Kreuze, zwischen denen Marmorengel mit traurigen Mienen hervorlugten. Wer im Schatten ihrer Flügel hier ruhte, hatte das Tal nie verlassen und lange genug gelebt, um an jeder Falte des Gesichts und der Hände zu merken, wie die Zeit verging. Raphaël hatte dieses Glück nicht gehabt, er würde nicht einmal ein Grab haben, um darin die letzte Ruhe zu finden.

Ich legte meine Finger fest um den Kopf der Pfeife, bis sie schmerzten. Mein Bruder fehlte mir bei jedem Atemzug. Er war ein Knoten in meiner Kehle, der mich erstickte und sich immer noch nicht in salzige Tränen aufgelöst hatte. Ich konnte mich mit seinem Verlust nicht abfinden, konnte nicht akzeptieren, dass ich ihn nie wiedersehen würde. Raphaël war überall in meiner Nähe. Wenn ich bei Tagesanbruch aufwachte, kam es mir vor, als würde ich seine Schritte auf dem Dielenboden hören. Wenn ich die Tür zum Heuschober öffnete, sah ich ihn dort neben den Kühen und den Melkeimern kauern. Er war draußen auf den Feldern, in den Wäldern, im Wasser des Wildbaches, überall hörte ich sein Lachen.

Ich schüttelte den Kopf in dem vergeblichen Versuch, so die quälenden Bilder zu vertreiben, und im gleichen Moment war es mir, als würde ich zwischen den moosbedeckten Grabsteinen einen roten Fleck ausmachen. Ich nahm die Pfeife aus dem Mund und stieß langsam den Rauch aus, der meinen Mund erfüllte.

Sie kauerte neben einem Grab. Mit einem kleinen Messer schnitt sie einige Wildpflanzen ab, die unter dem Stein wuchsen, und legte sie auf ein Stück Tuch, das sie im Schoß hatte. Schweigend beobachtete ich sie einige Momente. Die Haare in dieser derart schamlosen Farbe fielen ihr in einem dicken, unordentlichen Zopf über den Rücken. Die Haut ihres Gesichts war so weiß, dass ich mich fragte, warum die sengende Augustsonne sie nicht bei lebendigem Leib verbrannte.

Die Leute im Dorf sagten, dass sie durch viele böse Zauber beschützt würde; sie sagten, sie habe ihre Seele dem Teufel verkauft, und wenn man ihrem Blick begegne, wäre es, als würde man Satan selbst in die Augen schauen. Doch dann gingen sie nachts im Schutz der Dunkelheit zu ihr, um Mittel und Tränke zu erhalten, mit denen sie ihren Körper und ihren Geist heilen konnten. Instinktiv legte ich die Hand an mein linkes Bein und spürte, wie mein Fleisch dort entlang der langen Narbe brannte, durch die ich nicht viel besser geworden war als die armen Narren, die Erleichterung in den Tränken dieser Hexe mit den Flammenhaaren suchten, wie vorher bei ihrer Mutter. Die Vorstellung, dass ihre Finger meine Haut berührt hatten, löste Ekel in mir aus. Wäre ich bei Bewusstsein gewesen, hätte ich sie daran gehindert. Wäre ich damals bei mir gewesen, hätte ich lieber den Tod gewählt, als sie an mich heranzulassen. Aber Raphaël hatte für mich entschieden. Das würde ich ihm nie verzeihen.

Ich sah ihr zu, wie sie Blätter und Blüten abschnitt, dann vorsichtig im Boden den Wurzelstock ausgrub. Sie kannte keine Scheu, diese Pflanzen auf einem Friedhof zu sammeln, wo diese sich von den Toten nährten, die den Boden fett machten. Nur eine Hexe war dazu fähig. Noch dazu tat sie es an einem Sonntagmorgen, wenn sie sicher sein konnte, dass niemand sie stören würde, weil jeder anständige Christenmensch zu dieser Stunde in der Kirche saß.

»Etwas von einem Friedhof zu stehlen ist einfach widerlich, das passt zu einer wie dir«, stieß ich mit aller Verachtung, derer ich fähig war, hervor.

Fiamma sah ruckartig hoch, und ich zwang mich dazu, nicht den Blick abzuwenden. Ihre Augen waren so grün wie das Wasser des Wildbachs im Sommer, wenn er anschwoll und drohte, über die Ufer zu treten. Und genau dieselbe unerbittliche Heftigkeit lag darin. Es waren die Augen eines wilden Geschöpfes.

»Die Toten brauchen keine Blumen. Genauso wenig wie tröstende Worte und Engel aus Stein. Diese Dinge helfen nur den Lebenden«, antwortete sie nach einem kurzen Zögern. Ihre Stimme klang rau, wie die von jemandem, der nicht daran gewöhnt ist zu reden. Sie erreichte mich als ein Flüstern, das mir die Härchen an den Armen aufrichtete. »Auch die Pflanzen helfen den Lebenden«, fuhr sie fort, während sie aufstand und die kleine Staude, die sie aus dem Boden gegraben hatte, in ein Tuch legte, »damit es ihnen besser geht.«

»Du verhilfst den Leuten nicht dazu, dass es ihnen besser geht. Du verdammst sie zur Hölle.«

Fiamma schloss kopfschüttelnd die Augen, doch dann sah sie mich noch durchdringender an als vorher, und der Boden schien unter meinen Füßen zu wanken. Uns trennte nur wenig: zwanzig, dreißig Schritte höchstens. Ich wollte ihr nicht so nahe sein.

»Du musst aufhören, jeden Abend zum Hof hinabzusteigen. *Er* ist nicht mehr da. Und er kommt auch nicht wieder. Begreifst du das? Begreifst du, was ich sage?«, fuhr ich sie wütend an.

Doch sie sah mich weiter an mit diesen Schlangenaugen, diesen Augen aus Moos.

»Ich … ich will dich nicht mehr sehen. Nie mehr«, sagte ich, und meine Stimme senkte sich zu einem drohenden Flüstern. Es war das, was ich mir am meisten wünschte und was ich doch am meisten fürchtete. Denn solange sie zu unserem Hof kam, würde Raphaël irgendwo in mir weiterleben – oder irgendwo in ihr. Aber ich konnte die Gegenwart dieser Frau nicht länger ertragen. Sie erinnerte mich daran, dass ich ein an Körper und Seele zerbrochener Mann war. Sie erinnerte mich daran, dass ich ihr mein Leben verdankte, und das zu akzeptieren fiel mir noch schwerer.

Ich fuhr noch einmal mit den Fingern an meiner schmerzenden Narbe entlang. Spürte sie selbst durch den Stoff meiner Hose. Und wieder waren da ihre Hände auf mir. Diese schmalen Finger hatten mir das Blut abgewaschen, Wundränder zusammengenäht. Sie hatten mich für mein Leben gezeichnet. Das Knie war unnatürlich verdreht gewesen, und während ihre Mutter es mir wieder einrenkte, hatte ich die Hand dieses kleinen Mädchens mit den Flammenhaaren gedrückt, weil da all dieses Blut war und Raphaël den Anblick nicht ertragen konnte. Raphaël war draußen geblieben, im Wald.

In jener Nacht war nur Fiamma an meiner Seite gewesen.

Im gleichen Moment begannen die Glocken des kleinen Kirchturms zu läuten. Die Messe war zu Ende, die Leute verließen die Kirche. Ich wandte mich um und versuchte, Agnés und die Mutter zu entdecken. Als ich mich wieder zum Friedhof drehte, war Fiamma verschwunden.

Sagte man nicht eben Hexen nach, dass Glockenläuten sie vertreibt?

Ich blieb noch einige Augenblicke stehen, um den nun verlassenen Friedhof zu betrachten, und fragte mich, ob meine Worte genügt hatten, um sie für immer vom Hof fernzuhalten. Und von mir.

»Du warst unhöflich und hast den neuen Pfarrer beleidigt. Dein Benehmen hat mich furchtbar in Verlegenheit gebracht«, sagte meine Mutter, etliche Minuten, nachdem wir das Dorf hinter uns gelassen hatten, um zum Hof zurückzukehren. Sie reckte das Kinn vor und sah mich nicht an, während sie vorwärtslief.

»Ich werde mich bei Don Agape entschuldigen. Nicht er hat mich aufgebracht«, sagte ich mit einem tiefen Seufzer.

»Oh ja, das musst du wirklich so bald wie möglich tun. Ich

dulde es nicht, dass die Leute im Dorf denken könnten, ich hätte einen so ungehobelten Sohn großgezogen.«

Ich verdrehte die Augen zum Himmel und ließ mich etwas zurückfallen, um mich zu Agnés zu gesellen.

»Ich habe dich auf dem Friedhof gesehen. Du hast mit Fiamma gesprochen«, flüsterte sie mir zu, nachdem unsere Mutter weit genug entfernt war, dass sie uns nicht hören konnte.

Ich versteifte mich. »Ich habe nicht mit ihr geredet. Nicht richtig.«

Agnés fuhr herum und sah mich wütend an. »Was heißt ›nicht richtig‹? Hast du mit ihr geredet oder nicht?«

»Ich habe ihr nur gesagt, dass sie damit aufhören muss, ihn bei uns zu suchen. *Er* wird nicht wiederkommen.«

Meine Schwester seufzte. »Du hast ihr nie die Briefe gegeben, die er ihr geschrieben hat, oder?«

Ich holte tief Luft und presste die Kiefer zusammen.

Anfangs hatte Raphaël regelmäßig geschrieben. Seine ersten Briefe waren heiter und unterhaltsam gewesen, er staunte über alles und begeisterte sich wegen jeder Kleinigkeit. Bevor man ihn zu den Waffen rief, hatte er Saint Rhémy noch nie verlassen. Seine Briefe erreichten uns in zwei getrennten Umschlägen, einer war, obwohl an unsere Adresse gerichtet, für das Mädchen aus den Wäldern bestimmt. Ich hatte sie weder geöffnet noch ihr je übergeben.

Als die Briefe ausblieben und wir von Raphaël keine Nachricht mehr hatten, war ich versucht gewesen, die Briefe an sie zu lesen, um sie dann zu zerreißen und ins Kaminfeuer zu werfen, doch ich hatte nichts davon getan. Ich bewahrte sie zu einem Bündel verschnürt unter meiner Matratze auf, ohne eigentlich zu wissen warum. Ich war überzeugt, dass diese Hexe die Worte meines Bruders nicht verdient hatte, doch gleichzeitig fand ich nicht den Mut, mich der Briefe zu entledigen.

»Du solltest sie ihr geben, wenn du sie noch hast«, sagte Agnés ernst. »Schließlich hat sie ihn auch gerngehabt. Und er sie.«

»Du redest Unsinn, Agnés. Wir schulden dieser Frau nichts. Außerdem habe ich die Briefe schon vor einer Weile weggeworfen.«

Meine Schwester zuckte mit den Schultern und schwieg. Dieses Thema war auch für sie sehr schmerzlich.

An jenem Abend stand ich sehr lange da und beobachtete den Wald, bis die Dunkelheit die Berge mit ihrem dunklen Mantel einhüllte. Die Wipfel der Tannen rauschten leicht im Wind und am Augusthimmel konnte ich die silberne Spur von zwei oder drei Sternschnuppen sehen. Sie durchquerten die Dunkelheit wie Funken, die im Flug erloschen, wenn sie hinter der Silhouette der schroffen Berggipfel verschwanden. Vor langer Zeit hatte einmal ein Reisender, den ich über den Großen-St.-Bernhard-Pass geführt hatte, mir erklärt, dass diese Lichter, die die Nacht erhellen, zu Sternen gehören, die längst tot sind. Was wir sehen, ist nichts anderes als die Erinnerung an etwas, das es nicht mehr gibt.

Ich beobachtete den Wald, bis meine Augen dort nur noch unscharfe Schatten sahen.

Sie war nicht gekommen.

Und ich konnte mir nicht erklären, warum ich mich so verloren fühlte.

Fiamma

Der Absud aus Himbeerblättern kochte auf dem Feuer und sandte einen zugleich süßen und stechenden Duft aus. Ich fügte noch eine Handvoll Blätter vom Eibisch hinzu und zwei frische Hamamelisblätter, blieb stehen und beobachtete, wie das Wasser sich rostrot färbte.

Die Tage wurden schon kürzer und die Nächte immer kälter. Besonders heute Abend wehte ein heftiger Wind, der gegen die Fensterläden schlug und von den Berggipfeln den Geruch des Eises mitbrachte. Ich kauerte mich neben dem Feuer zusammen, gewiegt vom Knistern der Flammen.

Der Sommer ging seinem Ende entgegen. Früher hatte ich diesem Zeitpunkt entgegengefiebert, denn er fiel mit der *desarpa* zusammen, dem Almabtrieb; und mit den Herden kamen die Männer zurück, die auf der Hochebene drei Monate mit den Tieren gelebt hatten.

Raphaël hatte seinen Vater das erste Mal mit zehn Jahren auf die Alm begleitet. An dem Tag, als Henri Rosset ihm mitgeteilt hatte, er würde diesen Sommer ein *lapaboura*, ein Hütejunge sein, hatte ich ihn völlig außer Atem zwischen den Bäumen hervorkommen sehen. Er war den ganzen Weg gerannt, und als ich ihn entdeckte, stützte er sich gerade mit einer Hand gegen die Rinde einer Lärche ab, die andere hatte er sich auf Höhe des Herzens gegen die Brust gepresst, während er versuchte, Luft zu holen. Ich hatte aufgesehen und ihn mit gerunzelter Stirn betrachtet.

Als er kam, half ich meiner Mutter gerade dabei, die Schirmchen des Holunders, die wir am Morgen gesammelt hatten, an einem trockenen, windgeschützten Platz auszubreiten. Während des Tages musste man sie wieder und wieder wenden, damit sie schneller trockneten und so nicht schimmeln konnten. Meine Mutter nahm das sehr genau. Wenn bei diesem Vorgang ein Fehler passierte, würden die Pflanzen ihre Wirkstoffe verlieren und unbrauchbar werden, und dadurch wäre unsere ganze Arbeit vergebens gewesen. Dass die Blüten bereit waren, merkten wir daran, dass sie bröselig wurden, so hauchdünn, dass sie bei der bloßen Berührung zerfielen; dann konnten wir sie einlagern. Wir bewahrten sie in Terrakottagefäßen mit Korkpfropfen auf, darauf ein Etikett mit ihrer Bezeichnung, das ich mit kleinen Blumen und Vogelfedern verzierte.

Als er endlich wieder ruhig atmen konnte, richtete Raphaël sich auf und lief auf uns zu. Das Grinsen auf seinem sommersprossigen Gesicht reichte von einem Ohr zum anderen. »Es gibt eine große Neuigkeit!«, verkündete er begeistert.

Bevor ich Raphaël kennenlernte, hätte ich nicht sagen können, was das Wort Begeisterung bedeutete. Aber so war er: Er nahm alles mit Schwung, Leidenschaft und Inbrunst auf.

»Nächsten Monat gehe ich mit den *arpian* hinauf zur Alm. Ich werde auf der Hochebene arbeiten!«, rief er und breitete die Arme aus.

Meine Mutter und ich, die immer noch auf dem Boden knieten, sahen ihn von unten her an.

»Ich freue mich für dich, Raphaël«, sagte meine Mutter nach einer kurzen Pause. »Das wird bestimmt ein schönes Abenteuer.«

Raphaël nickte, während sich das Sonnenlicht in seinen blonden Locken verfing. Er kam sich so erwachsen vor, mit Verantwortung betraut, zum ersten Mal von seinem Vater geschätzt, der nie ein Hehl daraus gemacht hatte, dass er die praktische Veranlagung seines ältesten Sohnes der Unbekümmertheit vorzog, mit der Raphaël das Leben anging.

»Was ist mit dir, Fiamma, freust du dich denn nicht für mich?«, fragte er, um meine Zustimmung bemüht.

»Nein«, erwiderte ich barsch.

Raphaëls Gesichtsausdruck wirkte nun ein wenig verunsichert, doch dieses Lächeln war kaum auszulöschen. Ich stand auf, dabei fiel mir ein weißer Blütenregen vom Rock. Meine Finger dufteten nach Holunder.

»Fiamma, sei nicht ungezogen«, ermahnte mich meine Mutter, die bemerkt hatte, wie sich schlechte Laune in mir breitmachte.

»Ich bin nicht ungezogen, *maman*. Er hat mich gefragt, und ich habe ihm die Wahrheit gesagt. Das ist alles.«

Doch in Wahrheit war ich, unabhängig von dem, was Raphaël empfand, vor allem meinetwegen traurig. Die Arbeit auf der Alm würde ihn monatelang fernhalten und mich in die Einsamkeit zurückwerfen, in der ich gelebt hatte, bevor er so plötzlich in mein Leben getreten war. Ich drehte mich um und lief auf den Wald zu.

Raphaël fand mich wenig später. Er kannte jedes meiner Verstecke, deshalb konnte ich ihm kaum entkommen. Ich saß auf einem Stein und riss wütend einige Wermutstängel aus, die um mich herum wuchsen. An meinen Händen blieb eine silbrige Schicht kleben, und von den kleinen gelben Kügelchen, die ich mit vollen Händen auf den Boden warf, stieg ein scharfer Geruch auf.

»Warum bist du wütend?«, fragte er mich und setzte sich mit überkreuzten Beinen mir gegenüber.

»Ich bin nicht wütend«, antwortete ich und wich seinem Blick aus. Ich war acht Jahre alt und hatte die letzten beiden Sommer damit zugebracht, mit ihm auf Bäume zu klettern, in unserem kleinen See zu baden und bis Sonnenuntergang zu spielen. Und ich war zu stolz, um ihm zu erklären, dass seine Abwesenheit mir für die kommenden Monate das Lächeln aus dem Gesicht stehlen würde. Ich wollte ihm nicht sagen, dass er mir mehr fehlen würde, als ich es mir in diesem Moment überhaupt vorstellen konnte.

»Doch, das bist du«, sagte Raphaël und musterte mich unter seinen dichten Locken hindurch, die ihm immer in die Stirn fielen. »Das ist etwas Wunderschönes, weißt du?«, fügte er gleich darauf hinzu. »Eine Arbeit für erwachsene Männer. Ich werde mich um die Herden kümmern und meinem Vater in der Käserei helfen, Butter und Fontina zu machen. Weißt du, dass wir auch die Kühe von anderen Bauern hüten werden? Dass jede Kuh ihre eigene Glocke hat, und jede mit einem besonderen Klang?«

»Was interessiert mich das? So ein langweiliges Zeug interessiert doch niemanden«, knurrte ich. Aber natürlich war das gelogen. Alles, was Raphaël mir erzählte, war interessant, und ich versuchte stets, kein Wort von seinen Beschreibungen zu verpassen, die oft bis in die kleinste Kleinigkeit gingen. Doch an jenem Tag hätte ich mir am liebsten die Ohren zugehalten und wäre weit weggelaufen.

»Na schön«, sagte er schließlich ein wenig niedergeschlagen. »Es macht nichts, wenn dich das nicht interessiert. Wir sehen uns, wenn ich zurückkomme.«

»Wann kommst du denn zurück?«, fragte ich ihn und bekam es plötzlich mit der Angst zu tun.

»Im September bei der *desarpa.*«

Ich musste schlucken. Es fiel mir nicht leicht, ihn das zu fragen, aber ich war sicher, wenn ich es nicht tat, würde ich es bereuen: »Und wenn ... wenn du neue Freunde findest, wirst du mich dann vergessen?«

»Auf keinen Fall.«

»Wie soll ich wissen, ob das stimmt?«, fragte ich ihn misstrauisch.

Raphaël sah mich auf einmal ganz feierlich an. Er schob den Ärmel seines Hemds hoch und zeigte mir seinen Arm. Um das Handgelenk trug er ein schmales kupferfarbenes Band. In diesen leuchtenden Fäden, die von einer Schnur zusammengehalten wurden, erkannte ich die Haarsträhne wieder, die ich ihm zu Beginn unserer Freundschaft geschenkt hatte.

»Siehst du das hier? Das ist mein Glücksbringer, den ich nie ablege. Und er wird mich immer zu dir zurückbringen, denn du bist meine beste Freundin.«

Seine Worte hatten mich stark berührt, aber ich wollte nicht, dass er es merkte. »Wenn ich deine beste Freundin bin, warum gehst du dann für Monate weg?«

Er setzte sich aufrecht hin und sagte mit ernstem Gesicht: »Ich gehe, um meine Pflicht zu tun.«

Ich gehe, um meine Pflicht zu tun.

Dieselben Worte hatte er zehn Jahre später gebraucht, als er mir eröffnete, er würde in den Krieg ziehen. Ich hatte aufgeschrien und laut protestiert, und als er meine Handgelenke gepackt und versucht hatte, mich zu beruhigen, hatte ich mich losgerissen und gebrüllt, dass ich das nicht zulassen würde. Diesmal würde ich ihn aufhalten, würde ihn daran hindern zu gehen. Denn ich hatte von ihm geträumt. Ich hatte von einem schwarzen Loch geträumt, das ihn verschlang, und dann war ich aufgewacht, und meine Lippen hatten nach Schlamm geschmeckt, und Tränen waren mir die Wangen heruntergelaufen.

Raphaël, der sich nie einer Verantwortung entzogen hatte, hatte mich umarmt, den Kopf in meinen Haaren vergraben und geflüstert, ich brauchte mir keine Sorgen zu machen. Er würde zurückkommen, wie früher, als er auf die Alm ging und Monate wegblieb, aber dann doch immer zurückgekommen war.

Er würde zu mir zurückkommen. Schließlich hatte er ja den Glücksbringer, den ich ihm geschenkt hatte.

Ein leises Klopfen an meiner Tür riss mich aus meinen Gedanken. Ich schüttelte mich einmal, stand auf und nahm den Topf mit dem Absud vom Feuer, um mich dann in ein Umhängetuch zu hüllen und die Tür zu öffnen.

Auf der Schwelle stand ein großer Mann, so groß, dass er den Kopf unter dem Türstock einziehen musste, als ich ihn hereinbat.

»Guten Abend, Lucien«, sagte ich, während ich beiseitetrat und die Tür hinter ihm schloss. Immer noch wehte ein kräftiger

Wind, und die Luft, die der Dorflehrer von Saint Rhémy mitbrachte, roch nach Harz, nasser Erde und Schnee.

»Auch dir einen guten Abend, Fiamma«, erwiderte er und schüttelte sich die Tannennadeln ab, mit denen der Wind ihn übersät hatte.

Er nahm den Hut ab und fuhr sich mit einer Hand durch die dichten weißen Haare. Obwohl er auf die sechzig zuging und sein Körper sehnig, geradezu dürr wirkte, war er noch ein gut aussehender Mann. Seine Augen waren das Auffälligste an ihm, ihr unglaubliches Blau erinnerte an den Winterhimmel. Er war bereits mit meiner Mutter befreundet gewesen und hatte ihr ein Geschenk von unschätzbarem Wert gemacht: Er hatte ihr Lesen und Schreiben beigebracht.

»Draußen stürmt es so heftig, dass man meinen könnte, der Wind wollte den Berg niederwerfen«, sagte er, während er zum Tisch ging und den Leinensack abstellte, den er mitgebracht hatte.

Ich schob den alten Sessel zurück, damit er Platz nehmen konnte, dann warf ich einige Stücke trockene Rinde ins Feuer, um es anzuheizen. Der Absud war inzwischen abgekühlt, ich filterte ihn durch ein Mulltuch und füllte ihn dann in eine Flasche.

»Hier ist Euer Absud«, sagte ich zu ihm und stellte die Flasche neben den Sack auf den Tisch. »Erklärt Eurer Frau, sie soll sich zweimal täglich einen damit getränkten Umschlag machen. In einigen Tagen sollte die Bindehautentzündung abgeklungen sein.«

Lucien Borel drehte die Flasche einen Moment nachdenklich in den Händen. Dann sah er mich an: »Willst du die Bücher nicht sehen, die ich dir mitgebracht habe?«, fragte er bedächtig.

»Sicher will ich das.« Ich griff nach dem Sack und band ihn auf.

Lucien kam ein oder zwei Mal im Monat herauf zur Hütte, um mir Bücher zu bringen, die ich noch nicht gelesen hatte, und um die mitzunehmen, die er mir davor geliehen hatte. Dafür bereitete ich ihm den Absud für die geröteten Augen seiner Frau zu und die Breipackungen gegen sein Rheuma.

Als Raphaël noch da gewesen war, hatte er öfter den Boten zwischen mir und dem Lehrer gespielt, da es diesem mit fortschreitendem Alter immer schwerer fiel, abends in den Wald hinaufzusteigen.

Ich fuhr mit den Fingern über die Vorderseiten und die Rücken der Bücher. Es waren nicht immer Geschichten, häufig fand ich in seinem Sack auch wissenschaftliche Abhandlungen und Traktate über Kräuterkunde. Ich las alles begierig. Die Nächte waren hier manchmal so lang, dass es einem vorkam, als wollten sie niemals enden. Auch wenn ich oft den Eindruck hatte, ich hätte nicht alles verstanden, liebte ich es, mich mit gedruckten Wörtern zu beschäftigen, die Wirkung auszukosten, die es auf mich hatte, unbekannte Ausdrücke auf den Lippen zu spüren, Ausdrücke, die ich noch nie von jemandem gehört hatte.

»Geht es dir gut, Fiamma?«, fragte mich der Lehrer, während ich die ersten Seiten eines anspruchsvoll wirkenden dicken Buches mit einem abgewetzten roten Ledereinband durchblätterte. »Du scheinst abgenommen zu haben. Isst du auch genug?«

»Sicher«, antwortete ich schulterzuckend, aber das stimmte

nicht. Seit Ausbruch des Krieges hatte ich die Menschen verloren, die mir am nächsten standen, meine Mutter und Raphaël, und mein Leben wurde nur von einem Faden so dünn wie der einer Spinne zusammengehalten. Ein Nichts hätte genügt, um ihn zu zerreißen, und der Wind hätte mich hilflos fortwehen können.

Lucien legte die Hände zusammen und sah mich besorgt an. »Don Agape, der neue Pfarrer von Saint Rhémy, hat sich bei mir nach dir erkundigt.«

»Sollte mich das überraschen?«

»Er möchte mit dir sprechen. Ich glaube, er hat auch schon versucht, dich hier aufzusuchen, aber ... er ist kein Mann der Berge. Er kommt aus Rom.«

Ich nickte zerstreut, während ich ein anderes Buch in die Hand nahm. Ja, es stimmte, ich hatte diesen ungelenken Pfarrer in den vergangenen Wochen einige Male gesehen. Er war schwer atmend den Weg entlanggelaufen und hatte sich dabei ab und zu die Stirn mit einem Taschentuch abgetupft. Ich hatte mich wohl gehütet, mich zu zeigen: Ein Segen oder, schlimmer, ein Exorzismus waren das Letzte, was ich brauchte.

»Was will er denn von mir? Einen Absud, einen Zaubertrank?«, fragte ich sarkastisch. Der einzige Mann der Kirche, den ich kennengelernt hatte, war Don Jacques, und auf eine weitere Erfahrung konnte ich verzichten. Dieser Pfarrer hatte uns von Anfang an gehasst, mit einem tiefen, ungerechten Hass, der ihm von seinem geheuchelten Christentum vorgegeben wurde.

»Ich nehme an, er hat die Absicht zu versuchen, dich wieder in den Schoß der Gemeinde zurückzuführen.«

Mit leicht gerunzelter Stirn sah ich Lucien an. »*Zurückzu-*

führen? Ihr wisst genau, dass ich nie Teil der *Gemeinde* war. Sollte dieser Pfarrer Euch noch einmal fragen, dann sagt ihm, er soll mich in Ruhe lassen und sich nicht mehr in den Wald wagen. Man kommt dort leicht vom Weg ab, und wer die Berge nicht kennt, für den halten sie viele Gefahren bereit.«

Lucien seufzte tief. »Das habe ich ihm bereits gesagt, auch wenn …« Er machte eine Pause und drehte die Flasche zwischen den Fingern. Dann setzte er sie wieder auf dem Tisch ab und sah mich durchdringend an: »Mir gefällt nicht, dass du ganz allein hier oben bist.«

»Dies ist mein Zuhause.«

»Ja, aber … früher lebte deine Mutter bei dir, das war etwas anderes.«

»Ich fürchte die Einsamkeit nicht«, sagte ich und ging die Bücher holen, die ich ihm zurückgeben wollte.

»Fiamma …«

»Lucien, Ihr wisst genau, dass Ihr mir viel bedeutet. Ihr seid meiner Mutter ein guter Freund gewesen, als sie niemanden hatte, und seid es jetzt mir. Aber es ist zwecklos, wenn Ihr darauf beharrt: Ich werde nie zu ihnen gehören, so wie sie mich nie akzeptieren werden. Das müsst Ihr dem neuen Pfarrer begreiflich machen.« Ich hielt dem Lehrer eines der Bücher unter die Nase, die ich bereits gelesen hatte. Auf dem Umschlag war ein Ritter in einer schimmernden Rüstung abgebildet, mit der Lanze in der Hand, vor ihm zwei hoch aufragende Windmühlen. »Ihr wollt doch hoffentlich nicht, dass Don Agape endet wie dieser arme Mann hier?«

Ein Lächeln stahl sich auf Luciens Gesicht. »Du wärst eine ausgezeichnete Schülerin gewesen«, erklärte er kopfschüttelnd,

»beinahe so gut wie …« Doch die Worte erstarben auf seinen Lippen, und ich schob ihm seufzend das Buch zu.

… beinahe so gut wie Raphaël, natürlich. Raphaël mit seiner Wissbegier, seinem Lerneifer. Raphaël, der der Stolz des Dorflehrers Lucien gewesen war und zugleich das Kreuz, das seine Familie tragen musste, weil man in einer Familie von Bauern und Viehzüchtern mit Büchern kein Essen verdient.

»Ich habe gehört, dass Yann Rosset mit der Kirche gebrochen hat«, nahm der Lehrer das Gespräch wieder auf, in dem Versuch, das Thema zu wechseln, aber doch bei der eigentlichen Sache zu bleiben. »Seit Wochen lässt er sich dort nicht mehr sehen. Während der ersten Messe von Don Agape ist er aufgestanden und gegangen.« Er kratzte sich an der Wange. »Das war ziemlich unhöflich von ihm. Seiner Mutter hat das natürlich nicht gefallen, und Gott allein weiß, was diese Frau schon mitgemacht hat …«

Ich sah von ihm weg in die Glut des Kamins und dachte an meine Begegnung mit Yann vor ein paar Wochen zurück, als er mich gewarnt hatte, ich sollte mich auf dem Hof nicht mehr blicken lassen. Trotz allem ging ich weiter jeden Abend dorthin, aber ich versteckte mich zwischen den Bäumen, um seinen Zorn nicht herauszufordern. Und jeden Abend war auch er dort. Er schien auf etwas zu warten. Er wartete, genau wie ich, dass Raphaël den Weg entlangkäme. Es gab nur einen Unterschied: Ich wusste, wie sinnlos es war, noch auf seine Rückkehr zu hoffen. Doch vielleicht wusste er es ja auch.

Ich knabberte an einem Finger und biss mir ein Häutchen ab. Damals auf dem Friedhof war er barsch und auffahrend gewesen wie immer, und ich hatte die Angst in seinen Augen gesehen und an der Art, wie er die Hände zu Fäusten ballte. Ich witterte diese seine Angst, wie es Füchse tun. Ich erkannte sie wieder, denn es war ja auch meine. Niemand ängstigte mich so wie er. Ich starrte auf die brennenden Holzscheite, die im Kamin langsam verglühten, und dachte für einen kurzen Moment an die Nacht zurück, in der Raphaël so heftig an unsere Tür geschlagen hatte, dass er sich die Haut von den Handflächen abschürfte.

Meine Mutter hatte mir erschrocken befohlen, ich solle mich nicht rühren. Ihr blieb gerade noch die Zeit, die Öllampe anzuzünden, da kam Raphaël auch schon hereingestürmt, und mit sich brachte er die eisige Luft der Berge. Seine Kleidung war mit Schnee bestäubt.

»Sie haben ihn gefunden!«, rief er und stieß keuchend eiskalte Atemwolken aus. »Er lebt, aber er ist ziemlich übel zugerichtet.«

»Bringt ihn her«, sagte meine Mutter, und der Ton, in dem sie diese Worte geflüstert hatte, duldete keinen Widerspruch. Noch ganz benommen vom Schlaf war es mir eiskalt den Rücken hinuntergelaufen. Ich wusste, dass Raphaëls Bruder vermisst wurde, seit am Vortag einer der Reisenden, die er über den Großen-St.-Bernhard-Pass führen sollte, nach Saint Rhémy zurückgekehrt war und Alarm geschlagen hatte: Eine Felsrippe hatte sich vom Berg gelöst und die Leute mitgerissen. Die Suche nach ihnen hatte die ganze letzte Nacht angedauert. Ich beobachtete, wie sich meine Mutter ein Umhängetuch über das Nachthemd warf und nach draußen in den Sturm ging, um weiteres Holz zu holen und das Feuer anzuheizen.

Als Raphaël mit den Männern zurückkam, hatten wir schon

Wasser zum Kochen gebracht und zahlreiche Stoffstreifen gerissen, um sie später als Verbände zu verwenden. Ich beobachtete sie durch die offene Tür, sie waren zu viert. Zwei Männer stützten Yann unter den Achseln. Sie schleppten ihn über den Schnee, als gehörten seine Arme und Beine nicht mehr ihm. Als wären alle Knochen unter der Haut zerschmettert. Raphaël folgte ihnen mit einer Laterne und versuchte vergeblich, den Bruder vor dem reichlich fallenden Schnee zu beschützen.

Meine Mutter und ich hatten den Tisch leer geräumt und sagten den Männern, sie sollten Yann darauflegen. Diesen Männern, die sich misstrauisch umsahen. Und ich hätte schwören können, dass sie sich bekreuzigten, während sie sich zurückzogen. Wäre es nach ihnen gegangen, sagten sie, hätten sie ihn zum Arzt nach Bosses gebracht. Ihn hier in den Händen von Hexen zurückzulassen, bedeutete seinen sicheren Tod. Doch natürlich stand es ihnen nicht zu, das zu beurteilen, und wenn Raphaël es so entschieden hatte, wie sollten sie sich dem entgegenstellen?

Wir schnitten Yanns Kleidung mit Scheren auf und mit dem Messer, mit dem wir sonst Zweige und Büsche kappten. Seine Kleidung war steifgefroren und eisverkrustet. Die Lippen blau und das Gesicht so bleich, dass es ein Loch in die Dunkelheit schnitt. Wäre da nicht dieses heisere Röcheln gewesen, das ihm die Brust hob und senkte, ich hätte ihn für tot gehalten.

»Massier damit seine Hände und Arme«, sagte meine Mutter und hielt mir eine kleine, mit einer bernsteinfarbenen Flüssigkeit gefüllte Flasche hin. Ich rollte mir die Ärmel meines Kleids bis zu den Ellenbogen hoch, nahm seine Hand in meine und rieb einen Finger nach dem anderen ein. Sie waren blau, mit Abschürfungen und kleinen Schnitten übersät. Er musste sich an alles geklammert haben, was ihm im Fallen untergekommen war, während der Berg ihn verriet und ihn ins Leere stürzen ließ.

Als meine Mutter den Stoff seiner Hose aufgeschnitten und heruntergerissen hatte, konnte ich nur mit Mühe eine Grimasse des Ekels unterdrücken. Raphaël, der hinter mir nervös seine Finger knetete, hatte sich nicht so unter Kontrolle und lief hinaus, um sich dort in den Schnee zu erbrechen.

Die Wunde war lang, tief und an den Rändern ausgefranst. Ich konnte den Knochen sehen, er hatte sich durch das Fleisch, aus dem das Blut schwallweise hervorquoll, um dann zu verklumpen, bis nach oben geschoben. In der Luft hatte sich der Geruch von Metall und Salz ausgebreitet.

»Wir müssen die Wunde auswaschen, desinfizieren und nähen. Nimm Schafgarbe und bereite einen Aufguss daraus zu«, sagte meine Mutter schnell und entschieden. Ich holte das Gefäß und warf Hände voll trockener Blüten in das Wasser, das auf dem Feuer kochte. Dieser Aufguss würde schweißtreibend sein, den Verletzten von innen wärmen und das Fieber senken. Mit dem Rest würden wir dann die Wunde auswaschen.

Als ich mit der Schüssel und den Stoffstreifen an den Tisch zurückkam, bemerkte ich, dass meine Hände zitterten. Yanns Körper wirkte auf mich im schwachen Licht der Flammen geheimnisvoll und fremd. Ich war fünfzehn Jahre alt und sah zum ersten Mal einen nackten Mann, wenn ich mal Raphaël ausnahm, den ich als Kind unbekleidet gesehen hatte. Ich schluckte und versuchte, mich auf die Wunde zu konzentrieren, die sich von der Leiste bis zum Knie zog, das unnatürlich verdreht dalag.

Meine Mutter würde dieses Knie gleich einrenken, und während sie es tat, würde Yann den Oberkörper vom Tisch heben und schreien wie ein Schwein, wenn es abgestochen wird, dabei würde er meine Hand packen und sie so festhalten, dass er sie mir beinahe zerquetschte. Doch in jenem Moment, als er noch so gut wie bewusstlos war, ließ er es geschehen, dass ich ihm das Blut abwischte, dabei seine Haut berührte, die so weich und weiß war und von Härchen bedeckt. Er ließ zu, dass ich seinen starken Geruch, so bitter und wild, einatmete, der an das Holz der Lärche erinnerte.

Vor ihm hatte ich noch nie einen Mann angefasst.

Später, in der Dunkelheit, war seine Stimme dünn zu mir gedrungen, fast nur ein Flüstern: »Bleib hier. Geh nicht weg. Lass mich nicht allein.«

Und so war ich neben ihm sitzen geblieben.

Dorflehrer Lucien erhob sich aus dem Sessel und rief mich so wieder in die Gegenwart zurück. »Ich gehe besser.«

»Soll ich Euch begleiten?«

»Danke, das ist nicht nötig. Inzwischen kenne ich den Weg«, antwortete er, schlüpfte in seine dicke Jacke und steckte das Tonikum ein, das ich für seine Frau zubereitet hatte.

Als er die Tür öffnete, schlug uns eine eisige Windböe entgegen, so heftig, dass die Tür in den Angeln zitterte, und wehte eine Handvoll trockener Blätter in die Hütte.

»Mein Gott, ein Wunder, dass der Wind nicht auch die Sterne fortgefegt hat«, brummte Lucien und hielt sich den Hut mit einer Hand auf dem Kopf fest. »Auf Wiedersehen, Fiamma, pass auf dich auf.«

Ich blieb auf der Schwelle stehen, um diesen klaren, von winzig kleinen Silberlichtern gepunkteten Himmel zu betrachten, dann seine Haare und Kleider, die im Wind flatterten.

»Das ist ein neuer Wind«, murmelte ich und versuchte, die verschiedenen Gerüche zu unterscheiden, die er zu mir trug. Eine würzige Note lag darin, die ich noch nie wahrgenommen hatte. Die von fernen unbekannten Orten berichtete und von Reisenden, die unterwegs dorthin waren.

»Etwas wird geschehen.«

Agape

Die Kisten mit den Büchern wurden geliefert, als fast zwei Monate nach meiner Ankunft in Saint Rhémy vergangen waren. Inzwischen hatte ich beinahe die Hoffnung verloren, dass sie je ankommen würden.

Ich ging hinaus auf die Hauptstraße des Dorfes, wo Bernard sie mit sichtlicher Anstrengung vom Fuhrwerk ablud.

»Habt Ihr Euch die Ziegelsteine vom Kolosseum nachschicken lassen, Hochwürden?«, fragte er, als er mich sah, und setzte eine Kiste recht unsanft auf dem Boden ab. Der Knall, mit dem das Holz auf das Pflaster aufkam, ließ mich zusammenzucken.

»Nein, ich … Es sind Bücher. Und es wurde nicht aus Ziegelsteinen erbaut. Also das Kolosseum. Es besteht aus Travertin und Tuffstein, und …« Der Blick, den Bernard mir zuwarf, genügte, um mir den Mund zu stopfen. »Oh, natürlich, Ihr habt einen Scherz gemacht.«

Der Mann zog seine buschigen Augenbrauen hoch und schüttelte den Kopf, ehe er wieder an seine Arbeit ging. Innerhalb weniger Minuten stapelte sich vor meinen Füßen ein Dutzend Kisten.

Marie, die aus dem Pfarrhaus kam und sich dabei die Hände abtrocknete, seufzte einmal tief. »Und Ihr möchtet jetzt dieses ganze Zeug hier hereinschaffen?«, fragte sie und presste die Lippen zusammen.

»Also …«

»Das wird er Euch nicht erlauben«, unterbrach sie mich und verzog missbilligend das Gesicht. Natürlich meinte sie Don Jacques.

»Es sind Bücher«, versuchte ich mich zu rechtfertigen.

»Es sind zu viele«, sagte sie barsch, worauf ich nichts zu entgegnen wusste. »Drinnen ist nicht genug Platz, und er wird wütend werden. Wenn ich Euch einen Rat geben darf, Hochwürden, lasst sie ihn nicht einmal sehen. Heute ist ein guter Tag für Don Jacques; den wollt Ihr ihm doch sicher nicht verderben, hoffe ich?«

Der Ton, in dem sie das gesagt hatte, gab zu verstehen, dass auch der Tag von Marie unwiederbringlich verdorben wäre, falls die Laune des alten Pfarrers sich verschlechterte. Und dass allein ich dies dann zu verantworten hätte.

»Was soll ich denn sonst damit tun?«, fragte ich verzweifelt. »Jetzt sind sie einmal hier … Ich kann sie doch nicht nach Rom zurückschicken«, flüsterte ich, damit Bernard mich nicht hören konnte, der sich nach der soeben beendeten harten Arbeit aufrichtete, die Hände in die Seiten gestemmt.

Marie zuckte mit den Schultern. »Ihr könntet sie zu Monsieur Borel, dem Lehrer, bringen. Der hat mehr Platz und wird Eure Bücher bestimmt sorgsam verwahren.«

Betrübt betrachtete ich die vor mir aufgetürmten Kisten. Marie hatte recht, das Pfarrhaus war nicht geräumig genug, zumal ich es mit Don Jacques teilen musste. Der Beginn unserer Beziehung hatte nicht gerade unter dem besten Stern gestanden, und die Vorstellung, ihm einen weiteren Grund zu liefern, damit er seine Feindseligkeit auf mich entladen konnte, erfüllte mich keinesfalls mit Freude. »Vielleicht habt Ihr recht«, brummte ich missmutig. »Bernard …«

»Hochwürden?«

»Also … es gäbe da … eine kleine Planänderung.«

Seine finstere Miene verriet mir, dass ich es an diesem Morgen zwar geschafft haben mochte, mir nicht Don Jacques' Zorn zuzuziehen, seinen jedoch schon.

Lucien Borel, den ich in den vorangegangenen Wochen bereits kennengelernt hatte, erwies sich als über alle Maßen höflich und zuvorkommend. Sein Haus war um Etliches größer als das Pfarrhaus, und der Mann hatte ein Arbeitszimmer, das bereits mit Büchern vollgestellt war.

»Es tut mir leid, Euch um diesen Gefallen bitten zu müssen, aber …«, stammelte ich und knetete nervös die Krempe meines Hutes.

»Das macht doch nichts, Hochwürden, ich habe genug Platz und werde Eure Bücher mit Freude in Verwahrung nehmen, bis Ihr eine angemessene Lösung gefunden habt. In der Zwischenzeit könnt Ihr so oft herkommen, wie Ihr wollt, um darin zu lesen, es wird mir und meiner Frau ein Vergnügen sein, Euch hier als Gast zu empfangen.«

»Ihr seid wirklich sehr freundlich. Ich bin Euch zu Dank verpflichtet.«

Der Lehrer von Saint Rhémy winkte knapp ab. »Ach was. Jeder, der Bücher liebt, ist in meinem Haus willkommen. Und dasselbe gilt auch für seine Bücher.«

Ich lächelte ihm zu. Ein Lächeln voller Wärme, was mir vielleicht zum ersten Mal gelang, seit ich unter diesen scheuen und wortkargen Menschen lebte, die so anders waren als alles, was ich bis dahin gekannt hatte. Für einen Augenblick dachte ich an das Chaos in Rom, an das geschäftige Hin und Her von Gesichtern und Stimmen, an die Überschwänglichkeit der Leute, daran, wie laut sie werden konnten und wie herzhaft sie lachten.

Die Menschen passen sich an die Umgebung an, in der sie leben, dachte ich. Hier oben, zwischen diesen unwegsamen Bergen, herrschte eine so finstere Stille, dass man am Leben selbst zweifelte. Man stand mit der Sonne auf und legte sich schlafen, wenn sie unterging. Die Menschen waren geprägt von der eisigen Kälte und von der Mühsal, von den zahlreichen Herausforderungen, denen sie sich stellen mussten, um an einem so unzugänglichen und harten Ort wie diesem kleinen windgepeitschten Dorf zu überleben. Das merkte auch ich, und je mehr Schwierigkeiten sich mir in den Weg stellten, die ich jeden Tag bewältigen musste, desto mehr wuchs meine Überzeugung, dass Gott Vertrauen in mich und meine Fähigkeiten setzte, wenn er mich vor eine so große Prüfung gestellt hatte.

Ich darf ihn nicht enttäuschen, war mein einziger Gedanke, wenn ich unter der Kälte und den harten Bedingungen litt, wenn meine Bemühungen vergebens schienen und der schneidende Blick von Don Jacques mir zu verstehen gab, dass ich der Aufgabe nicht gewachsen war, die man mir anvertraut hatte.

Dass ich das Priestergelübde abgelegt hatte, resultierte ganz klar aus meiner Stellung als Zweitgeborener. Ich stammte aus einer bedeutenden, wohlhabenden Familie. Mit einem älteren Bruder, der irgendwann die Leitung des von meinem

Urgroßvater gegründeten Unternehmens übernehmen würde, und einem Bischof zum Onkel, der eine herausragende Rolle im Vatikan innehatte, war meine Zukunft bereits vorgezeichnet, ehe der Herr mir den Weg zu meiner Berufung wies. Ich hatte mich meiner Pflicht nicht entzogen, doch war ich ein Musterbeispiel verpasster Chancen gewesen, der mittelmäßige Sohn, der sich weder im Leben noch im Studium besonders hervortat. Ein scheues Kind, das zu einem ängstlichen, unentschlossenen jungen Mann heranwuchs. Man hatte für mich entschieden, und ich war dem gefolgt, was mir ein anderer vorgegeben hatte. Bis ich mich eines Tages nach Abschluss des Priesterseminars selbst entscheiden musste: das Studium und die Laufbahn fortführen, so wie es jeder von mir annahm, oder mich allem entziehen und versuchen, auf eigenen Füßen meinen Weg zu gehen.

Entgegen dem, was alle erwarteten und sich bestimmt auch wünschten, wählte ich die zweite Möglichkeit. Nicht aus Mut oder gar Entschlossenheit. Mein Beweggrund, und das wurde mir sehr bald bewusst, war Angst. Wäre ich weiter unter der schützenden Hand meines Onkels verblieben, hätte ich mich bei jeder meiner Gesten, bei jedem Wort beobachtet gefühlt. Ich musste mich von alldem loslösen. Zudem musste ich herausfinden, ob der Glaube, der in mir wankte, sich genügend festigen würde, um zu einem *wirklichen* Grund zu werden. Und um das zu erkunden, war es unumgänglich, fortzugehen und mich so weit wie möglich von jedem zu entfernen, der mir hätte helfen können.

Ich wollte derjenige sein, der Hilfe geben konnte. Mich einmal in meinem Leben nützlich machen.

»Ich danke Euch«, sagte ich wieder. »Ich betrachte Euren

Beitrag für die Gemeinschaft als sehr wertvoll, Eure Schüler haben Glück, Euch zum Lehrer zu haben.«

Lucien Borel zuckte mit den Schultern. »Ihr schmeichelt mir, Hochwürden, aber ich bin nicht überzeugt, dass Ihr recht habt. Ich bringe ihnen Lesen und Schreiben bei, doch das Leben, das sie führen, zwingt sie schon recht bald dazu, die Bücher aufzugeben und sich anderen Dingen zuzuwenden.«

Auf seinem Gesicht nahm ich die Verbitterung über seine Niederlage wahr, dass keiner seiner Schüler sich hervorgetan hatte und einen anderen als den vorgezeichneten Weg eingeschlagen hatte. Die Eltern brauchten ihre Kinder zu Hause, die Familien benötigten jede Hand, die auf den Feldern arbeiten und im Haus helfen konnte. Sie verdienten nichts daran, wenn sie ihre Söhne studieren ließen, sie hielten so etwas vielmehr für reine Verschwendung von Zeit und Geld.

»Euer Einsatz ehrt Euch, unabhängig von dem, was er bewirkt.«

Der Lehrer sah mich neugierig an. »Könntet Ihr dasselbe auch von Euch behaupten? Manchmal habe ich den Eindruck, dass Mühen nichts wert sind, wenn sie keine Ergebnisse zeitigen.«

Er war ein sanftmütiger, bescheidener Mann, und doch nahm ich in diesem Satz einen Funken von Auflehnung wahr. Er musste einen stärkeren Charakter besitzen, als er mir bis dahin gezeigt hatte.

Ich ließ ein paar Sekunden verstreichen, ehe ich vorsichtig antwortete: »Diesen Einsatz sind wir uns selbst schuldig und dem Herrn. Er kennt unseren eigentlichen Wert.«

Kurz schien den Mann, den ich vor mir hatte, etwas zu bedrücken. Er wandte sich ab und ließ den Blick über die Bücher auf dem Holzregal schweifen. »Ich habe auch einige brillante Schüler gehabt, wisst Ihr? Junge Leute, die es weit hätten bringen können, hätten sie denn die Studien fortgesetzt. Raphaël Rosset …« Hier verstummte er und sah mich wieder an. »Ein Junge von erstaunlicher Auffassungsgabe. Und er war neugierig, wirklich auf alles neugierig. Er ist im Krieg gefallen«, schloss er traurig.

Ich sah zu Boden. Zum zweiten Mal schon erwähnte man mir gegenüber den jüngeren Sohn der Rossets, und jedes Mal verglich ich diesen jungen Mann, zu dem ich kein Gesicht hatte, unwillkürlich mit seinem stureren und unzugänglichen älteren Bruder, der seit einigen Wochen mir gegenüber offen feindselig auftrat. Oder Gott selbst gegenüber.

In dem Augenblick öffnete sich die Tür des Arbeitszimmers, und Madame Borel betrat den Raum. Sie war zierlich und hatte ein freundliches Gesicht, die weißen Haare trug sie unter einem Kopftuch verborgen, ihre Augen waren gerötet. Ihr Mann hatte mir bei früheren Besuchen anvertraut, dass sie oft an Bindehautentzündung litt. An dem Tag jedoch schien es ihr im Vergleich zu den vorigen Malen besser zu gehen.

»Wollt Ihr zum Mittagessen bleiben, Don Agape?«

Einige Minuten später saß ich in dem kleinen Esszimmer zwischen den beiden Eheleuten am Tisch. Dieser war mit Holzschalen voller Polenta gedeckt, auf die Madame Borel eine dunkle, sämige Fleischsoße schöpfte.

Während der Lehrer mir ein großes Glas Wein einschenkte, versuchte ich das Gespräch wieder aufzunehmen, wo wir es unterbrochen hatten. »Also … Raphaël Rosset war einer Eurer fleißigsten Schüler?«

»Fleißig habe ich nicht gesagt, sondern brillant«, stellte Lucien Borel richtig, während er mit den Händen einen Laib dunkles Brot brach. »Ja, der Junge war sehr begeisterungsfähig. In gewisser Hinsicht nicht zu bremsen.«

Ich schüttelte den Kopf. »Er muss so anders gewesen sein als sein Bruder …«

Lucien sah mich durchdringend an. »Ich habe schon gehört, dass Ihr mit Yann Rosset Probleme habt.«

»Probleme? In aller Aufrichtigkeit, ich wüsste Euch nicht zu sagen, was der Grund sein könnte, der ihn aus der Kirche getrieben hat. Pater Jacques hat mir erzählt, dass er vor meiner Ankunft ein gläubiger, gottesfürchtiger Mann war. Und doch bin ich überzeugt, nichts getan zu haben, das ihn hätte beleidigen können.«

»Habt Ihr einmal versucht, ihn nach dem Grund für dieses Verhalten zu fragen?«, erkundigte sich Madame Borel, die schweigsam und mit abwesend wirkendem Blick aß, das Gespräch jedoch sehr aufmerksam zu verfolgen schien.

»Ja, aber mit wenig Erfolg … Ich fürchte, dass Yann ein zu scheuer Mensch ist, ich habe ihn bei meinen Besuchen auf dem Hof nie angetroffen. Und dasselbe ist mir mit der jungen Frau passiert, die in den Wäldern lebt. Sie scheinen sich beide in Luft aufzulösen, sobald ich mich ihnen nähere.«

Die Eheleute Borel tauschten einen kurzen Blick und zwischen ihnen hing etwas Unausgesprochenes in der Luft.

Madame Borel legte ihren Löffel weg und erhob sich. »Ich gehe dann mal, um die Glut neu anzufachen«, sagte sie und kniff die Augen zusammen.

Lucien wirkte verlegen. Er senkte die Stimme, damit seine

Frau ihn nicht hören konnte. »Also waren Eure Versuche, Fiamma kennenzulernen, nicht von Erfolg gekrönt?«

»Hätte ich sie nicht am Tag meiner Ankunft mit eigenen Augen an der Grenze zum Besitz der Rossets gesehen, würde ich zweifeln, ob sie wirklich existiert«, erwiderte ich kopfschüttelnd und nahm mir eine großzügige Portion Fleischsoße nach. Plötzlich sah ich auf, da mir gerade ein Gedanke gekommen war. »An jenem Abend stand sie dort und sah zum Gehöft. Und Yann Rosset …« Ich zwinkerte mehrfach und rief mir den seltsamen starren und angespannten Blick in Erinnerung, mit dem der Mann sie seinerseits betrachtet hatte. »Yann Rosset hat sie nicht verjagt. Sie … haben einander angesehen. Als ob sie sich gegenseitig beobachteten«, merkte ich an, während ich den Löffel noch halb in der Luft hielt. Beim näheren Nachdenken schien mir Yann Rosset nicht die Art von Mensch zu sein, der einer solchen Ausgestoßenen Vertrauen schenken würde, einer Frau, die bei allen als Unheilbringerin galt.

Der Lehrer wirkte auf einmal vorsichtig. Seine Frau hantierte nun hinter uns und warf einige Zweige ins Feuer. »Etwas verbindet die beiden, die Liebe zu jemandem, der nicht mehr unter uns weilt. Ich würde Euch gern die Geschichte erzählen, aber nicht jetzt. Bei einer besseren Gelegenheit«, flüsterte er mir zu, während er seiner Frau schuldbewusste Blicke zuwarf.

Ich begriff, dass diese solche Themen innerhalb der eigenen vier Wände nicht duldete, und bezähmte für kurze Zeit meine Neugier. Doch nach dem Versuch des Lehrers, das Gespräch auf die bevorstehende *desarpa* und die folgenden Festlichkeiten im Dorf zu lenken, konnte ich mich nicht mehr zurückhalten und fragte: »Ich würde gern mehr über Fiamma erfahren.

Zunächst einmal: Hat sie denn keinen Familiennamen? Und wieso lebt sie allein im Wald? Ihr seid anscheinend der einzige Mensch in ganz Saint Rhémy, der bereit ist, über sie zu sprechen …«

»Warum interessiert sie Euch so sehr?«, fragte die Frau des Lehrers an dieser Stelle und warf mir einen äußerst missbilligenden Blick zu.

Es war schon immer mein Fehler gewesen, nicht zu wissen, wann ich besser schweigen sollte. Lucien Borel hatte mir zu verstehen gegeben, dass er später mit mir über Fiamma sprechen wollte, doch ich hatte meine Zunge nicht in Zaum halten und mich bis dahin gedulden können. »Sie ist eine verlorene Seele, die ich gern in den Schoß der Kirche zurück …«

»Vergebene Liebesmüh, Hochwürden«, unterbrach mich Madame Borel. Bis zu diesem Augenblick hatte ich sie für eine sanftmütige, zurückhaltende Frau gehalten, doch nun wirkte der Blick aus ihren geröteten Augen entschlossen und direkt. »Sie will nicht von Euch *gerettet* werden. Ihr solltet sie einfach dort lassen, wo sie ist.«

»Aber …«

»Sie ist wie ihre Mutter, ein wildes Geschöpf. Versucht Ihr es mit guten Worten, wird sie sich gegen Euch wenden. Reicht Ihr ihr eine Hand, wird sie erbarmungslos hineinbeißen. Man sagt, sie könne sich in eine große Füchsin mit spitzen Zähnen verwandeln …«

»Adélaïde«, mahnte Lucien sie, aber nur sehr leise, als wagte er es nicht, ihr zu widersprechen.

Sie seufzte: »Ich weiß, das ist alles nur dummes Zeug.« Sie schüttelte den Kopf, ein bitteres Lächeln auf den Lippen. Dann wandte sie sich wieder mir zu. »Dennoch, das sage ich mit aller Überzeugung, Hochwürden: Diese Frau gehört nicht zum Dorf, sie wird niemals ein Teil von uns sein. Es gibt Kämpfe, die sind bereits im Vorfeld verloren, und dies hier ist einer davon.«

Ich wollte etwas entgegnen, doch die Art und Weise, wie Lucien den Kopf schüttelte, zwang mich, nun endgültig zu schweigen.

Eine halbe Stunde später verabschiedete ich mich verlegen. Die restliche Mahlzeit über hatte Madame Borel hartnäckig geschwiegen, während ihr Mann vergebens versuchte, eine Konversation mit banalen Themen aufrechtzuerhalten, die niemanden interessierten.

Ich fragte mich, was sich hinter dem Hass dieser sonst so sanften und freundlichen Frau verbergen mochte. Mir war die Flasche auf einem Regal der Anrichte nicht entgangen, als ich das Haus verließ. Von der gleichen Art, wie ich sie in zahlreichen Häusern des Dorfes gesehen hatte. Ein Absud, ein Heiltrank, ganz gleich, was es war, es waren Fiammas Hände gewesen, die ihn zubereitet hatten.

Die Dorfbewohner sagten zwar, dass sie sie hassten, und sie fürchteten sie, aber dennoch gingen sie zu ihr, um Linderung für ihre Leiden zu erfahren. Wenn ich Fiamma treffen wollte, würde ich wohl diesen Weg wählen müssen.

Yann

Die Schatten ließen die Umrisse der Dinge verschwimmen und unscharf werden. Ich hob meine Axt und ließ sie mit viel Kraft auf den Holzklotz vor mir sausen. Feine Holzsplitter trafen mich im Gesicht, und ich spürte, wie der Schlag in meinen Armen, ja bis in die Zähne nachwirkte. Der Klotz war noch nicht ganz gespalten und ich musste noch mehrmals auf ihn einschlagen, um ihn zu durchteilen.

»Zum Teufel«, knurrte ich und wischte mir mit dem Hemdsärmel den Schweiß von der Stirn. Dicke, regenschwere Wolken türmten sich auf den Bergen, die Luft war kalt und trug den Geruch des nahenden Herbstes in sich, mit den Noten von Unterholz und feuchter Erde.

Mehr als ein Jahr war vergangen, seit ich das letzte Mal Nachricht von meinem Bruder erhalten hatte, und noch immer konnte ich mich nicht mit dem unaufhaltsamen Verstreichen der Zeit abfinden, mit dem Wechsel der Jahreszeiten, mit dem Leben, das trotz allem weiterging. Der Schmerz war nicht an etwas Bestimmtem zu verorten, er hatte keinen festen Punkt, sondern erstreckte sich in die Unendlichkeit.

Ich hieb mit der Axt wieder und wieder auf den Klotz vor mir ein, bis sie im Baumstumpf darunter stecken blieb. Die Klinge war tief eingedrungen, und sie herauszuziehen stellte sich mühsamer heraus, als ich gedacht hätte. Ich presste die Kiefer zusammen und schürfte mir bei dem Versuch die Handflächen am Griff auf. Als es mir endlich gelang, taumelte ich durch den Rückstoß gleich ein paar Schritte nach hinten. Keuchend betrachtete ich das kleingeschlagene Holz, das den ganzen Platz vor dem Heuschober bedeckte. Auf dem Baumstumpf waren tiefe, heller gefärbte Einschnitte zu sehen.

Nach und nach prasselten die ersten Tropfen um mich herum auf den Boden und wirbelten dort den Staub auf. Sie befeuchteten mir Stirn und Wangen und liefen in meinen Bart.

»Du wirst noch krank werden«, sagte meine Mutter, die aus dem Haus getreten war und sich in ihr Schultertuch wickelte. Sie musterte mich besorgt. »Für heute hast du genug gearbeitet. Komm rein, es regnet.«

Ich zuckte mit den Schultern und sah nur kurz zu ihr hin. »Agnés?« fragte ich, während ich mir durch die inzwischen tropfnassen Haare fuhr. Das Hemd klebte mir am Leib.

»Sie müsste jeden Augenblick heimkehren, ich habe sie ins Dorf geschickt, um Brot im Ofen zu backen.«

Sie kniff die Augen zusammen und suchte die Straße zum Hof ab. Dichter, tiefhängender Nebel hatte die Berge eingehüllt und verbarg die Gipfel. Die Bäume schienen zu dampfen und in diesem milchigweißen Dunst zu verschwinden.

»Da kommt jemand«, sagte sie und wies mit dem Kinn auf eine Gestalt, die zum Hof heraufkam. »Es ist Marie.«

Mit einem harten Schlag rammte ich die Axt in den Baumstumpf. »Wenn sie im Auftrag von Don Jacques da ist, dann verschwendet sie bloß ihre Zeit: Ich habe nicht die Absicht, ihr zuzuhören. Kümmere du dich um sie, Mutter.«

Der Blick meiner Mutter wurde hart. »Wag es ja nicht. Du warst schon unhöflich genug zum neuen Pfarrer. Außerdem hat sie dich bereits gesehen«, zischte sie und winkte der Frau zu, die nun schneller lief, um sich vor dem immer heftiger fallenden Regen in Sicherheit zu bringen.

»Guten Abend, Signora Rosset«, rief sie, als sie vor uns stand. »Yann«, wandte sie sich an mich mit einem angedeuteten Lächeln. Sie hatte rote Wangen und einen lebhaften Blick. Einige blonde Strähnen lugten unter ihrem Kopftuch hervor, und ihre üppige Brust hob und senkte sich bei jedem Atemzug.

»Marie, meine Liebe, komm herein. Du bist ja patschnass«, sagte meine Mutter, ich hingegen knurrte so etwas wie einen Gruß, während ich mir mit schroffen Bewegungen die Ärmel bis zu den Handgelenken abrollte. Wir gingen ins Haus, und meine Mutter sorgte sofort für die Bequemlichkeit unseres Gastes.

»Oh, vielen Dank. Ich bin gekommen, um Euch von Mutters Eingemachtem zu bringen.« Marie deutete auf ihren Korb. »Ich hätte nicht gedacht, dass es regnen würde, heute Morgen war der Himmel so wunderbar blau …« Sie sah kurz zu mir hinüber, um dann gleich wieder wegzuschauen. »Auf jeden Fall hatte ich unrecht mit meiner Annahme, denn schon auf der Hälfte des Weges wurde der Himmel dunkel, und es sah nach Gewitter aus. Ich werde völlig durchnässt sein, wenn ich wieder ins Pfarrhaus zurückkomme«, jammerte sie und fuhr sich mit der Hand über den weißen, regenglänzenden Hals, mit einer Bewegung, die ich unwillkürlich als aufreizend empfand.

»Du Ärmste«, sagte meine Mutter kurz angebunden, während sie Marie den Korb abnahm. »Jetzt setz dich an den Kamin und wärm dich auf. Wir werden Yann zum Pfarrhaus schicken, er soll Don Agape Bescheid sagen, dass du bei diesem Unwetter nicht zurückkannst.«

Erbost runzelte ich die Stirn. »Das ist ausgeschlossen.«

Meine Mutter, die aus dem Korb zahlreiche Gläser mit eingelegtem Gemüse und Marmelade hervorholte, wirkte unnachgiebig. »Du willst doch hoffentlich nicht, dass Marie sich noch etwas holt, oder?«

Erst da entschloss sich Marie, zu meinen Gunsten einzugreifen. »Oh, das ist nicht nötig, Signora Rosset. Ich bin sicher, dass Yann anderes zu tun hat, außerdem möchte ich keinesfalls, dass er sich meinetwegen noch etwas holt.«

Ihre Lippen, das bemerkte ich erst jetzt, hatten eine einzigartige Herzform.

»Ach, Yann wird ein bisschen Regen nicht schaden«, erwiderte meine Mutter. »Genauso wenig wie es ihm schaden würde, in die Kirche zu gehen. Mir scheint, dass er in letzter Zeit recht wenig vom Haus unseres Herrn gesehen hat.«

»Tatsächlich«, mischte Marie sich ein, ehe ich irgendetwas entgegnen konnte, »habe ich mich auch gefragt, wieso wir dich dort nicht mehr gesehen haben … Ich hoffe, dass deine Abwesenheit nicht in irgendeiner Unstimmigkeit mit dem neuen Pfarrer begründet ist.«

»Keineswegs«, antwortete ich ungehalten. Ich fragte mich, warum ich nicht rechtzeitig verschwunden war, anstatt mich nun von den beiden Frauen schelten zu lassen.

»Ich kann dir versichern, dass er ein guter Mensch ist«, verteidigte ihn Marie, obwohl dazu gar kein Anlass bestand: Don

Agape war mir vollkommen gleichgültig. »Gut, er ist ein wenig unbeholfen. Und unsicher, ja. Aber voller guter Absichten.«

»Seine Predigten haben nicht dieselbe Tiefgründigkeit wie die von Don Jacques«, bemerkte meine Mutter kopfschüttelnd.

»Er ist jung und unerfahren, schenkt ihm doch Vertrauen, Signora Rosset. Und außerdem ist er ein gelehrter Mann, Ihr hättet die Bücherkisten sehen sollen, die er sich aus Rom hat schicken lassen … Noch nie habe ich einen Mann mit so vielen Büchern gesehen. Abgesehen von Monsieur Borel. Für gewöhnlich mögen Männer keine Bücher.«

Marie bemerkte zu spät ihren Fehler und hätte sich bestimmt am liebsten auf die Zunge gebissen, aber nun war der Schaden einmal angerichtet. Der Blick meiner Mutter wirkte jetzt traurig. Sie stellte das Gefäß mit dem Heidelbeerkompott auf den Tisch und starrte auf die Maserung der Holzplatte, während ihre Schultern unmerklich unter leichtem Schluchzen bebten.

»Es tut mir leid«, sagte Marie rasch. »Das war taktlos, ich weiß, dass auch Raphaël …«

Sie wirkte am Boden zerstört, und ich war ihr dankbar für ihre offensichtliche Reue, dass sie unwillentlich das Gespenst meines Bruders in diesen Raum zwischen uns gebracht hatte.

Keiner erwähnte ihn je. Sein Name kam nicht über unsere Lippen. Die meiner Mutter waren von zu vielen Tränen versiegelt, mit ihrem Salz verkrustet. Meine waren von der Kälte hart geworden, die in meinem Inneren herrschte. Nur Agnés versuchte, sein Andenken lebendig zu halten, aber inzwischen schwieg auch sie.

In dem Moment erschien, fast als hätte sie jemand gerufen, meine Schwester in der Tür. Sie war zerzaust und erschöpft, das vom Regen durchweichte Kopftuch klebte ihr im Nacken, und sie atmete stoßweise, als wäre sie gerannt.

»Basile Blanche«, stieß sie keuchend hervor. Sie hatte den frisch gebackenen Brotlaib in ein Geschirrtuch gewickelt und hielt ihn fest an sich gedrückt, damit er nicht nass wurde. »Er hat einen Fuchs gefangen«, keuchte sie und krümmte sich dabei zusammen, um leichter atmen zu können.

Ich versteifte mich. Agnés suchte meinen Blick, ein Funken Angst blitzte in ihren Augen auf. Sie hatte Marie, die vor dem Kamin saß, nicht einmal bemerkt. Vielleicht wäre sie sonst vorsichtiger gewesen. Marie war ein anständiges Mädchen, aber sie konnte nichts für sich behalten.

»Er hatte sich in einer Falle auf seinem Grundstück verfangen. Yann …«

»Und was soll ich da tun?«, unterbrach ich sie barsch. Ich spürte die Augen meiner Mutter auf mir. Marie beobachtete uns, ohne etwas zu begreifen.

Agnés öffnete den Mund, dann schloss sie ihn wieder. Erneut war Raphaël hier bei uns. Er betrachtete uns, er urteilte über uns. Ermahnte uns, etwas zu unternehmen, um das wenige, das von ihm geblieben war, zu retten.

»Ich hole das Gewehr«, sagte ich schließlich nach einer Zeitspanne, die mir endlos vorkam.

»Yann, wage es nicht!«, rief meine Mutter, ihre Stimme bebte vor Zorn.

Doch ich achtete nicht auf sie und ging zum Heuschober.

Erst draußen im Regen bemerkte ich, dass Marie mir folgte.

»Yann, was willst du tun? Mein Gott, lass es gut sein …«

»Geh ins Haus zurück, Marie.«

»Dieser Fuchs …«

»Ich habe dir gesagt, du sollst ins Haus zurückgehen«, fuhr ich auf und wurde laut.

Marie blieb auf dem Platz stehen. Der Boden unter ihren Füßen war vom Regen aufgeweicht, und der Saum ihres Rockes war schlammverkrustet. Ihre Wangen, die vom Regen nass glänzten, waren nun nicht mehr gerötet, sondern bleich, und ihr Blick ebenso erschrocken wie empört. »Warum tut Ihr das? Für sie? Für die Hexe?«, fragte sie mich, aber ganz leise, als ob sie an ihren eigenen Worten zweifelte.

Ich schüttelte stumm den Kopf und entfernte mich mit großen Schritten.

Basile Blanche gehörte der Hof im Westen des Dorfes. Auch sein Besitz grenzte an den Wald, und in diese Richtung ging ich nun, während meine Stiefel im matschigen Laub versanken. Die Stille wurde nur vom Regen unterbrochen, der zwischen den Bäumen fiel, klatschend auf die Stämme tropfte und ins Moos eindrang, das die Felsen bedeckte.

Der Fuchs war ein roter Fleck im Grünen. Er lag mit durchnässtem Fell auf dem Boden, einer der Vorderläufe war zwischen den Zähnen des Fangeisens eingeklemmt. Neben ihm standen zwei kleine Jungen Wache, in denen ich Etienne Blanche, das kleinste der Blanche-Kinder, und Gustave Vevey, den Enkel des Bäckers, erkannte. Von ihnen musste Agnés auch erfahren haben, was passiert war. Sie pikten das Tier mit trockenen Zweigen, aber als sie mich auf sie zukommen sahen, richteten sie sich auf und starrten ein wenig ehrfürchtig auf das Gewehr, das ich gegen das Bein gesenkt hielt.

»Verschwindet«, fuhr ich sie mit einer barschen Handbewegung an. »Und lasst das arme Tier in Ruhe.«

Gustave Vevey trat langsam beiseite, aber Etienne reckte das Kinn vor und funkelte mich herausfordernd an. Die Tatsache, dass er sich auf dem eigenen Grund und Boden befand, verlieh ihm offenbar Selbstsicherheit, obwohl er nur ein kleiner Junge war.

»Mein Bruder hat gesagt, dass wir hier auf ihn warten und den Fuchs bewachen sollen. Er holt gerade die Heugabel, um ihm den Rest zu geben«, sagte er ohne jede Spur von Mitleid im Blick.

Meine Miene verfinsterte sich. Er war genau wie Basile: die gleiche stämmige Figur, das gleiche anmaßende Verhalten, der wilde Blick. Ich warf einen kurzen Blick auf den Fuchs. Er rührte sich nicht, atmete aber noch. Auf der Erde hatte sich unter der verletzten Pfote eine Pfütze aus dunklem Blut angesammelt. Um den Hals hatte er ein blaues, inzwischen zerschlissenes Stoffband; nein, ich irrte mich nicht.

Im gleichen Moment hörte ich Schritte hinter mir und drehte mich um. Basile kam zurück, eine Heugabel in den Händen, und sein Gesichtsausdruck zeigte deutlich, dass er nicht glücklich darüber war, mich zu sehen.

»Was zum Teufel machst du hier, Rosset?« Ohne eine Antwort abzuwarten, ging er an mir vorbei auf den Fuchs zu. »Du bist stark, du Hure, und du bist schlau, aber nicht schlau genug«, sagte er, während auf seinem Gesicht ein zufriedenes Lächeln erschien. Mit seiner Stiefelspitze stieß er das Tier an, das daraufhin ein wenig den Kopf hob, zwei lange Reihen spitzer Zähne bleckte und dazu ein schwaches Knurren ausstieß. Basile hob die Heugabel in der Absicht, sie in den Körper des Tieres zu rammen. Es interessierte ihn nicht einmal, dass das Fell durch die Löcher unbrauchbar werden würde: Er wollte es aus reiner Lust am Töten umbringen. Denn er war überzeugt, dass sich unter diesem rötlichen Fell die Gestalt einer Frau verbarg, so wie viele andere, die sich von diesem Aberglauben beeinflussen ließen.

Die kleinen Jungen hinter ihm reagierten unterschiedlich: Gustave wich weiter zurück, er war noch blasser geworden, Etienne dagegen kam näher, seine Augen funkelten vor Stolz und Befriedigung. Er musste einen Helden in diesem derben und brutalen Bruder sehen, der aus dem Krieg mit einem versehrten Arm zurückgekehrt war, den er wie eine Trophäe herumzeigte und sich damit bei jeder Gelegenheit großtat. Basile hatte Glück gehabt. Oder vielleicht war er einfach bloß erbarmungslos und hatte deswegen überlebt.

Raphaël nicht. Raphaël besaß kein Quäntchen Grausamkeit, seine Seele war rein wie der Schnee, der die Gipfel der Berge weiß färbte.

Ich hob das Gewehr und richtete es auf Basile. »Wenn du ihn tötest, bringe ich dich um.«

Kurz beobachtete ich, wie sein Gesicht verwirrt wirkte, dann machte sich Empörung darin breit. »Bist du nicht ganz richtig im Kopf, Yann? Leg das Gewehr weg, verdammt! Hier sind Kinder!«

»Leg du die Heugabel weg, dann nehme ich das Gewehr runter.«

Basile zwinkerte unentschlossen. Er begriff allmählich, dass ich es ernst meinte. »Du bist verrückt!«, knurrte er. Doch seine

Hände lockerten sich, und er ließ den Stiel der Heugabel los. »Was hast du denn vor?«

»Das geht dich nichts an«, antwortete ich ruhig, hielt das Gewehr aber weiter im Anschlag. »Jetzt verschwinde.«

»Das hier ist mein Besitz!«, stellte Basile klar, die Augen zu schmalen Schlitzen zusammengekniffen. Etienne hinter ihm verfolgte die Szene besorgt. »Du bist hier auf meinem Grund und Boden«, wiederholte er und rammte die Heugabel mit Gewalt in die Erde.

»Ist mir egal«, sagte ich, hob den Lauf des Gewehrs und zielte damit zwischen seine Augen.

Basile schüttelte den Kopf. »Gehen wir«, sagte er zu den beiden Jungen. »Der da ist wie sein Bruder: Er hat seine Seele dem Teufel verkauft. Nimm dir deine Hexe, wenn dir so viel an ihr liegt«, sagte er, während er noch einmal den Fuchs betrachtete. »Ich hoffe, dass diese Hure dich in die Hölle bringt. Du bist schon auf dem besten Weg dahin.«

Ich blieb mit dem angelegten Gewehr reglos stehen, bis ich ihn, gefolgt von den zwei Jungen, zwischen den Bäumen verschwinden sah. Erst da wurde mir bewusst, dass meine Arme vor Anspannung schmerzten, und ich lockerte aufseufzend die Schultern. Nur noch ein einziges Wort aus seinem Mund, und ich hätte ihn kaltblütig umgebracht.

Nachdem ich mich überzeugt hatte, dass ich allein war, näherte ich mich dem Tier, das reglos im Schnee lag. Mit leisem Röcheln hob und senkte sich sein Brustkasten. Es nahm den Kopf hoch, als ich mich neben ihm hinkniete, fletschte die Zähne und legte die Ohren an.

»Ich habe dir gerade das Leben gerettet«, knurrte ich es

an. »Du könntest wenigstens etwas Dankbarkeit zeigen.« Ich packte das Tier im Genick, damit es mich nicht beißen konnte, dann löste ich das Band um seinen Hals und wickelte es um sein Maul. Nun suchte ich mir einen dickeren Ast, um das Fangeisen aufzustemmen. Die gezackten Klingen hatten sich tief ins Fleisch gebohrt, höchstwahrscheinlich hatten sie den Knochen zerschmettert.

Als ich versuchte, den Fuchs hochzuheben, wehrte er sich und versuchte, sich meinem Griff zu entwinden, aber er war zu schwach, und nach einer Weile beruhigte er sich. Er war patschnass und verströmte einen stechenden, wilden Geruch.

»Jetzt bringe ich dich zu ihr«, flüsterte ich, während ich meine Finger in dem dichten, feuchten Fell vergrub.

Mir entging nicht die Ironie der Situation. Vor Jahren hatte mich jemand unter fast den gleichen Umständen in diese Hütte tief im Wald gebracht.

Während ich vorwärtslief, meine Stiefel immer wieder im Schlamm versanken und das Wasser in meinem Bart gefror, kam mir der Gedanke, dass ich mit dieser Tat wenigstens einen Teil meiner Schuld meinem Bruder gegenüber beglichen hatte. Das hoffte ich zumindest.

Fiamma

Es hatte aufgehört zu regnen, und nun waberte dichter Nebel zwischen den Birken und wickelte Silberschwaden um ihre langen, bleichen Stämme. Die Leute im Tal glaubten ja, Birken seien Zauberbäume, und Legenden besagten, dass die Hexen ihre Besen aus deren Ästen fertigten. Vielleicht ist mir unter all den Pflanzen des Waldes die Birke deshalb besonders ans Herz gewachsen.

Ich ließ die Finger über die glatte, weiße Rinde gleiten. Die dunklen Scharten sahen aus wie viele Augen, die mich ansahen.

Die Blätter waren schon fast alle von den Bäumen gefallen, in kurzer Zeit würde der Wald kahl und kalt wirken.

Die Berggipfel hoben sich scharf gegen den bleigrauen Himmel dieses Spätnachmittags ab und trugen Spuren von Schnee wie Puderzucker. Ich nahm den steilen Weg entlang des Baches und zog das Schultertuch eng um mich, um mich gegen die Kälte zu schützen.

Ich war nicht mehr die einzige Bewohnerin dieses Waldes. Das hatte ich am Vortag entdeckt, als ich einen Rauchfaden aufsteigen sah, der sich hoch in die Luft zog wie ein Band und sich über den Wipfeln der Bäume auflöste. Jemand hatte gar nicht weit von der Hütte entfernt ein Feuer gemacht, und so war ich neugierig bis an den Saum der Lichtung vorgedrungen, auf der Raphaël und ich vor vielen Jahren zum ersten Mal miteinander geredet hatten.

Es roch nach verbranntem Holz, und gedämpftes Reden erfüllte die Luft. Um ein Feuer aus trockenen Zweigen und Laub saßen drei Männer und vier Frauen von recht brauner Hautfarbe. Die Frauen hatten lange dunkle Haare, die zu strammen Zöpfen gebunden waren, sie trugen Kleider in kräftigen Farben und Umschlagtücher mit Fransen. An Handgelenken und Ohren hatten sie funkelnden Schmuck. Bei dem ungewohnten Anblick dieser Menschen war ich stehen geblieben.

Hinter ihnen standen zwei große, leuchtend grün und rot angestrichene Wagen, an einem Baum waren ein Pferd und ein Maultier angebunden, die dort grasten. Ich verweilte lange und beobachtete sie, in einer Mischung aus Faszination und ein wenig Scheu. Sie wirkten, als wären sie den Geschichten entstiegen, die meine Mutter mir erzählt hatte, als ich ein kleines Mädchen war, und ich fragte mich, ob sie nicht Geister waren, die der Wind hergetragen hatte, dieser starke, gewaltige Wind, der seit dem vergangenen Abend wehte.

Auch später dachte ich noch an diese Leute, als ein Geräusch draußen vor der Tür mich in die Gegenwart zurückrief. Schritte, ein dumpfer Laut, als würde etwas abgelegt, dann abwartende Stille. Wer auch immer dort vor der Hütte stand, fragte sich gerade, ob er anklopfen sollte oder nicht. Sonst ließ ich die Dorfbewohner das mit ihrem Gewissen ausfechten und öffnete nur, wenn sie sich selbst bemerkbar machten. Doch an diesem Nachmittag näherte ich mich der Tür und stieß sie langsam auf. Ich weiß nicht, ob eine Ahnung mich dazu trieb oder reine

Neugier, denn niemand kam hier herauf, solange es noch hell war und man Gefahr lief, gesehen zu werden und damit als jemand zu gelten, der sich mit mir gemeinmachte.

Dort draußen stand Raphaël.

Das raubte mir den Atem, und ich riss verblüfft die Augen auf. Doch innerhalb weniger Sekunden veränderte sich das Gesicht meines besten Freundes: Die hellblauen Augen färbten sich in einem dunkleren Ton, die Haare wurden kürzer und die Kieferpartie härter und kantiger. Der Mann vor meiner Tür war nicht Raphaël, sondern Yann.

Ich erstarrte. Yann war nicht mehr in diese Hütte zurückgekehrt nach jenem einzigen Mal, als ich ihn gewaschen und wieder zusammengeflickt hatte. Yann hasste mich.

Einen Moment lang sah ich ihm direkt in die Augen und las dort die gleiche Bestürzung, dass er mir auf einmal gegenüberstand. Seit damals waren wir einander nie wieder so nahe gewesen. Er wich einen Schritt zurück, und erst jetzt erkannte ich, dass er etwas vor meiner Tür abgelegt hatte. Mir blieb das Herz stehen.

Ribes hob ihr Gesicht zu mir und klopfte mit dem von Regen und Tannennadeln verfilzten Schweif leicht auf den Boden. Die Füchsin war an einer Pfote verletzt, aus der Wunde war reichlich Blut geflossen und hatte Klumpen in ihrem Fell gebildet.

»Was hast du ihr angetan?«, schrie ich und sank auf dem Boden zusammen, um die Füchsin in die Arme zu nehmen.

Yann ballte die Hände zu Fäusten, in der rechten hielt er ein Gewehr. Ich hätte Angst haben müssen vor ihm, aber in diesem Moment kannte ich nur eine Sorge. Ribes war alles, was mir von Raphaël geblieben war. Wenn ich nun auch noch sie verlieren würde, hätte sich alles, was mich zusammenhielt, restlos aufgelöst, und jedes Gefühl wäre aus mir entwichen.

»Sie hat sich auf dem Land von den Blanches in einer Falle verfangen. Ich habe sie dir nur wiedergebracht«, erklärte Yann schroff und wandte den Blick ab.

Ich begriff, dass er sich unwohl fühlte. Höchstwahrscheinlich hatte er vorgehabt, die Füchsin vor meiner Tür abzulegen und schnell wieder zu verschwinden, um mir nicht begegnen zu müssen.

»Verschwinde«, sagte ich, ohne ihn anzusehen. Ich nahm Ribes in die Arme und vergrub mein Gesicht in ihrem Fell. Als ich mich aufrichtete, sah ich, dass er immer noch regungslos dastand. Er wirkte niedergeschlagen.

»Verschwinde oder komm herein. Ich habe keine Zeit zu vergeuden«, sagte ich und kehrte ihm den Rücken zu. Doch ich ließ die Tür offen, und nach einem kurzen Moment hörte ich, wie er mir folgte und sie leise hinter sich schloss.

Er hatte geschworen, dass er diese Hütte nie wieder betreten würde. Dass er keinen Kontakt mehr zu mir haben würde, ganz gleich welcher Art. Das hatte er zu Raphaël gesagt, der es mir mit einem verlegenen Grinsen weitererzählt hatte; er hatte sich geschämt, dass sein Bruder so undankbar war.

Doch Raphaël war nicht mehr da, und unser Leben von früher schien nichts mit dem zu tun zu haben, in dem wir uns jetzt so blind und unsicher bewegten.

Ich legte Ribes nahe am Kamin ab und trocknete ihr Fell mit meinem Umhängetuch. Sie war so dünn, dass ich unter meinen Fingern jede Rippe einzeln spüren konnte und die schmale, gebogene Wirbelsäule. Ich untersuchte ihre Wunde gründlich und verwünschte stumm Basile Blanche für seine Fallen, die er, da war ich mir sicher, nur meinetwegen aufstellte. Basile hatte zu den Kindern gehört, die mich mit der größten Bosheit gequält hatten, und auf Raphaël hatte er es genauso abgesehen. Dass die Welt ein ungerechter Ort war, hatte ich begriffen, als Basile aus dem Krieg heimgekehrt war und sich überall mit seiner unbedeutenden Verletzung brüstete, während Raphaël ruhelos auf dem verschneiten Hochplateau umherirrte, der letzten Grenze zwischen Erde und Himmel.

Ich sah mich verwirrt um. Der Boden war kalt und die Füchsin, die ich im Schoß hatte, ein tropfnasses, kraftloses Fellknäuel. Ich hätte aufstehen und einen Absud zubereiten müssen, um ihre Wunde auszuwaschen, hätte Nadel und Faden zur Hand nehmen und das Bein versorgen, den Knochen richten müssen. Doch ich hatte keine Kraft für all diese Dinge. Plötzlich fühlte ich mich so leer, erschöpft und einsam.

Eine Träne tropfte von meinen Wimpern und löste sich im weichen Pelz des Tieres auf. Jenseits der Fenster wurde das Licht langsam schwächer und wich den Schatten der Nacht. Nur die Glut im Kamin erhellte noch den Raum. Wenn die letzten Holzscheite zu Asche verbrannt sein würden, würde auch Ribes verschwunden sein und ich mit ihr. Mir blieb nichts mehr.

»Was zum Teufel ist mit dir los? Ich habe sie dir gebracht, weil ich wollte, dass du sie rettest, nicht damit sie hier zusammen mit dir stirbt. Wenn sie hätte sterben sollen, hätte ich sie eigenhändig erschossen«, sagte Yann, packte mich an den Schultern und schüttelte mich. Er zwang mich aufzustehen, nahm die Füchsin und legte sie auf den Tisch, wobei er Glasgefäße und Körbe mit Blättern und Rindenstücken beiseiteschob, um Platz zu schaffen.

Sein eigenmächtiges Handeln, seine Hände auf mir verschlugen mir die Sprache.

»Tu, was du tun musst. Was du gut kannst.« Das war ein unmissverständlicher Befehl, aber auch ein Vertrauensbeweis. Er fürchtete mich, er verachtete mich, konnte mir nicht verzeihen, dass ich ihn zu dem gemacht hatte, was er jetzt war: ein gebrochener Mann, der nie mehr den Gipfeln der Berge die Stirn bieten konnte. Denn vor allem dadurch hatte er sich lebendig gefühlt: wenn er in die Wand stieg, sich dem Berg stellte.

Meine Mutter und ich hatten ihn dem Tod entrissen, indem wir seine Seele gepackt und wieder fest an sein Fleisch genäht hatten, doch der Mann, den wir aus der Welt der Schatten zurückgeholt hatten, würde nie wieder derselbe sein. Man muss dem Tod etwas zum Ausgleich geben, wenn er seine gierigen Finger nach jemandem ausstreckt, hatte meine Mutter mir erklärt, und mir war das logisch erschienen. Doch Yann dachte nicht so; er wäre lieber gestorben, als zeit seines Lebens ein Krüppel zu sein und zusehen zu müssen, wie sein Bruder in den Krieg zog, ohne ihn begleiten, ohne ihn beschützen zu können. Das warfen mir seine eiskalten Augen jedes Mal vor, wenn sie meinen begegneten: Dass ich ihn gerettet hatte, um ihn dann in diese Hölle zu werfen.

Doch jetzt in diesem Moment wandte er sich an mich, um nicht das wenige noch zu verlieren, das ihm von seinem Bruder geblieben war. Denn diese kleine Füchsin, die dort durchnässt und zitternd lag, hatte sich nur durch die Geduld und Hartnäckigkeit meines besten Freundes zähmen lassen und war der

Beleg dafür, wie gut Raphaël so etwas gekonnt hatte. So hatte er es auch mit mir gemacht.

Raphaël und ich waren gerade dabei gewesen, einen Damm im Bach zu bauen, sorgfältig wählten wir die kleinen Äste aus, die wir zwischen den Steinen einklemmten und dann mit Schlamm abdichteten. Eine langwierige Arbeit, weil die Strömung an der Stelle, die wir uns ausgesucht hatten, sehr stark war.

Wir standen bis zu den Waden im Wasser, und ich hatte mein Kleid um die Taille geschürzt, sodass meine Beine unbedeckt waren. Ich war zwölf Jahre alt und hätte nie vermutet, dass jemand sich für meine blassen Schenkel interessieren könnte, ich kannte keine Scham, vor allem nicht Raphaël gegenüber. Im Verlauf unserer Freundschaft hatten wir beinahe alles geteilt: dasselbe Essen und dasselbe Bett, und als wir noch klein waren, hatten wir öfter nackt gebadet und unsere Körper mit unbefangener Neugier erforscht, dabei die gegenseitigen Unterschiede mit der gleichen Natürlichkeit festgestellt, wie wir gelernt hatten, dass einige Tiere Flügel haben, um zu fliegen, und andere lange Beine, um zu springen, so wie die Steinböcke, die wir manchmal zwischen den Felsen der höchsten Gipfel ausmachten.

Plötzlich hatten wir aus dem Unterholz ein Jaulen gehört, erst nur leise und unregelmäßig, später immer schriller. Ein herzzerreißender Klagelaut, der einem unter die Haut ging und das Herz in Aufruhr versetzte. Raphaël und ich ließen die Zweige ins Wasser fallen und rannten gleichzeitig los, um so wie wir waren, mit nackten Füßen diesem verzweifelten Jaulen hinterherzuspüren. Da ertönten zwei Schüsse, kurz hintereinander abgegeben, und wir zuckten zusammen. Einige Vögel flatterten unter heftigem Flügelschlagen von den Zweigen auf und verschwanden hoch in den Wolken.

Das Junge lag auf einer Lichtung. Seine Pfoten waren mit einem Seil zusammengebunden, und es fiepte ängstlich. Neben ihm sahen wir einen uns unbekannten Mann, er hatte ein Gewehr umgehängt und lud sich gerade die noch warmen Körper von zwei ausgewachsenen Füchsen auf die Schultern. Das mussten die Eltern des Jungen sein, das immer noch laut nach ihnen rief, obwohl sie es nicht mehr hören konnten.

So ging man auf die Jagd nach Füchsen, diesen Tieren, die von Natur aus schlau und scheu sind. Die Jäger lockten die unerfahrenen und neugierigen Welpen an und zerschmetterten ihnen dann die Pfoten, damit sie mit ihrem verzweifelten Jaulen die Eltern herbeiriefen. Und diese kamen zuverlässig, obwohl sie wussten, dass sie dem sicheren Tod entgegengingen, denn der Instinkt, die eigenen Nachkommen zu schützen, ist stärker als jede Furcht, das ist das Gesetz des Blutes, welches keinen Unterschied zwischen Tieren und Menschen kennt.

Der Jäger, ein kräftiger Mann mit einem dichten dunklen Bart, sah uns überrascht an, als wir atemlos angerannt kamen. »Was haben zwei Rotzgören wie ihr hier zu suchen?«, schimpfte er und warf einen langen Blick auf meine nackten Beine. Ich nehme an, dass mich damals zum ersten Mal ein Mann so ansah; und ich empfand auf einmal Scham. Wurde schlagartig in die Welt der Erwachsenen katapultiert.

»Ihr jagt nicht ehrlich, Monsieur«, sagte Raphaël streng. Sein Gesicht zeigte einen Ausdruck, den ich nicht oft bei ihm gesehen hatte: ernst und angespannt. Er ertrug keine Gewalt, geschweige denn den Anblick von Blut.

Der Mann beachtete meinen Freund nicht einmal. Er war ein Erwachsener und hatte ein Gewehr, welche Angst konnten ihm da schon zwei Kinder einjagen? Nachdem er sich die beiden toten Füchse aufgeladen hatte, warf er einen kurzen Blick auf das Junge, das mit keuchendem Atem und heraushängender Zunge dalag und immer noch zitterte, aber schwächer, als hätte es keine Kraft mehr.

»Das da könnt ihr haben, die Pelze von den Jungen bringen nicht viel. Ich hab ihm nicht mal die Pfoten zertrümmern müssen, es war zahm wie ein Lämmchen: Das wird nicht lange überleben.«

Erst nachdem der Mann im Wald verschwunden war, lockerten sich Raphaëls Schultern. Er war die ganze Zeit angespannt gewesen, als hätte er damit gerechnet, eingreifen zu müssen, ausgerechnet er, der so dünn war wie ein Grashalm und sich selten wehrte, wenn wir uns in die Haare gerieten. Ich war immer diejenige, die am Ende triumphierte, nie andersherum. Er war der Nachgiebigere, Geduldigere, Sanftmütigere von uns beiden. Ich dagegen konnte, wenn ich wollte, zur Furie werden.

Wir näherten uns dem Fuchswelpen; er konnte nur ein paar Monate alt sein, das Fell war noch graubraun und flauschig wie Wolle, der Schwanz ähnelte einem dünnen Seil, und die Ohren waren noch kaum ausgebildet. Das Tierchen hatte schreckliche Angst und wehrte sich heftig, als wir versuchten, es loszubinden. Raphaël hielt es mit seinen Händen fest und flüsterte ihm tröstende Worte zu, als könnte er ihm allein durch den

Klang seiner Stimme ein wenig Mut einflößen. Und es funktionierte. Dies war seine Gabe. Er konnte wilde Geschöpfe zähmen. Oder einfacher gesagt, er brachte selbst diejenigen dazu, ihn zu lieben, die von Natur aus eher misstrauisch waren.

»Ich nehme ihn mit nach Hause«, sagte er, als das Tierchen sich beruhigt hatte und zusammengerollt die kleine Schnauze unter seinen Arm steckte.

»Dein Vater wird dir nie erlauben, ihn zu behalten«, gab ich zu bedenken. Raphaëls Familie verabscheute alles, was aus dem Wald kam, mich eingeschlossen.

Ich hatte mich oft gefragt, warum er so anders war als seine Verwandten. Als kleines Mädchen hatte ich eine Zeit lang geglaubt, Raphaël wäre eigentlich der Bruder, den mir das Schicksal zugedacht hatte, und dass durch irgendeinen Irrtum die Fee, die die Kinder bringt, ihn bei einer Familie abgelegt hatte, die nicht seine war. Und dass seine wahre Familie ich wäre.

»Ich lasse ihn nicht hier zurück«, hatte er mir geantwortet mit dem ganzen Stolz seiner vierzehn Jahre. »Der Mann hat recht, er ist zu klein. Er wird sterben, wenn wir ihn hierlassen.«

Ich biss mir auf die Lippe, als ich diesen kleinen Fellball betrachtete, der sich an seine Brust schmiegte. Ich war mir nicht ganz sicher, ob meine Mutter einverstanden sein würde, aber einen Versuch war es wert.

»Ich werde ihn für dich mitnehmen«, schlug ich kurz entschlossen vor. »Aber er wird natürlich dir gehören«, erklärte ich gleich, da ich mir nicht etwas aneignen wollte, das aus freier Entscheidung anscheinend ihm gehören wollte.

Er sah mich kaum an. Und strich dem kleinen Fuchs über den wolligen Kopf, er hatte ihn schon liebgewonnen.

Um diese Fähigkeit, auf den ersten Blick zu lieben, habe ich ihn immer beneidet.

Meine Finger waren kalt, und ich brauchte länger als sonst, den Faden durch das Nadelöhr zu führen. Das spärliche Licht in der Hütte war auch nicht gerade hilfreich, und Yann, der neben dem Tisch stand und mich mit zusammengekniffenen Augen überwachte, machte mich nervös. Er schien geradezu darauf zu lauern, dass ich einen Fehler machte und ihm damit die Bestätigung lieferte, dass er in Bezug auf mich immer recht gehabt hatte: Ich war niemand, dem man vertrauen durfte.

Ich nähte Ribes' Bein mit einigen Schwierigkeiten und bandagierte es eng, wobei ich noch ein Stück Holz mit in den Verband gab, um den Knochen gerade zu halten. Dann löste ich das Band, mit dem Yann ihr die lange spitze Schnauze zugebunden hatte.

»Du warst tapfer«, flüsterte ich und strich der Füchsin zärtlich über den Kopf, während sie mir langsam mit der Zunge über den Handrücken fuhr. Ribes, das war der Name, den wir schließlich nach einer endlosen Reihe mehr oder weniger ernst gemeinter Vorschläge für sie gewählt hatten. Wir waren immer noch bei den Namen, als die Füchsin – dass es ein Weibchen war, hatten wir schnell gemerkt – zu einem Johannisbeerstrauch gelaufen war und gezeigt hatte, dass sie dessen rote säuerliche Beeren, die bei uns Ribisel heißen, sehr mochte.

Ich umklammerte das Band und versuchte, die schmerzhaften Erinnerungen zu vertreiben, dann wandte ich mich Yann zu. »Danke«, sagte ich leise. »Es hätte ihm viel bedeutet.«

Es hat mir viel bedeutet, dachte ich.

Yann zuckte nur mit den Schultern. Sein Gesicht hatte durch die leuchtende Glut eine rötliche Färbung. »Du bist nicht mehr gekommen«, sagte er, ohne auf das einzugehen, was ich gesagt hatte.

»Du hast von mir verlangt, es nicht zu tun.«

»Ich hätte nicht geglaubt, dass du auf mich hören würdest.«

Seine Worte knisterten einige Momente in der Luft, bevor sie sich auflösten. Ich fragte mich, ob sich etwas dahinter verbarg, eine stumme Bitte, etwas, das er nicht einmal sich selbst einzugestehen wagte. Ich kannte ihn nicht genug, um das zu deuten. Doch gleichzeitig glaubte ich ihn besser als jeden anderen zu kennen.

Instinktiv streckte ich eine Hand nach ihm aus und berührte seinen Arm. Er wich zurück, als hätte ich ihn verbrannt.

»Fass mich nicht an«, zischte er, und sein Blick verfinsterte sich. »Du sollst mich nicht anfassen«, wiederholte er, doch seine Stimme klang nun ein wenig unsicher, als wäre er nicht vollkommen davon überzeugt, ob diese Worte auch der Wahrheit entsprachen. Er rückte von mir ab und sah zur Füchsin hin. »Wird sie wieder gesund?«, fragte er besorgt.

»Ja.«

»Wird sie … lahm bleiben?«

Ich ließ die Finger durch Ribes' weichen Pelz gleiten. »Wahrscheinlich.«

Yann verzog das Gesicht, es sah aus, als würde ein dunkler Schatten vor seinem Gesicht vorbeiziehen. Er wandte den Blick ab und schaute sich in der Hütte um. Dort zwischen diesen grauen Wänden, in diesen wenigen Dingen war mein ganzes Leben. Angesichts seines verblüfften Blicks hätte ich verlegen sein müssen, stattdessen empfand ich Stolz. Schau, hätte ich ihm am liebsten gesagt, wie ich neunzehn Jahre lang gelebt habe. Und wie ich lebe. Ich brauche niemanden, nicht einmal dich, deinen Atem, deine Haut.

Doch das stimmte nicht.

Yann sah hinauf zum Dach. Dort war ein Riss, durch den an Regentagen das Wasser hereinkam. Auf dem Boden aus festgestampfter Erde hatte sich eine dunkle Pfütze gebildet.

»Es regnet rein. Jemand müsste das reparieren«, sagte er.

»Wer?«

Yann öffnete den Mund, nur um ihn wieder zu schließen. Er wollte etwas sagen, da klopfte es an der Tür.

Agape

Im Wald raschelte und knisterte es, man hörte Laute, die aus einer anderen Welt zu kommen schienen, einer Welt, die knapp unter der Oberfläche der Dinge lag und in der Nacht die Grenzen zu unserer Welt überschritt. Ich hätte eine Laterne mitnehmen sollen, dachte ich, während ich mich zwischen den Bäumen vorwärtsbewegte und nichts als undeutliche Schatten erkennen konnte.

Als ein Nachtvogel nicht weit von mir entfernt krächzte, zuckte ich zusammen. Keuchend blieb ich stehen und presste die Hand in Höhe des Herzens gegen die Brust.

Ich hatte mich schon einige Male verirrt und den Weg nur wie durch ein Wunder wiedergefunden. Die Luft war dünn geworden wie Papier kurz vor dem Zerreißen, und ich hatte mich schon fast damit abgefunden, die Nacht im Freien verbringen zu müssen, als mir der unverwechselbare Geruch von verbranntem Holz in die Nase drang. Ich richtete mich auf, bestärkt durch die Hoffnung, endlich zu finden, wonach ich gesucht hatte – die Hütte der Hexe, Fiammas Heim.

Ich musste nicht mehr weit laufen. Zwischen den Lärchen und Birken tauchte ein Häuschen aus Stein auf, die Gneisplatten auf dem Dach waren von Moos und Flechten überzogen, und eine dünne Rauchsäule stieg aus dem Kamin auf. Hier hatte bestimmt ein Holzfäller gewohnt, ehe die geheimnisvolle Frau es bezog, die alle im Dorf als die Inkarnation des Teufels ansahen.

Instinktiv legte ich die Hand an das Kreuz um meinen Hals. »Herr, tue ich das Richtige?«, flüsterte ich.

Als einzige Antwort raschelten die Blätter im Wind.

Ich atmete einmal tief durch und klopfte, dann wartete ich und lauschte. Es vergingen ein paar Sekunden, in denen ich, wie ich bemerkte, die Luft anhielt, dann öffnete sich die Tür ein wenig, sodass ich in einem schmalen Lichtstreif die im Halbschatten stehende Gestalt einer Frau erkennen konnte.

Sie betrachtete mich mit durchdringenden Glutaugen, und einen Augenblick fragte ich mich, ob ich die Situation nicht unterschätzt hatte. Jede Legende hatte doch einen wahren Kern – was, wenn diese Frau tatsächlich gefährlich war?

»Guten Abend, ich bin …«, begann ich stammelnd, wobei mir die Zunge fast am Gaumen festzukleben schien. Erschrocken stellte ich fest, dass mein Speichel versiegt war.

»Ihr seid der neue Pfarrer, ich weiß«, sagte sie so klar und verständlich, dass es mich überraschte. Aus irgendeinem Grund hatte ich eine orientierungslose Frau erwartet, eine arme Schwachsinnige, wie Don Jacques sie genannt hatte. Doch das junge Mädchen, das vor mir stand, wirkte nur etwas nachlässig in ihrer äußeren Erscheinung mit dem zerschlissenen Wollkleid und den zerzausten Haaren, die ihr offen und ungekämmt über die Schulter fielen. Ihre Augen, die mir im ersten Moment bösartig erschienen waren, wirkten stattdessen aufmerksam und neugierig, ja wachsam. Ein Blick, der sich schwer aushalten ließ, wenn man Geheimnisse zu verbergen hatte: Er legte das Innerste frei, grub sich durch jede Schicht, bis er beim Kern angekommen war.

»Benötigt Ihr etwas?«, fragte sie mich und griff damit dem vor, was ich mir zurechtgelegt hatte.

»Nein, ich …«

»Niemand klopft an meine Tür, wenn er nicht etwas von mir will«, stellte sie fest, während sie ein wenig zurückwich.

Ich fürchtete schon, dass sie mir die Tür vor der Nase zuschlagen würde, daher trat ich einen Schritt vor und legte die Hand auf deren dunkles Holz. Meine kräftigen Finger hoben sich in der abendlichen Dunkelheit weiß davor ab. »Ich habe erfahren … also ich habe erfahren, dass Ihr Euch mit Heilmitteln und Arzneien beschäftigt.«

Fiamma versteifte sich und sah mich misstrauisch an.

»Ich leide an … an schrecklicher Migräne«, fuhr ich erklärend fort und schluckte trocken. »Ich habe mich gefragt, ob Ihr nicht ein Mittel habt, um den Schmerz der Krankheit zu lindern.«

Das war keine Lüge, wenngleich auch nicht der eigentliche Grund, weshalb ich durch den Wald hinauf bis zu ihrer Tür gekommen war. Es stimmte, ich hatte schreckliche Kopfschmerzen, die mich an besonders schlimmen Tagen zwangen, Helligkeit zu meiden, und mich nicht mehr klar denken ließen. Ich bezweifelte allerdings, dass jemand in der Lage wäre, diese Qual zu lindern, keiner der Ärzte, an die ich mich früher in Rom gewandt hatte, hatte mir helfen können.

Das Mädchen aus den Wäldern ließ eine kurze Weile verstreichen, in der sie mich musterte, als ob sie meine Unsicherheit gewittert hätte und mich dazu bringen wollte, dass ich mich in Widersprüche verwickelte. Vielleicht überlegte sie auch, ob es angebracht war, mich einzulassen. Schließlich war ich immer noch ein Mann der Kirche und sie eine verlorene Seele.

Am Ende wich sie einen Schritt zurück, sodass sich die Tür in den Angeln quietschend vollends auftat.

»Falls Euch keine anderen Motive hierherführen als Euer Leiden, tretet ein. Ansonsten dreht gleich wieder um: Solltet Ihr gekommen sein, um mir eine Predigt zu halten, dann vergeudet Ihr Eure Zeit.«

Sie kehrte mir den Rücken zu und verschwand im Inneren des Hauses; es bedurfte nur weniger Augenblicke, dass ich mich entschloss, ihr zu folgen. Es hatte mich etliche Mühe gekostet, bis hierher zu gelangen, daher würde ich diese Gelegenheit nicht ungenutzt verstreichen lassen.

Der Raum, der mich empfing, war eng und düster, und eine Vielzahl von Düften hing in der Luft, die sich miteinander vermischten und dadurch ein durchdringendes Aroma von Wildnis schufen. Etwas Ähnliches hatte ich in den Häusern der Bauern von Saint Rhémy noch nie bemerkt, in denen es meist nur nach Stroh, geronnener Milch und Leder roch.

In dem kleinen Kamin hing ein Kessel, der in meinem Kopf kurzzeitig das Bild Zaubertränke brauender Hexen aufblitzen ließ, darunter brannten einige Holzscheite, die mit ihrer Glut einen rötlichen Lichtschein verbreiteten.

Meine Augen weiteten sich vor Überraschung, nachdem ich einige Schritte in die Hütte vorgedrungen war, denn erst jetzt erkannte ich, dass ich nicht der Einzige war, der sich heute Nacht aufgemacht hatte, um diese geheimnisvolle Frau zu besuchen. Mein Erstaunen war umso größer, als es sich bei dem hochgewachsenen Mann, der mich von der anderen Seite des alten Tisches finster ansah, um Yann Rosset handelte, und vor ihm auf der abgenutzten Holzplatte ein roter Fuchs mit spitzer Schnauze lag.

Ich war mein Lebtag nie abergläubisch gewesen, aber ich muss gestehen, dass die Szene, die sich meinen Augen darbot, in diesem Moment den glühendsten Verfechter der Vernunft ins Wanken gebracht hätte.

»Hochwürden«, grüßte Yann barsch wie immer und warf mir einen schnellen Blick zu, in dem ich Verlegenheit erkannte. Ganz offensichtlich wäre es ihm lieber gewesen, dort nicht gesehen zu werden, zumal in einer Situation, die ich nicht anders als kompromittierend genannt hätte.

»Grundgütiger … Ist das ein Fuchs?«, fragte ich ganz leise, denn mir kam in den Sinn, was man sich im Dorf erzählte, nämlich, dass die Hexe sich in ebendieses Tier verwandeln könnte. Es war eines von den Gerüchten, die ich zunächst belächelt hatte, doch nun fragte ich mich, ob ich mich nicht der Sünde der Hoffart schuldig gemacht hatte, indem ich mich dem meiner Ansicht nach törichten Aberglauben überlegen gefühlt hatte, der aus der Unwissenheit entstand.

»Ihr habt scharfe Augen, Hochwürden«, sagte Fiamma mit leicht ironischer Note, während sie sorgfältig einige Glasgefäße auswählte, die dicht an dicht auf einem wackelig wirkenden Regal standen. »Eine Füchsin, um genau zu sein. Und falls Ihr Euch das gerade fragt, sie ist gutmütig wie ein Lämmchen und würde keiner Fliege etwas zuleide tun. Monsieur Rosset hat sie zu mir gebracht, nachdem er sie in einer Falle gefunden hatte. Ohne ihn wäre sie jetzt tot.«

Yann zuckte zusammen, als von ihm gesprochen wurde. Er wirkte sehr aufgeregt und warf ständig flüchtige Blicke zur Tür hin.

»Ich verstehe«, sagte ich, obwohl das ganz und gar nicht der Fall war. Das Einzige, was ich begriff, war, dass mein Erscheinen etwas unterbrochen hatte, die leichte Anspannung in den nur dem Anschein nach beiläufigen Bewegungen Fiammas und den zusammengepressten Kiefern Yanns war deutlich spürbar.

Ich räusperte mich. »Ihr lebt hier also wirklich allein?«, fragte ich in dem Bemühen, die Stimmung etwas aufzulockern, doch es interessierte mich in der Tat. Ehe ich Fiamma begegnet war, hatte ich die absurdesten Dinge über sie gehört: Sie ließe die Ernte erfrieren und Kühen wie Wöchnerinnen die Milch versiegen und könne nach Belieben den Berg zu Tal stürzen lassen.

Es war sehr bequem für die Bewohner dieses kleinen, von vielen Unbilden gebeutelten Dorfes, einen Sündenbock zu haben, auf den sie alle Verantwortung abladen konnten. Eine Hexe, der man die grässlichsten Schändlichkeiten zuschreiben konnte.

Ich betrachtete sie, wie sie sich sicher durch diesen kleinen Raum bewegte, zwischen all diesen schlichten Gegenständen, die eine würdige, aus eigenem Antrieb gewählte Armut ausstrahlten. Die junge Frau war zierlich, mager, ihre Haut unnatürlich blass und die Haare im Gegensatz dazu so leuchtend rot, dass man annehmen konnte, sie bestünden wirklich aus Feuer. Aber vielleicht war es auch bloß der Widerschein der ersterbenden Glut, der ihnen diese kräftige Färbung verlieh. Sie hatte lange, schlanke Finger, die sich flink bewegten, als sie jetzt getrocknete Blüten aus einem Glas nahmen und sie mit Pulvern und Beeren mischten. In der Luft um uns herum hatte sich ein intensiver Duft nach Minze ausgebreitet.

Aus dem Augenwinkel konnte ich beobachten, dass Yann Rosset sie mit der gleichen neugierigen Aufmerksamkeit verfolgte. Er beobachtete sie, als wäre er fasziniert von ihr und verängstigt zugleich, und mir wurde bewusst, dass er sie auf dieselbe Weise ansah wie am Abend unserer ersten Begegnung, als sie am Waldrand aufgetaucht war und er reglos dagestanden hatte, ohne den Blick von ihr abwenden zu können.

Niemand, hatte er damals gesagt, als ich ihn nach dieser einsamen Gestalt gefragt hatte. *Das ist niemand.* Wenn sie wirklich niemand für ihn war, warum hatte er sich dann die Mühe gemacht, diesen Fuchs aus einem Fangeisen zu befreien, um ihn zu ihr zu bringen? Und warum stand er in diesem Moment stumm und starr in ihrem Haus?

Während ich in Gedanken schon bei diesen Fragen verweilte, antwortete Fiamma auf meine erste: »Ja, Hochwürden, ich lebe hier allein und habe die Absicht, dies auch weiterhin zu tun.« Ihre Stimme klang dunkel und rau, als wäre sie trotz aller Sprachgewandtheit das Reden nicht gewohnt. Sie sprach nie mehr als nötig und schaffte es auf einzigartige Weise, die wenigen Worte zu finden, die es brauchte, um sich angemessen auszudrücken, ohne zu viel zu sagen. Eine Gabe, die nur wenige besitzen.

Mir wurde klar, dass sie wusste, weshalb ich hier war, dass sie vom ersten Moment an meine wahren Absichten erkannt hatte.

»Ich wollte damit nichts andeuten«, log ich, während mein Blick zu dem Strohsack und den zerknitterten Decken auswich, die ihr Lager darstellen mussten.

»Oh doch. Ihr fragt mich, warum ich hier oben allein lebe, wenn ich doch Teil der Gemeinde sein, in Eure Kirche gehen und Euren Gott anbeten könnte«, sagte sie, während sie den Trank, den sie zubereitet hatte, aufs Feuer stellte.

Bei diesen Worten zuckte ich zusammen, und mir kam es so vor, als ginge es Yann Rosset ebenso. »Es ist nicht nur *mein* Gott«, entgegnete ich nach einigen Momenten peinlicher Stille. »Es ist auch Eurer …«

Fiamma drückte den Rücken durch und reckte das Kinn dem Feuer entgegen. »Ich kenne Euren Gott, er hat einen misshandelten Körper und einen leidenden Blick. Ja, einmal habe ich Eure Kirche betreten«, gestand sie stolz. So wie sie aufrecht in der Mitte des Raumes und im glühenden Schein der brennenden Holzscheite dastand, schien sie wahrhaft die dunkelsten Ängste der Dorfbewohner zu verkörpern. »Gott ist nicht dort drinnen«, sagte sie schließlich mit einer solchen Sicherheit, dass ich sie für einen Augenblick beneidete. Wäre mein Glaube so stark und fest gewesen wie ihre Blasphemie, hätte ich ihrem Blick standhalten, hätte ich mich trotz allem sicher fühlen können. Stattdessen waren ihre Worte Wellen, die gegen meinen schwachen Panzer schlugen, und ich ahnte, wenn ich mich nicht rechtzeitig ihrem strengen Blick entzöge, würde ich unvermeidlich Schaden nehmen.

»Und wo soll er Eurer Meinung nach sein?«, fragte ich vor Bestürzung fast flüsternd. Auf meinem Weg den Berg hinauf hatte ich geglaubt, es wäre an mir, ihr eine Lektion zu erteilen oder ihr eine helfende Hand zu reichen, doch stieß ich auf einen Widerstand, der über alles hinausging, was ich erwartet hatte.

»Gott ist überall, Hochwürden, in jedem einzelnen Ding«, sagte sie in all ihrer Natürlichkeit. Sie nahm den Kessel vom Feuer und filterte die Flüssigkeit durch ein altes Wolltuch. Nachdem sie eine Flasche gefüllt hatte, verkorkte sie sie und reichte sie mir ohne Umschweife. Ihren Bewegungen haftete nichts Affektiertes oder Gekünsteltes an. »Hier, das ist für Euch, trinkt ein Glas davon, wenn die Migräne kommt.«

»Danke …«

Yann Rosset erwachte aus seiner Erstarrung. »Ich gehe«, sagte er nur, als ob er bis zu diesem Moment unter einem Zauber gestanden hätte, der ihn daran hinderte, sich zu bewegen, ja sogar zu atmen. Er wandte sich um und nahm sein Gewehr, das an der Wand lehnte und das ich erst jetzt bemerkte.

Fiamma verharrte reglos, sie verabschiedete sich nicht von ihm, sah ihn nicht einmal an. Was mich seltsam anmutete.

»Yann«, rief ich, »wenn es Euch nichts ausmacht, komme ich mit Euch. Ich will nicht Gefahr laufen, mich zu verirren, und Ihr scheint mir wesentlich erfahrener als ich.«

Yann Rosset nickte, dann machte er sich mit seinem humpelnden Gang auf den Weg, bei dem er sein ganzes Gewicht auf das rechte Bein verlagerte. Auch er verabschiedete sich nicht von Fiamma, aber ich sah, wie er die Fäuste so fest ballte, dass die Knöchel weiß hervortraten.

»Auf Wiedersehen«, murmelte ich, nahm die Flasche und versuchte, mit Yann Schritt zu halten, der bereits über die Schwelle war.

Sie kam erst zur Tür, als wir schon auf dem Weg waren. »Hochwürden«, rief sie, während der Nachtwind in ihre Haare fuhr, die ihre schlanke Gestalt umwirbelten wie eine Flammenwolke. »Bemüht Euch kein weiteres Mal hierher. Ich brauche Euch und Eure Hilfe nicht. Ich brauche niemanden.«

Auch wenn sie mich angesprochen hatte, richteten sich ihre Worte nicht an mich. Ihre Augen, diese Augen, die einem bis ins Innerste dringen konnten, waren starr auf die von Yann gerichtet.

Yann

Es waren etliche Tage vergangen, vielleicht auch mehrere Wochen, seit ich Fiammas Haus betreten hatte, obwohl ich mir geschworen hatte, nie mehr einen Fuß hineinzusetzen, außer in meinen schlimmsten Träumen. Und doch war ich trotz alldem dorthin zurückgekehrt, und das sogar aus eigenem Willen. Welcher Teufel hatte mich da geritten?

In jener Nacht war sie wie immer unberechenbar, aber auch zerbrechlich gewesen, und das hatte mich verwirrt. Ich hatte beobachtet, wie sie sich zusammenkrümmte, hatte ihr zugehört, wie sie weinte, hatte ihre Tränen und Seufzer gesehen, und für einen kurzen Moment hatte ich sie um diese Fähigkeit, sich gehen zu lassen, beneidet. Darum, dass sie etwas in sich trug, das nicht aus Fels und Eis bestand, etwas, das schmelzen und fortgeschwemmt werden konnte. Aus den Augen, aus dem Herzen.

Ich dagegen konnte mir diesen Vorzug nicht erlauben, denn wenn ich auch nur eine einzige Träne vergossen hätte, wäre Raphaël aus mir herausgeflossen wie Blut, das aus einer Wunde strömt, einer Wunde, die zu heilen beginnt, sobald der Stachel entfernt ist.

Nein, ich wollte nicht heilen. Ich wollte ihn weiter in mir tragen, diesen Bruder, den ich nicht hatte beschützen können, den ich nicht dem Tod hatte entreißen können wie er mich.

Den Bruder, der kein Grab und keinen Blumenschmuck darauf hatte, der in dieser Welt niemals einen Platz haben würde, wo all jene, die ihn geliebt hatten, seiner gedenken und um ihn weinen konnten. Daher vergeudete ich diese Tränen nicht. Ich hütete sie, wie ich den Schmerz hütete, den ich in mir trug, das einzige Gefühl, das mich noch in die Lage zu versetzen schien, mich als Menschen anzusehen.

Fiamma dagegen war schwach und hatte aufgegeben. So war mir schließlich die Aufgabe zugefallen, sie wachzurütteln, ihr aufzuhelfen und sie daran zu erinnern, warum ich gekommen war. Als ich sie an den Schultern gepackt hatte, war ich über die Beschaffenheit ihrer Knochen entsetzt gewesen; hätte ich sie zu fest gepackt, wären sie mir unter den Fingern zerbröselt.

Wie konnte ein so zierliches Wesen ein ganzes Dorf derart in Schrecken versetzen? Was sahen die Leute denn in ihr, das sie so ängstigte, was brachte sie dazu, sich zu bekreuzigen, wenn sie nur ihren Namen hörten?

Auch ich hatte mich davon beeinflussen lassen, wie mir bewusst wurde. Sie war doch nur ein Mädchen, dem ich mit einer Hand die Knochen hätte brechen können. Ich hätte sie gegen die Wand schleudern und in wenigen Augenblicken überwältigen können. Was hätte sie mir denn schon antun können? Mir das Gesicht zerkratzen, in die Augen spucken, mich verfluchen? Und doch ließ mich etwas an ihr schlagartig zurückweichen, sobald ich spürte, wie ihre Fingerspitzen mich berührten. Ich hatte Angst vor diesen Händen, die mich nach Belieben auseinandernehmen und wieder zusammensetzen konnten. Die mein Fleisch gehärtet hatten, sodass keine Zärtlichkeit mehr mich hätte erwärmen, kein Kuss mich danach noch hätte aufrütteln können.

Nach dem Unfall war ich mit Frauen zusammen gewesen; kurze gestohlene Augenblicke, die nach dem Alkohol schmeckten, den ich im Wirtshaus hinunterstürzte, ehe ich nach Hause torkelte. Alle hatten sich bemüht, mir Lust zu bereiten, die ich, wenn überhaupt, nur wenige Momente empfand. Sie ließen mich gleichgültig mit ihren feuchten Küssen, den eng um mich geschlungenen, butterweichen Schenkeln und den hängenden Brüsten. Wenn sie versuchten, die Narbe zu berühren, zog ich mich zurück und dann war jede Romantik beim Teufel. Sollten sie ruhig denken, dass ich impotent war. Dieses Bein war eine wie ein Schlachtfeld zermetzelte Wunde, mit Salz darin, sodass sie niemals heilen würde.

In jener Nacht hatte ich Fiammas Hütte schnell hinter mir gelassen und war in den Wald gelaufen, und Don Agape war mir gefolgt, wobei er ununterbrochen auf mich einredete. Ich wunderte mich immer wieder, wie viel Atem die Leute zu verschwenden haben. Er hatte die Worte wiederholt, mit denen sie ihn zum Schweigen gebracht hatte, war darüber höchst überrascht gewesen, als hätte er nicht erwartet, dass eine Frau, die von allem und allen ausgegrenzt war, so unbeirrbare Vorstellungen haben und sie auch mit solcher Selbstsicherheit vertreten könnte.

Tatsächlich hatte es auch mich erstaunt, dass sie sich so klug mit Worten auszudrücken wusste. Es hatte mich verwirrt, weil ich kurz den Eindruck hatte, dass es Raphaël war, der da sprach. Fiamma drückte sich aus wie er, sie hatte auch seine Art und seine Gesten übernommen, sodass sie wie ein Zerrbild seiner selbst wirkte auf der zitternden Wasseroberfläche eines Baches.

Etwas von ihm ist geblieben, hatte ich in jener Nacht gedacht, als ich sie mit dem Pfarrer sprechen sah. Etwas, das nicht sterben und für immer mit dieser Frau verbunden sein würde, die mein Bruder als seine einzige Vertraute gewählt hatte, als Gefährtin. Fiamma hatte ihn, Raphaël, aufgesaugt, so wie ein Schwamm das Wasser aufsaugt, und gab ihn nun in kleinen Dosen wieder her: seine Art, die Hände zu bewegen, wie er den Kopf zur Seite neigte, wenn er zuhörte, die Worte, die er aus den Büchern hatte. Sie hatten sich miteinander vermischt und einander verändert, sie hatten einer dem anderen gehört und vielleicht gehörten sie einander immer noch, wo auch immer er sein mochte.

Ich dachte an Raphaëls Briefe, an diese dicken Umschläge, die Blätter voller Worte, die zu lesen ich nicht den Mut fand. Was schrieb er ihr darin? Was erzählte er ihr?

In diesen Briefen waren mehr Worte, als ich in meinem ganzen Leben gesprochen hatte. Ich bewahrte sie unter meiner Matratze auf, ohne die Kraft zu finden, sie der Person zu übergeben, für die sie bestimmt waren, aber ich brachte es auch nicht über mich, sie in den Kamin zu werfen. Ich schlief auf den ungesagten Dingen, die mein Bruder dort drunten in den Schlammlöchern, die die Soldaten Schützengräben nannten, niedergekritzelt hatte. Schlaflos wälzte ich mich auf seinen zerbrochenen Hoffnungen, auf den Ängsten und Geständnissen, die er diesen tintengetränkten Seiten anvertraut hatte.

Auf seiner Liebe für sie.

Und ich konnte nicht vergessen, dass seine letzten Worte vor dem Aufbruch Fiamma gegolten hatten. Die letzten Worte, die ich von ihm gehört hatte: »Kümmere dich um sie, tu es für mich, sie hat niemanden. Kümmere dich um sie.«

Seit der *desarpa* waren die Herden von den Almen zurückgekehrt und meine Arbeit hatte sich verdreifacht, aber das kam mir gerade recht. Ich war dankbar für die Rückkehr zu meinem festen Alltag, zu meinen Pflichten, die mich von Sonnenaufgang bis Sonnenuntergang auf Trab hielten und mich so vom Nachdenken abbrachten.

Ich stand auf, noch ehe die Sonne hinter den Bergen hervorkam, um die Kühe zu melken. Es war kalt, und um mich zu wärmen, legte ich meine Wange an die warme Flanke des Tieres, während ich die Zitzen auspresste und die laue Milch in den Eimer schießen ließ. Dann bereitete ich den Käse zu, die Laibe, die den ganzen Winter über reifen sollten, den Fontina, der direkt nach dem Melken zubereitet werden musste, damit die Sahne sich nicht absetzte. Man musste die Milch erwärmen, Lab zugeben, die Temperatur überprüfen. Danach musste der Stall ausgemistet, Holz gehackt, mussten die Tiere gefüttert und am Nachmittag schon wieder zum zweiten Melken vorbereitet werden. Meine Mutter und Agnés kümmerten sich um den Garten und kochten ein, aber beim zweiten Melken konnten sie mir immer zur Hand gehen. Ohne Raphaël war alles schwieriger geworden.

Am Abend fiel ich ins Bett, zu müde zum Nachdenken, und schlief traumlos.

Bis sie begonnen hatte, zu mir zu kommen.

In dem Traum, immer demselben, schneite es heftig, ein eisiger Wind fegte um den Berg und warf reichlich Pulverschnee auf mich, sodass ich nichts sehen, ja nicht einmal atmen konnte. Ich ging in den genagelten Stiefeln voran, ohne darauf zu achten, dass das Eis unter meinen Füßen immer dünner wurde, bis es schließlich in scharfe Scherben zerbrach, die mich zu Fall brachten und mir das Fleisch aufschnitten. Ich schrie tonlos, mein Atem von der Dunkelheit aufgesogen, die mich verschluckte und alles um mich herum auslöschte. Wenn ich erwachte, lag ich nackt, allein da und zitterte vor Kälte. In den Bergen zu sterben machte mir keine Angst, es war diese Dunkelheit, die ich nicht ertrug. Plötzlich ein Funke in der Finsternis. Fiamma war an meiner Seite und ihre Haare brannten wie Feuer. Sie war ebenfalls nackt, schlanke Schenkel, der Busen klein und spitz. Sie legte sich neben mich, hüllte mich mit ihren Kupferhaaren ein und wärmte mich.

Bleib hier. Geh nicht weg. Lass mich nicht allein.

Sie riss ein Haar aus ihren Flammenlocken, fädelte es in das Öhr einer Nadel ein und nähte damit meine Haut, flickte mich zusammen wie eine Lumpenpuppe, aus der das ganze Sägemehl herausgelaufen war. Dieses Flammenhaar war in mein Fleisch eingedrungen, hatte mir das Leben wiedergegeben und zugleich mein Blut vergiftet. Ich verdankte ihr alles und hasste sie dafür.

Ich hatte keine Angst gehabt zu sterben, aber sie hatte mich zum Leben verdammt.

Ich war aus dem Schlaf hochgeschreckt, mir war heiß trotz der Kälte, die nun im fortgeschrittenen Herbst in der Kehle biss, und ich bemerkte ebenso verärgert wie verlegen, dass ich erregt war. Dieser Traum hatte meine Sinne verwirrt, und da hatte auch die kalte Vernunft nichts geholfen, mit der ich diese Gedanken vertrieben hatte. Es gab nur eine mögliche Erklärung: Ich brauchte eine Frau, um mit ihr das Lager zu teilen, um ihre weiche Haut unter meinen Händen und ihren warmen Atem an meinem Ohr zu spüren.

Ich dachte an Marie, an ihre üppige Brust, die sich bei jedem Atemzug hob und senkte, an ihre vollen, rosigen Wangen. Marie, die mir sprechende Blicke zuwarf und das vollkommene Glück für meine Mutter wäre, wenn ich ihr einen Antrag machen würde.

Ich hatte nie daran gedacht zu heiraten. Und doch fragte ich mich in dem Augenblick, warum. Es war das einzig Vernünftige, was ich tun konnte: heiraten, Kinder haben, neue helfende Arme für den Hof. Ohne Raphaël würde der Hof, sobald Agnés einen Mann fände, ganz allein mir überlassen sein. Es war meine Pflicht, dafür zu sorgen, dass dieses Erbe wuchs und gedieh, dass es nicht verschleudert wurde.

Marie, die so blond und fügsam war, konnte Balsam für meine Qualen sein, ein Gegenmittel gegen dieses Gift, das durch meine Adern floss und sie austrocknete. Ich liebte sie nicht und sie mich gewiss auch nicht: Ich war nur ein halber Mann, körperlich gebrochen, geistig verdorben, und dennoch war ich sicher, dass sie Ja sagen würde. Zumindest hätte ich mit einer Frau an meiner Seite nachts nicht mehr gefroren.

Das Haus lag im Dunkeln, still, nur vom Schein des Kaminfeuers erhellt. Ich trank einen Schluck Wein direkt aus der Flasche und wischte mir den Mund mit dem Handrücken ab, starrte wie betäubt in die Flammen, die vor mir tanzten und Funken sprühten. Das Feuer zuckte auf, färbte sich in Tönen von Blau bis Leuchtendrot. Ich warf ein weiteres Holzscheit in den Kamin und beobachtete, wie die Flammen es langsam einhüllten und verzehrten.

Diese Stille im Dachgeschoss wurde nur vom leisen Schnarchen meiner Mutter und vom weitaus leiseren Atmen von Agnés durchbrochen. In dieser Nacht sollte ich kein Auge mehr zutun.

Ich trug ein sauberes Hemd und hatte die Stiefel vom Schlamm gesäubert. Ins Dorf ging ich nur selten hinab, und seit ich die Kirche mied, noch weniger.

Ein weißer Himmel, der Schnee ankündigte, lag über den Häusern, als ich dort eintraf. Der November stand vor der Tür, und die Berggipfel trugen bereits weiße Hauben. Ich lief die Hauptstraße hinab, während ich durch meine Pfeife dünne Rauchkringel ausstieß, die sich in der dünnen Luft zusammen mit dem warmen Atemhauch verloren.

Zwei Zigeuner hatten sich an einer Ecke des Kirchplatzes aufgestellt. Der Mann, dessen lange Haare mit einem Lederband zu einem Pferdeschwanz zusammengefasst waren, hatte eine Ziehharmonika um den Hals. Das Mädchen tanzte zum Klang der Musik, sie drehte sich um die eigene Achse und bewegte dazu anmutig die Hände mit den schmalen Fingern. Ihr Rock war aus bunten Volants gemacht und blähte sich bei jeder Drehung. Auf dem Boden stand ein Tellerchen, auf dem ein paar wenige Münzen lagen.

Ich blieb stehen und schaute missbilligend zu den Zigeunern hinüber. Sie waren am Tag der Kirchweih eingetroffen, als das Dorf die *desarpa* feierte. Männer und Frauen mit dunkler Haut und bunter Kleidung, Kinder mit schmutzigen Fingern und langen Haaren. Sie trugen den Geruch von fernen Orten an sich, von unbekannten Ländern. Sie sprachen verschiedene Sprachen, verwendeten seltsame Wörter und hatten Gesichter, in denen unendlich viele Geschichten ihre Spuren hinterlassen hatten. Für ihren Lebensunterhalt arbeiteten sie als Kesselflicker. Im Dorf hießen sie nur die »Zinn-Zigeuner«, weil dieses Metall in ihren kundigen Händen zu Wachs wurde, was das Misstrauen ihnen gegenüber nur noch vergrößerte. Jeder, der sich das Feuer zu Willen machen konnte, wurde hier schief angesehen. Die Frauen tanzten und lasen die Zukunft aus den Händen.

Ich sah sie nicht zum ersten Mal, auch wenn seit der letzten Begegnung viele Jahre, fast zwanzig, vergangen waren.

Ich war noch ein Kind gewesen. Agnés war vier, Raphaël zwei. Ich, damals mit sechs der große Bruder, war von den Eltern in die Pflicht genommen worden: »Pass auf deine kleinen Geschwister auf, dass sie nicht zu weit in den Wald laufen. Sonst holen sie die Zigeuner, Zigeuner stehlen Kinder.«

Sie waren einige Wochen geblieben und hatten zwischen den Bäumen in der Nähe des Baches ihr Lager aufgeschlagen. Don Jacques hatte es zu seiner persönlichen Angelegenheit erklärt. Vor zwanzig Jahren stand er noch in Saft und Kraft, er hätte sich damit einen Berg untertan machen können, und jene von Verachtung genährte Energie hatte er eingesetzt, um diese heimat- und gottlosen Vagabunden zu bekämpfen. Eine Schlacht, die er zwar am Ende gewonnen hatte, doch sie hatte ihn eine Seele gekostet: Ein Lamm war aus dem Stall geflohen, angezogen von der einschmeichelnden Musik, die die Zigeuner am Abend spielten, wenn sie sich ums Feuer versammelten, und hatte sich dann auf ewig verirrt. Es war Fiammas Mutter gewesen, und Don Jacques hielt dies für unverzeihlich. Sie war ihm entglitten, war direkt in den Klauen des Teufels gelandet und hatte mit ihm Unzucht getrieben, bis sie dieses Kind mit den Flammenhaaren und den Augen eines Wildtiers zur Welt gebracht hatte.

Alle im Dorf kannten die Geschichte, obwohl sie sich im Laufe der Jahre, während sie von Mund zu Mund ging, verändert hatte, bis sie fast zu einer Legende wurde.

Vivienne kam aus dem Tal. Sie hatte beide Eltern verloren, war in einem Heim aufgewachsen und noch als Kind nach Saint Rhémy geschickt worden, um dort im Pfarrhaus zu arbeiten. Ein blondes, zierliches Mädchen mit ängstlichen Augen und blassen Lippen. Sie war schmal wie eine Feder, konnte aber hart arbeiten und hatte dadurch bald das Vertrauen des Pfarrers und der Gemeinde gewonnen. Am Sonntagmorgen ging sie mit bedecktem Haupt zur Messe, die Augen hielt sie immer gesenkt. Sie sprach mit niemandem, bis sich schließlich viele fragten, ob sie nicht vielleicht zurückgeblieben oder stumm sei. Aber Vivienne war einfach nur schweigsam.

Wenn sie nicht im Pfarrhaus arbeitete, machte sie lange Spaziergänge in den Bergen. Sie hatte immer einen Korb dabei, und wenn sie zurückkehrte, trug sie Kräuter und Pflanzen, Beeren und Pilze darin. Sie wusste die heilsamen Kräuter von den giftigen zu unterscheiden, die guten Pilze, aus denen man eine kräftige Suppe kochen konnte, von denen, die einen tot umfallen ließen, wenn man nur ein Stückchen davon probierte.

Dann waren eines Tages die Zigeuner angekommen, als hätte sie der Wind, der von den Berggipfeln herabstrich, hergeweht. Sie hatten ihr Lager im Wald aufgeschlagen, und Don Jacques hatte seiner Haushälterin verboten, in den Wald hinaufzusteigen, solange diese Männer mit den tintenschwarzen Augen und den dunklen Augenbrauen, die an Rabenflügel erinnerten, nicht verschwunden waren. Aber die Neugier ist weiblich, und Vivienne musste bereits den Samen der Rebellion in sich getragen haben. Eines Abends hatte sie das Pfarrhaus verlassen und war nie mehr zurückgekehrt.

Man sagte, man habe sie barfuß und mit Haaren, die ihr offen über die Schultern fielen, um ein Feuer tanzen gesehen, das Albträume verbrannte. Die Zigeunermusik war ins Tal gedrungen, und die Einwohner von Saint Rhémy hatten sich in ihren Häusern eingeschlossen und sich bekreuzigt, um Unheil abzuwehren. In dieser Nacht war der Teufel unter ihnen umgegangen und hatte den Pfarrer verhöhnt, indem er ihm eine Seele direkt vor der Nase wegschnappte.

Als die Zigeuner weitergezogen waren, hatte jedermann erwartet, dass Vivienne mit ihnen reisen würde. Doch sie war geblieben, auch wenn sie nie mehr ins Dorf zurückkehrte. Der Wald war zu ihrem Zuhause geworden, und neun Monate später hatte sie ein Mädchen mit einer Wolke glühender Haare zur Welt gebracht. Die Zigeuner wussten das Feuer zu bezwingen, so wie der Teufel, und sie hatte dieser Tochter, die aus der Hölle hervorgekrochen war, einen Namen gegeben, der niemanden vergessen ließ, woher sie stammte.

Ich stapfte zum Pfarrhaus, ohne mich um die Vagabunden zu kümmern oder die Noten, die aus der alten Ziehharmonika aufstiegen, begleitet von einer am Boden stehenden Trommel, die der Mann mit dem Fuß schlug. Was mich betraf, ich hätte niemals meine Börse für Leute wie diese aufgeschnürt, die das Betteln zum Beruf gemacht hatten.

Ich wollte gerade klopfen, als die Tür sich öffnete und Basile Blanche auf der Schwelle erschien, der sich gerade den Hut aufsetzte.

»Schau mal an, wer da ist«, sagte er und musterte mich mit kaum verhohlenem Hass. »Yann Rosset, der Krüppel, der Liebhaber der Hexe.«

Hinter ihm stand Marie und sah mich schief an. Ich ignorierte Basile und sagte zu ihr: »Lässt du mich ein?«

Marie fasste sich wieder, doch ihre Stirn blieb weiter gerunzelt. »Auf Wiedersehen, Basile«, sagte sie mit der klaren Absicht, ihn zu verabschieden.

Basile wirkte niedergeschlagen. »Willst du nicht vielleicht, dass ich bleibe, Marie? Ich an deiner Stelle würde mich nicht trauen, allein mit ihm zu sein.«

»Ich bin nicht allein«, sagte Marie entschieden.

»Wie du willst.« Basile stieg die kurze Treppe hinab, und als er an mir vorbeiging, ließ er sich die Gelegenheit nicht entgehen, mir zuzuflüstern: »Nur keine Sorge, ich habe nicht vergessen, dass da noch eine kleine Rechnung zwischen uns offen ist. Ich warte nur auf den richtigen Moment, um es dir heimzuzahlen, dir und dieser räudigen Hündin, an der dir so viel liegt. Ihr Rossets seid doch alle gleich, alle durch und durch verkommen.«

Ich ballte die Fäuste und versteifte mich, doch ich erwiderte nichts. Für solche Leute war mir mein Atem zu schade.

Basile setzte sich den Hut auf, und nachdem er mich absichtlich beim Vorübergehen angerempelt hatte, verschwand er in den Straßen des Dorfes.

Marie ließ mich eintreten und schloss die Tür hinter mir, dann blieben wir im dunklen Hausflur stehen und sahen einander an. Es roch nach geröstetem Brot und Zwiebeln, und während ich die Schürze betrachtete, die sie um die Hüfte gebunden hatte, stellte ich mir vor, dass sie wohl gerade das Mittagessen für die beiden Pfarrer zubereitete. Ich warf einen Blick auf ihren Busen, über dem sich die Bluse spannte, und spürte, wie mir die Hitze den Hals hochstieg. Ich begehrte diesen Busen, ich wollte ihn unter meinen Händen und in meinem Mund spüren.

»Was wollte Basile hier?«, fragte ich und hoffte, dass Marie meine Erregung nicht bemerkte.

Sie sah mich vorwurfsvoll an. »Er kam, um Kohl und Rote Bete aus seinem Garten zu bringen. Auf jeden Fall sehe ich nicht, weshalb das Euch etwas angehen sollte.« Sie klang kühl, abweisend. Ich begriff, dass Basile ihr seine Version der Geschichte erzählt hatte, die bestimmt gegenüber der Wirklichkeit deutlich ausgeschmückt war.

»Du hast recht, das geht mich nichts an. Ich bin gekommen, um mich zu entschuldigen.« Ich löste meinen Blick von ihr und konzentrierte mich auf die Spundbretter, mit denen der Eingangsbereich getäfelt war. Die Astlöcher kamen mir wie Augen vor, die mich in der Dunkelheit anstarrten, wie zahllose Fuchsmäuler. »Bei dir«, fügte ich noch hinzu, damit klar war, weshalb ich gekommen war.

»Das ist drei Wochen her, Yann«, sagte Marie nach einer kurzen Weile mit ernstem Gesicht.

»Ich hatte zu tun«, erwiderte ich knapp. Ich war nicht gut mit Worten, schon gar nicht bei Entschuldigungen. Außerdem wollte ich mich eigentlich gar nicht entschuldigen, weil ich nicht glaubte, dass es dafür einen Anlass gab: Es ging doch nur mich etwas an, was ich tat. Dennoch wusste ich, dass ich grob zu ihr gewesen war. Ich hatte sie angeschrien, und nun musste ich den Schaden wiedergutmachen, andernfalls konnte ich ihren Körper vergessen.

Marie spielte abwesend mit den Bändern ihrer Schürze, ehe sie mir ins Gesicht sah. »Bist du nur deswegen gekommen?«, fragte sie unsicher, aber ihr Ton klang etwas freundlicher. »Um dich bei mir zu entschuldigen?«

»Weshalb denn sonst noch?«

Sie seufzte. »Gut, Yann. Vergeben und vergessen. Auch wenn …« Sie schluckte. »Basile hat mir erzählt, was vorgefallen ist. Manchmal, das schwöre ich, verstehe ich dich nicht. Ich verstehe dich überhaupt nicht.«

»Manchmal verstehe ich mich selbst nicht.«

Marie sah mich aus dem Augenwinkel an. »Machst du das für deinen Bruder?«, fragte sie mich leise. »Denn in dem Fall …« Sie ließ den Satz unvollendet, aber ich verstand trotzdem, was sie hatte sagen wollen, und ganz ohne Grund war ich verletzt: Fiamma und Raphaël, natürlich. Und ich zwischen ihnen, der sich quälte, ohne zu wissen weshalb.

»Das, was ich tue, für wen ich es tue, ist meine Angelegenheit. Ich habe mich bei dir entschuldigt, mehr wollte ich nicht. Jetzt gehe ich.« Ich setzte mir den Hut auf und legte eine Hand an den Türgriff.

Marie sprach erst wieder, als ich bereits draußen war, als hätte sie darüber nachdenken müssen, ehe sie sich entschloss: »Yann, am Sonntagnachmittag habe ich frei. Lass uns doch einen Spaziergang machen, es würde mich sehr freuen.«

Während ich zum Hof zurücklief, überlegte ich, wohin ich mit ihr gehen könnte. Das Wetter wurde immer schlechter, die

Berggipfel lagen bereits im Nebel, und die Kälte fuhr einem in die Sachen und unter die Haut, nagte an den Knochen. Ich wollte ihr die Kleider vom Leib reißen und meine Hände in ihr weißes Fleisch vergraben, meine Seufzer in ihren Haaren ersticken, jegliche Lust, jedes Begehren von mir nehmen. Dann würde ich sie heiraten und könnte endlich wieder in Frieden schlafen.

Die ersten Schneeflocken tanzten kurz in der Luft, ehe sie am Boden im Schlamm schmolzen. Aus meinem Mund kamen nur kurze Atemstöße, und als ich die Bäume betrachtete, die das Grundstück einrahmten, fragte ich mich, ob Fiamma in ihrer Hütte sicher war, ob sie genügend Feuerholz hatte, ob das Umhängetuch um ihre Schultern warm genug war für diesen zierlichen Körper voller spitzer Ecken und Kanten.

Dann fiel mir ein, dass ihr Dach undicht war.

Fiamma

Ich beobachtete sie seit Tagen. Verborgen zwischen den Bäumen sah ich die Zigeuner Wasser am Bach holen, Holz sammeln und die gewaschenen Kleider in den Bäumen zum Trocknen aufhängen. Abends saßen sie rund ums Feuer, tranken und musizierten; sie lachten viel, einige von ihnen hatten Goldzähne. Die Frauen tanzten, bei jedem Schritt hüpften ihre Zöpfe und ihre bunten Röcke bauschten sich leicht.

Jeden Tag stiegen die Männer und die Jungen auf der Suche nach Arbeit ins Dorf hinab. Sie reparierten Dinge, vor allem Töpfe. An ihren großen Wagen hingen viele davon aus leuchtendem Kupfer, das im Schein der Sonne funkelte. Sie erhitzten das Metall über dem Feuer und bogen es, wenn es weich wie Wachs war, in die gewünschte Form.

Staunend blieb ich in meinem Versteck und beobachtete diese Leute, die so geheimnisvoll, so undurchschaubar waren. Ich fragte mich, woher sie kamen und wohin sie wollten. Tatsächlich verging ich fast vor Neugier, aber ich konnte niemandem die Fragen stellen, die mir seit Tagen im Kopf herumschwirrten. Lucien war der Einzige, den ich um nähere Auskunft hätte bitten können, aber er kam schon seit geraumer Zeit nicht mehr zur Hütte, und ich würde nicht hinunter ins Dorf gehen, um an seine Tür zu klopfen. Seine Frau hasste mich, aber es war nicht dieser mit Misstrauen gemischte Hass der Leute, die mich verachteten, weil ich ihnen Angst einflößte; nein, Madame Borel verachtete mich, einfach weil ich ich war, die Tochter von Vivienne, der Ausgegrenzten, die ihr Mann im Gegensatz zu den anderen Dorfbewohnern immer verteidigt und der er auf seine Art geholfen hatte. Meine Mutter pflegte immer zu sagen: Es reicht nicht, ein Herz zu haben, um Unwissen und Aberglauben zu besiegen. Lucien Borel, dem Studierten, war es gelungen, über den Tellerrand hinaus zu sehen.

Aus diesem Grund liebte ich Bücher: Sie machten die Menschen besser. Manchmal retteten sie sie sogar.

Seit Tagen konnte ich sonst nur an das denken, was mir vor ein paar Wochen geschehen war. An Yann, der an meine Tür klopfte, der mein Heim betrat. An Yann, der mir Ribes zurückbrachte, nachdem er sie vor dem sicheren Tod gerettet hatte. Ich wusste nicht, wie ich sein Verhalten deuten sollte. Ein Teil von mir hätte ihn gern verstanden, hätte gern unter der Oberfläche geforscht, seinen Blicken einen Sinn zugeordnet. Doch der andere Teil sagte mir, ich sollte es besser nicht tun und alles so lassen, wie es war. Yann versuchte nur, Raphaëls Tod zu überwinden. Wenn er aufhörte, ihn überall, auch bei mir, in mir zu suchen, würde er nicht mehr zu mir kommen. Es war töricht und unvernünftig mir vorzumachen, dass er trotz allem einen Kontakt zu mir wollte, dass er nicht ausschließlich an seinen Bruder dachte, wenn sich unsere Wege kreuzten. Uns beide verband nichts außer dieser einzigen Nacht vor vielen Jahren.

Aber ich dachte nicht nur an Yann. Die Begegnung mit Don Agape hatte mich durcheinandergebracht. Der neue Pfarrer von

Saint Rhémy war so anders, als ich ihn mir vorgestellt hatte. Groß, massig und dennoch schüchtern, als sei es ihm unangenehm, so viel Raum auszufüllen, krümmte er die Schultern nach vorn, hielt den Blick gesenkt und stotterte. Bislang hatte ich geglaubt, das dunkle Gewand verliehe den Männern, die es trugen, die Anmaßung zu glauben, sie seien besser als die anderen Menschen, vom göttlichen Licht erleuchtet und deshalb allem und allen überlegen. Don Agape hingegen schien sich kaum seiner selbst und schon gar nicht seiner Überzeugungen sicher zu sein. Er hatte mich nach einem Heilmittel gefragt, aber das hatte ich ihm nicht abgenommen. Ich hatte gelernt, den Männern der Kirche und ihrer Religion zu misstrauen. Das hatte mich meine Mutter gelehrt.

Einmal, ich war damals noch ein kleines Mädchen, hatte sie mich ins Dorf gebracht. Es wurde schon dunkel, und die Luft war so kalt, dass sie einem in die Wangen schnitt wie ein Messer. Meine Lippen waren aufgerissen und spannten, nicht einmal Malvensalbe hatte sie glätten können. Ich begriff nicht, warum wir uns auf diesen Weg machen mussten, wenn wir es uns doch stattdessen am Feuer hätten gemütlich machen können, während sie mir eine Geschichte erzählte.

»Wo gehen wir hin, *maman*?«, hatte ich gefragt, und mein warmer Atem kondensierte dabei vor dem Mund.

Die Straßen des Dorfs lagen verlassen da, die Einwohner von Saint Rhémy hatten sich in ihre Häuser zurückgezogen, und aus den Schornsteinen der Steindächer stiegen lange Rauchfahnen auf, die der Wind verwehte.

»Wir sind fast da«, hatte meine Mutter gemurmelt. Auf

ihrem Gesicht stand ein angespannter und entschiedener Ausdruck, wie ich ihn noch nie an ihr gesehen hatte.

In der Nähe des Friedhofs bogen wir auf eine Straße ein. Ich kannte sie, weil ich oft, wenn die Sonne unterging und die Schatten sich um die Berge legten, mit Raphaël dorthin kam. Dann setzten wir uns zwischen die Gräber, und er erzählte mir die Geschichten der Leute, die in diesem schmalen Stück Erde ruhten. Ich hing an seinen Lippen und versuchte, mir jede Geschichte, jede Anekdote zu merken, mochte sie auch noch so unbedeutend sein. Diese gesichtslosen Toten, an die nur alte moosbewachsene Steine erinnerten, auf denen ich kaum die eingeritzten Namen entziffern konnte, standen für all die Männer und Frauen, die mich hätten lieben können, wenn sie noch am Leben gewesen wären. Denn die Leute, also die richtigen aus Fleisch und Blut, wollten nichts mit mir zu tun haben, und ich litt unter dieser Ausgrenzung, die ich oft als gezwungen und unverständlich angesehen hatte.

Als meine Mutter vor der Kirchentreppe stehen blieb, erschauerte ich und hüllte mich enger in meinen wollenen Umhang.

»Gehen wir hinein«, sagte sie ganz leise. Ich hatte sie mit weit aufgerissenen Augen angestarrt. Meine Mutter ging nie hinunter ins Dorf, doch die Vorstellung, sie könnte sogar in diese Kirche wollen, die, wie sie mir all die Jahre beigebracht hatte, ein dunkler Ort war, den man nicht betreten durfte, verschlug mir vor Überraschung die Sprache. Wir stiegen die steilen Stufen hinauf und drückten gegen die schwere Tür aus dunklem Holz. Sie war unverschlossen, und als sie aufschwang, knarrte sie in den Angeln, dass ich eine Gänsehaut bekam.

Uns empfing ein dunkler Raum, der nur von dem spärlichen Licht einiger Kerzen erhellt wurde, die kurz vor dem Erlöschen standen. In der Luft hing ein merkwürdiger Geruch, wie nach verbranntem Harz. Ich drückte mich an meine Mutter, die nur wenige Schritte gegangen war, ehe sie vor einem Altar mit einer darüber angebrachten Figur stehen blieb, auf die ich meine erschrockenen Kinderaugen richtete. Da oben hing ein Mann mit ausgebreiteten Armen, Hände und Füße waren von Nägeln durchbohrt, und auf dem Kopf trug er eine Dornenkrone, von der Blut herablief. Sein Blick war von so tiefem Leid erfüllt, dass ich Gänsehaut bekam.

»Warum sind wir hergekommen, *maman*? Ich mag diesen Ort nicht, ich will nach Hause«, jammerte ich und wandte die Augen von diesem schrecklichen Anblick ab. Doch meine Mutter zwang mich hinzusehen, indem sie mir eine Hand unters Kinn legte und mein Gesicht anhob. Wieder gingen die Augen dieses Mannes mir durch und durch bis auf den Grund meiner Seele. Er war nackt, bis auf ein Stück Stoff, das um seine Hüften geschlungen war, und mit Wunden bedeckt.

»Ich will, dass du hinsiehst, Fiamma. Schau genau hin. Was siehst du?«

»Einen Mann aus Holz«, stammelte ich, »der an ein Kreuz genagelt ist.«

»Genau, ein Mann aus Holz«, wiederholte meine Mutter. Meine Antwort schien sie gleichermaßen zu erstaunen wie zu erleichtern. Ich sah hinauf zu der Statue; der Ausdruck darauf wirkte auf mich wie eine stumme Herausforderung. »Ich habe dich heute Abend hierhergebracht, damit du mit eigenen Augen siehst, wer über dich urteilt: ein Mann aus Holz«, sagte sie, ohne den Blick abzuwenden. »Gott, mein Kind, ist nicht hier. Gott ist der Berg, der uns Schutz gibt, obwohl er uns gleichzeitig vielen Gefahren aussetzt. Er ist das Wasser und das Essen, das uns das Überleben ermöglicht, das Feuer, das uns wärmt. Gott ist der Regen, der die Felder mit Wasser versorgt, und die Sonne, die den Schnee zum Schmelzen bringt. Gott ist überall, in jedem einzelnen Ding, Tochter.«

Sie beugte sich so weit herunter, dass sie sich auf einer Höhe mit mir befand. Ich sah sie in einer Mischung aus Angst und Faszination an. Noch nie hatte ich sie so feierliche Worte sprechen hören, und allein dadurch, dass sie mich hierhergebracht hatte, obwohl ich den Ort nicht mochte und diese Holzstatue mir schreckliche Angst einjagte, erfüllte mich ein dunkler Zauber.

Die Augen meiner Mutter spiegelten sich in meinen wider. Diese Augen, die eines Tages meine sein würden: voll zäher Beharrlichkeit und stummem Mut. »Lass nie zu, dass jemand dir sagt, woran du glauben sollst, denke mit deinem eigenen Kopf, folge deinem Instinkt. Niemand darf dir vorschreiben, wen du lieben sollst. Liebe kann man niemandem beibringen, das ist die einzige Sache, die ich dir nicht erklären kann. Ich kann dir nicht sagen, welche Kämpfe du ausfechten sollst, das musst du allein herausfinden, und es wird nicht leicht sein. Das ist die Liebe nie, sie erfordert Mut und Beharrlichkeit. Man kann sich die Liebe nicht aussuchen, sie wählt immer dich aus.«

Meine Mutter glaubte an Instinkte, aber sie hatte mir nie den Namen meines Vaters nennen wollen, nicht einmal auf dem Totenbett. »Ich habe ihn geliebt«, hatte sie in ihren letzten Augenblicken im Fieber keuchend geflüstert. »Ich bete für dich, dass es dich niemals trifft, so zu lieben, wie ich geliebt habe, denn das war mein Untergang, selbst wenn die Liebe mir dich geschenkt hat, das Wichtigste in meinem Leben.«

Bis zum Ende hatte ich ihre Hand gehalten, ohne ihr zu gestehen, dass ich schon jemanden liebte; dass die Liebe mich in einer Unwetternacht erwählt, mich in Fesseln gelegt hatte, aus denen es kein Entkommen gab. Und selbst wenn ich diese Liebe nicht wollte, die Leid und Einsamkeit bedeutete, hütete ich sie, wie meine Mutter den Namen des Mannes gehütet hatte, der mir das Leben gegeben hatte, wie ein Geheimnis, das ich um jeden Preis verteidigen, in meinem Innersten verbergen musste.

Ich ging bis zu der Lichtung, auf der die Zigeuner ihr Lager aufgeschlagen hatten. Neben mir graste ein schwarz-weiß geflecktes Pony, in dessen dichte Mähne rote Bändchen eingeflochten waren. Mir gefiel die Art und Weise, wie diese Leute mit Farbe umgingen, denn sie schienen sich nicht davor zu fürchten.

Ich beobachtete, wie die Frauen sich zwischen den großen Wagen hin und her bewegten, Holz brachten und Wäsche aufhängten. Eine von ihnen war hochschwanger. Zwei Jungen und ein Kleinkind, das sich noch kaum auf den Beinen halten konnte, rannten zwischen den Bäumen umher, spielten Nachlaufen und lachten miteinander. Sie hatten schulterlange Haare, trugen nur Unterhemden und keine Schuhe an den Füßen. Sie wirkten glücklicher als die Dorfkinder, deren Blick schon früh von Müdigkeit getrübt war, weil sie dem Vater und den älteren Geschwistern zur Arbeit folgen mussten, und eines Tages, genau wie sie, einen von dem schweren Tagwerk gebeugten Rücken und Hände so hart und rau wie Baumrinde haben würden. Das gleiche Los, das Raphaël geteilt hätte, wäre er zurückgekommen. Und das nun Yann erwartete, da ihm das Schicksal den Berg genommen hatte.

Ich blieb stehen und beobachtete sie neugierig, bis ich sah, dass einer von ihnen sich hinunterbeugte, die Hände auf die Knie stützte und aufmerksam einen Pilz musterte, von denen einige nahe der Wurzeln eines Baumes wuchsen. Es war wohl die Farbe gewesen, die ihn angezogen hatte, das lebhafte Rot des Huts mit den kleinen weißen Punkten. Die anderen Kinder versammelten sich ebenfalls um den Pilz und betrachteten ihn fasziniert. Der Junge, der ihn zuerst bemerkt hatte, streckte die Hand nach ihm aus und wollte ihn pflücken.

»Fass ihn nicht an!«

Die Kinder sprangen auf und wichen zurück, die Augen weit aufgerissen.

»Der ist giftig. Ihr dürft ihn nicht berühren und vor allem nicht essen. Versteht ihr, was ich sage?«

»Wer bist du?«, fragte mich der Älteste, hinter dem sich die anderen versteckt hatten. Er sprach mit einem seltsamen Akzent, wie ich ihn noch nie gehört hatte. »Bist du die *Kechali*, die Hexe? Unten im Dorf sagen sie, dass in diesen Wäldern eine Hexe lebt. Bist du das?«

»Ja, ich bin die Hexe. Fasst diese Pilze nicht an, oder ihr werdet in ein paar Stunden steif wie Holzstöcke sein.« Das war nicht gerade die richtige Art, um es einer Gruppe Kindern zu erklären, das wurde mir klar, als ich sah, wie ihre Gesichter trotz ihrer dunklen Hautfarbe erblassten. Aber ich war es nicht gewohnt, mit Kindern zu reden oder mit Menschen im Allgemeinen. Ich wandte ihnen den Rücken zu und ging in den Wald hinein.

Als ich die Hütte erreichte, bemerkte ich, dass das Dach schon mit Schnee überzuckert war. Am späten Nachmittag hatte es zu schneien begonnen, und wahrscheinlich würde es bis zum nächsten Tag andauern. Trotz meiner wollenen Strümpfe spürte ich, wie mir die Kälte die Beine hochkroch, bis sie mir die Kehle zuschnürte. Ich ging hinein und ließ mich von dem Duft der drinnen zum Trocknen ausgelegten Kräuter aufheitern.

Durch das Loch im Dach drang ein Lichtkegel, in dem einige Schneeflocken schwebten, die schmolzen, sobald sie den Boden berührten, und dort einen nassen Fleck hinterließen. Ich sollte einen Topf dorthin stellen, überlegte ich, während ich mit dem wenigen verbliebenen Holz ein Feuer machte und mich im Sessel zusammenrollte.

Yann hatte gesagt, jemand müsste das Dach reparieren, und naiv wie ich war, hatte ich geglaubt, er hätte damit angeboten, es selbst zu tun. Aber es waren bereits mehr als drei Wochen ins Land gegangen und inzwischen hatte ich jede Hoffnung aufgegeben, dass er noch einmal zurückkommen würde.

Ich erinnerte mich, wie seine Augen meinen begegnet waren, dort auf der Schwelle, wie seine Hände sich um meine Schultern geschlossen, mich hochgezogen und mich zum Handeln gezwungen hatten. Seit jener Nacht waren wir einander nie wieder so nahe gewesen und vielleicht würden wir es auch nie wieder sein. Doch das war mir nicht wichtig. An seine Abwesenheit war ich von jeher gewöhnt, was mich dagegen schwach werden ließ, war seine Anwesenheit, denn die machte mich wehrlos und verwirrte mich.

Ich legte den Kopf in die Beuge des Ellenbogens und atmete durch das Wolltuch um meine Schultern. Es war hart und verfilzt, genau wie mein Herz. »Ach wärst du doch bei mir, Raphaël«, flüsterte ich, und eine warme Träne tropfte auf meine Lippen. Es war nun fast ein Jahr her, dass ich ihn dort allein und verloren über die Hochebene hatte irren sehen. Zwei Jahre, seit er aufgebrochen war.

Er hatte geschworen, dass er mir schreiben würde, aber er hatte es nicht getan.

Er hatte versprochen, dass er zurückkehren würde, aber vor mir erschienen war nur ein Abbild von ihm.

Ich war allein zurückgeblieben, und sosehr ich auch immer behauptet hatte, ich könne es allein schaffen, ich würde niemanden brauchen, quälte mich doch die schmerzhafte Sehnsucht nach Vergangenem.

Ich begriff erst, dass ich eingedämmert sein musste, als ein hartnäckiges Klopfen an die Tür der Hütte mich aus dem Schlaf hochschrecken ließ. Das Holz im Kamin war heruntergebrannt und nur ein dünner Rauchfaden stieg von der Asche auf. Während ich mich steif und fröstelnd aus dem Sessel erhob, stellte ich fest, dass mein Herz schneller schlug. Es war noch nicht dunkel, und niemand kam zu mir, bevor die Sonne hinter den Bergen verschwunden war.

Ribes hob ihre Schnauze aus dem Korb in der Nähe des Kamins, in dem sie sich zusammengerollt hatte. Wenn sie schlief, hatte sie den Schwanz um sich gelegt, ihr verletztes Bein war beinahe geheilt. Ich hatte recht behalten, sie würde ab jetzt leicht hinken, aber deshalb liebte ich sie nicht minder. Ich war sicher, dass ich ihren schiefen Gang liebgewinnen würde, die Art, wie sie das Bein nachzog. Das würde sie einzigartig machen. Tugenden bewundert man, aber es sind die Makel, in die man sich verliebt.

An der Tür war nicht der, den ich erwartet hatte oder, noch naiver, den ich gehofft hatte, dort vorzufinden. Zwei Männer von dunkler Hautfarbe standen draußen auf der Schwelle und sahen mich an. Zwischen ihnen der Junge, den ich an diesem Nachmittag im Wald vor den Pilzen gewarnt hatte.

»Das ist sie«, sagte der Junge und zeigte auf mich. »Das ist die *Kechali*.«

Mich überkam Angst, stechend wie die Spitze einer Nadel. Bis zu diesem Augenblick hatte ich mich noch nie vor etwas gefürchtet. Die Einwohner von Saint Rhémy verachteten mich, aber sie hätten mir nichts angetan. Ihr alberner Aberglaube zwang mich zwar, einsam und für mich allein zu leben, aber er schützte mich auch. Diese fremden Männer jedoch, diese Zigeuner wussten genauso wenig über mich wie ich über sie.

Ich nahm eine abweisende Haltung ein, unsicher, was ich tun könnte, wenn mir Gefahr drohte. Es würde nicht genügen, ihnen die Tür vor der Nase zuzuschlagen, denn deren Holz war alt und morsch und stellte nur ein armseliges Hindernis dar.

Einer der Männer, der jüngere von beiden, wandte sich an mich: »Wir sind gekommen, um Euch zu danken.« Dabei lüftete er ein wenig die Krempe seines Huts aus weichem Filz. Er konnte nicht älter als zwanzig Jahre alt sein, mit den nur von leichtem Bartflaum geschwärzten Wangen und den vollen

Haaren, die er zu einem Pferdeschwanz zusammengenommen hatte.

»Danken wofür?«, fragte ich misstrauisch.

»Jago hat uns erzählt, dass Ihr ihn daran gehindert habt, giftige Pilze zu pflücken«, antwortete er, dabei wuschelte er dem Jungen durch die Haare und zog ihn liebevoll am Ohr. Jago entwand sich verärgert seinem Griff. Der Ähnlichkeit nach musste es sich bei den beiden um Brüder handeln.

»Für so etwas müsst Ihr mir nicht danken.«

»Oh doch, und ich glaube, Ihr wisst auch, warum.« Diesmal hatte der Ältere gesprochen. Tiefe Falten zogen sich von seinen Mundwinkeln nach unten, obwohl er nicht über vierzig sein konnte. Im Gegensatz zu den anderen Zigeunern hatte er helle Augen, so grün wie das Wasser eines Bergsees. »Die Leute dulden uns gerade so. Wenn wir an Gift sterben würden, käme ihnen das gerade recht«, fügte er hinzu, legte den Kopf schief und musterte mich noch aufmerksamer.

Plötzlich trat in seine Augen staunende Erkenntnis. »Du bist Viviennes Tochter«, sagte er, und das war keine Frage, es lag nur ein winziger Hauch von Unsicherheit in der Stimme.

Ich sah zu ihm hin, nun meinerseits verblüfft: »Ihr kanntet meine Mutter?«

»Ja, das ist lange her. ›Kanntet‹ hast du gesagt. Das bedeutet, sie …«

»Meine Mutter ist nicht mehr auf dieser Welt.«

»Das tut mir leid«, sagte der Mann. Ihn schien diese Nachricht zu treffen, ja geradezu zu erschüttern, und ich fragte mich nach dem Grund. In meinen neunzehn Jahren war ich seinem Blick noch nie begegnet; wenn er meine Mutter wirklich gekannt hatte, musste das also in einer Zeit vor meiner Geburt gewesen sein.

»Sie hat mir nie von Euch erzählt.«

Der Mann zuckte mit den Schultern. »Das ist viele Jahre her, so um die zwanzig. Du gleichst ihr sehr. Derselbe Gesichtsausdruck, dieselben Augen. Nur die Haare haben eine andere Farbe.«

Instinktiv legte ich eine Hand an den Kopf, ließ die kupferfarbenen, zerzausten und verfilzten Locken durch meine Finger gleiten. Meine Mutter hatte honigblonde Haare gehabt, glatt und weich waren sie gewesen. Ich hatte sie immer darum beneidet und mich endlos oft gefragt, warum ich, wenn ich doch ihre Tochter war, diese nicht geerbt hatte, so wie ihre Augenfarbe. Für die Einwohner von Saint Rhémy waren meine Haare ein Beweis dafür, dass meine Mutter zweifelhafte Beziehungen zum Teufel unterhielt. Eines Tages hatte ich ihr meine Ängste gestanden und sie gefragt, ob das stimmte, ob mein Vater wirklich etwas mit dieser seltsamen Farbe zu tun hatte, die an das Kupfer von Töpfen erinnerte.

Sie hatte mich angelächelt, ihr Blick war melancholisch geworden, und während sie mir langsam über den Kopf strich, hatte sie mich beruhigt: »Ja, das stimmt, Fiamma, aber sie irren sich, wenn sie glauben, dass dein Vater ein Teufel aus der Hölle ist. Dein Vater ist ein Mensch, ein guter und freundlicher Mann. Der beste Mann, den es geben kann.«

Der Zigeuner deutete eine knappe Verbeugung an und riss mich dadurch aus meinen Gedanken. »Ich bin Rhian. Ich freue mich, dich kennenzulernen. Das hier sind Jago und Tal, zwei von meinen Kindern.«

Ich wickelte mich enger in mein Tuch und sagte ernst: »Ich bin Fiamma.«

Der Mann namens Rhian musste daraufhin geheimnisvoll lächeln und nickte stumm. Dann sah er hinter mich und musterte das Innere der Hütte. »In dein Haus schneit es hinein, Fiamma.«

»Das Dach ist undicht.«

»Tal wird sich darum kümmern«, sagte der Zigeuner und warf seinem Sohn einen Blick zu, der keinen Widerspruch duldete. »Ein Gefallen für einen Gefallen, so denkt man bei uns.«

»Es wird mir eine Freude sein«, sagte Tal und lächelte mich breit an. Er hatte weiße, vollkommene Zähne, die sich hell von seiner dunklen Haut abhoben. »Ich komme morgen und bringe das nötige Werkzeug mit.«

Ich sah den Männern nach, wie sie sich langsam und ruhig durch den Wald entfernten, ihre Schultern und Köpfe mit Schnee bedeckt. Ich dachte an das, was Rhian über meine Mutter gesagt, wie er so merkwürdig gelächelt hatte, als ich ihm meinen Namen nannte.

Und seine Augen waren grün wie das Wasser eines Bergsees.

Agape

So, sie sind zurück.«

Pater Jacques war übelst gelaunt. Er saß am Fenster und betete den Rosenkranz, während er zusah, wie die Gipfel der Berge im dünnen Nebeldunst verschwanden. Es schneite seit Stunden.

Die ersten Schneeflocken hatten mein Herz mit freudigem Staunen erfüllt. Ich hatte mich wie ein kleiner Junge gefühlt, als ich das Gesicht zum watteweißen Himmel erhob und Hunderte winziger Eiskristalle ganz sanft niederrieseln sah.

In Rom fiel selten Schnee, und wenn, dann blieb er nicht liegen. Wenn er in einigen besonders kalten Nächten die Dächer der Stadt weiß einstäubte, hatte er sich bereits am nächsten Morgen zu Matsch und Schmutzwasser aufgelöst. Im Gebirge dagegen war er rein und unverletzlich. Er heftete sich an Dinge und Menschen, überdeckte alles, dämpfte die Geräusche und ließ die Umrisse verschwimmen. Man kam sich vor, als liefe man durch einen lautlosen Traum.

Ich schaute von den Blättern hoch, auf denen ich gerade die Predigt für die Messe aufsetzte. Die Tinte hatte mir die Finger befleckt, und das Papier war mit schwarzen Klecksen bedeckt.

»Verzeiht, was habt Ihr gesagt?«

»Die Zigeuner!«, erklärte der Pfarrer verärgert und sprach die beiden Wörter besonders deutlich aus, als ob ich schwerhörig wäre. Sein Blick ruhte auf einem Punkt in der Ferne, weit hinter dem Fenster voller Raureif. Er schien in die Schatten der Vergangenheit versunken. »Ihr müsst sie loswerden.«

»W … Wie bitte?«

Der Füllhalter entglitt meiner Hand, und schon breitete sich ein weiterer Tintenklecks auf dem Blatt aus und verschlang die wenigen Worte, die ich bis eben unter so großen Mühen niedergeschrieben hatte.

»Don Agape, seid Ihr taub?«, brauste Pater Jacques auf und drehte sich zu mir um. Sein Gesicht, das einem Spinnennetz aus Falten glich, war der Ausdruck purer Missbilligung.

»N-nein, aber ich fürchte dennoch, ich habe nicht recht verstanden, was Ihr sagen wollt«, stammelte ich, während ich versuchte, die Tinte mit Papier aufzutupfen, und dadurch nur alles verschlimmerte.

Der alte Pfarrer betrachtete mich einige Sekunden verächtlich, ehe er den Kopf schüttelte und den Blick wieder auf den Schnee richtete, der keine Anstalten machte nachzulassen. »Falls Ihr nicht taub seid, und Ihr behauptet ja, dass dem nicht so ist, so denke ich, Ihr habt meine Worte sehr wohl verstanden: Ich will nicht, dass diese Vagabunden in Saint Rhémy bleiben.«

»Aus welchem Grund?«, fragte ich, während ich mir verstohlen die Finger an der Soutane abwischte. Schwarz auf schwarz, keiner würde etwas bemerken.

»Mich überrascht, dass Ihr danach fragt. Die Frage ist doch: Warum sollten wir wollen, dass sie hierbleiben? Fahrendes Volk ist das, verdammte Menschen, Kinder der Finsternis. Sie bringen nichts als Schwierigkeiten.«

»Und Ihr wollt, dass ich … dass ich sie loswerde?«

Pater Jacques warf mir einen Blick zu, dass meine Knie zitterten.

»Sind wir die Hirten dieser Herde oder nicht?«, fragte er voller Eiseskälte. Seine Stimme klang hart und klirrend, wie zwei Messer, die aufeinandertrafen. »Dort oben in den Bergen gibt es einen Wolf. Und dieser Wolf ist hungrig. Es ist unsere Aufgabe, die Gemeinde zu beschützen, jedes einzelne Mitglied davon. Gott hat uns diese Aufgabe anvertraut, wir dürfen ihn nicht enttäuschen. Nicht dieses Mal.«

Ich betrachtete ihn, und für einen kurzen Moment wirkte er nicht schmal und vom Alter gebeugt, wie er mir immer erschienen war, sondern von einer nicht aufzuhaltenden Beharrlichkeit belebt. Seinen Worten entnahm ich, dass es in der Vergangenheit ein *anderes* Mal gegeben hatte, und dass ihm damals etwas entglitten war.

»Ich kann diese Menschen nicht zwingen wegzugehen. Außerdem tun sie doch niemandem etwas zuleide.«

Pater Jacques presste die Lippen zu einem schmalen Strich zusammen. »Das ist Eure sehr persönliche Meinung, Don Agape, und wenn Ihr es wissen wollt, ich teile sie nicht. Was die Frage angeht, ob es wirklich in Eurer Macht steht, sie zu verjagen, so sage ich ja nicht, dass Ihr dies selbst übernehmen müsst. Eure Worte werden genügen, um die Gläubigen zu warnen: Sie müssen wissen, mit wem sie es zu tun haben. Ich werde Eure Predigt für diesen Sonntag schreiben, es genügt, wenn Ihr sie auswendig lernt.«

Ich öffnete den Mund, dann schloss ich ihn wieder. Mir fehlten die Worte. Außerdem spürte ich erste Anzeichen für schreckliche Kopfschmerzen. Würde ich Pater Jacques weiter widersprechen, so würde ich nicht heil aus diesem Streit hervorgehen.

»Wie Ihr wollt, Don Jacques. Nun werde ich mich zum Gebet zurückziehen«, sagte ich, während ich mich erhob und die inzwischen unbrauchbar gewordenen Blätter aufsammelte. Das Papier hatte die Tinte aufgesaugt und taugte nur noch zum Fortwerfen.

Nicht immer siegt das Licht über die Finsternis.

In meinem Zimmer wusch ich mir die Hände in der Schüssel, ehe ich meine schmerzenden Schläfen kühlte. Hinter den Augenhöhlen spürte ich ein dumpfes Pochen. Ich streckte mich auf dem Bett aus und legte die Hände mit leichtem Druck flach über die Augen. Sobald ich den Druck verminderte, überrollte mich der Schmerz in immer heftigeren Wellen.

Ich verharrte einen Moment regungslos und beobachtete die silbernen Lichtblitze, die hinter den geschlossenen Lidern aufzuckten, ehe ich mich an das Mittel erinnerte, das Fiamma vor einigen Wochen für mich zubereitet hatte. Ich setzte mich auf und schaute mich ein wenig orientierungslos um. Ich wusste nicht mehr, wo ich die Flasche hingestellt hatte.

Ich stand auf und versuchte, mir den Abend ins Gedächtnis zu rufen, an dem ich müde und verfroren ins Pfarrhaus zurückgekehrt war, nachdem ich Yann Rosset durch den Wald gefolgt war. Ich hatte nicht gedacht, dass er in seinem Zustand so schnell voranschreiten könnte, doch ich musste bedenken, dass er ein Mann der Berge war und mich der Anstieg des Hinwegs angestrengt hatte.

Obwohl es mir selbst nach so vielen Tagen noch schwerfiel, mir das einzugestehen, war ich immer noch nachhaltig verstört von der Begegnung mit dem Mädchen aus den Wäldern. Ich hatte mich mit den besten Absichten zu ihr auf den Weg gemacht, aber leicht beschämt musste ich zugeben, dass ich derjenige war, der aus diesem Gespräch voller Zweifel hervorgegangen war. Ich wollte sie auf den rechten Pfad zurückführen, stattdessen hatte sie mich, und sei es auch nur für einen Augenblick, von meinem Weg abgebracht.

In jener Nacht hatte ich wenig und schlecht geschlafen. Ich wälzte mich zwischen den Laken und dachte an die Worte, mit denen Fiamma mich zum Schweigen gebracht hatte, an das Feuer, das sie zu durchdringen und zu beherrschen schien, ausgehend von diesen so vulgären Haaren. Sie war ein Geschöpf der Wildnis, abweisend und misstrauisch, doch gleichzeitig drückte sie sich sehr gewandt aus und hatte felsenfeste Überzeugungen, von denen sie sich schwerlich abbringen ließ. Sie erregte meine Neugier, und zur selben Zeit jagte sie mir Angst ein, und so hatte ich mich nicht ein zweites Mal zu ihr auf den Weg gemacht, um mich nicht noch einmal dieser dunklen Anziehungskraft auszusetzen, die von ihrer Person, ihren Worten ausging. Ich hatte sie deutlich gespürt, obwohl ich ein Mann der Kirche war.

So wie auch Yann Rosset sie spüren musste, der diese Frau mit den Augen verschlang und sich wie aus nackter Angst von ihr fernhielt. Ich hatte die Blicke gesehen, die er ihr zuwarf: voller Besitzanspruch und bitterer Verachtung zugleich. Ich fragte mich, ob seine Anwesenheit in jener Nacht etwas damit zu tun hatte, dass er inzwischen seit Monaten nicht mehr zur Sonntagsmesse kam. Es wäre nur folgerichtig gewesen, den Gerüchten Glauben zu schenken, die Basile Blanche in Umlauf gesetzt hatte. Ich hatte sie auch gehört. Sie erzählten davon, dass das Mädchen aus den Wäldern mit dem Teufel paktiere und dass ihre Seele von Grund auf verdorben sei, also nichts anderes, als ich vor Kurzem aus dem Mund von Don Jacques vernommen hatte. Der Aberglaube war in diesem Tal der Legenden und fantastischen Geschichten in jedem Gespräch gegenwärtig, vermischte sich mit all dem, was man sich nicht erklären konnte, er speiste sich aus komplexen Zusammenhängen, die wegen ihrer geheimnisvollen Natur fremd und unverständlich blieben.

Die Geschichte strotzt nur so vor Irrtümern von Menschen, die mehr dem Volksglauben als dem eigenen Verstand vertraut hatten. Zu jenen wollte ich nicht gehören. Mochte Don Jacques ruhig denken, dass ich kein guter Hirte war. Ich würde die Zigeuner nicht verbannen, nur um sein schlechtes Gewissen reinzuwaschen, um die Sünden seiner Vergangenheit zu tilgen.

Ich zog die Schublade des Nachtschränkchens auf und fand dort das Mittel gegen Migräne. Unschlüssig wog ich die Flasche einige Momente in der Hand und hielt die bernsteinfarbene Flüssigkeit prüfend gegen das Licht. Einige nicht herausgefilterte Blättchen schwammen auf der Oberfläche, und als ich die Flasche entkorkte, erfüllte ein durchdringender Minzduft das Zimmer. Meine Nerven schienen sich unmittelbar zu beruhigen.

Fiamma hatte gesagt, ich sollte ein Glas davon trinken, um die Krämpfe zu lindern. Erst da fiel mir auf, dass ich kein Trinkgefäß bei mir hatte.

Marie stand vor dem Herd und rührte die Polenta im Kessel. Sie hatte die Ärmel ihres Kleides über die Ellenbogen hochgekrempelt, und ihre Stirn glänzte vor Schweiß, die Wangen waren vor Hitze gerötet.

Ich betrat die Küche und ging zum Buffetschrank, in dem sich die Teller und Becher befanden.

Marie warf mir einen fragenden Blick zu. »Benötigt Ihr etwas, Don Agape?«

»Bemüht Euch nicht, Marie. Ich suche einen Becher.«

Die junge Frau hob die Augenbrauen und betrachtete misstrauisch die Flasche in meinen Händen. »Was ist das da?«

In dem Moment erkannte ich den Fehler, den ich begangen hatte, indem ich sie einfach mitgenommen hatte.

»Ein Mittel gegen Migräne«, erklärte ich beherrscht.

Sie schüttelte ungläubig den Kopf. »Ihr seid verrückt. Falls er es herausfinden sollte … das würde er Euch nicht so durchgehen lassen.«

Ich atmete tief durch, goss mir zwei Finger hoch von der aromatischen Flüssigkeit ein und beobachtete dann, wie sie an den hölzernen Wänden des Bechers hochschwappte. Gläser waren ein Luxus, den die Bewohner von Saint Rhémy nicht gewohnt waren.

»Wisst Ihr was, Marie? Ich glaube, Ihr habt Euch einen Spaß mit mir erlaubt, was diese Frau betrifft. Sie kommt mir keinesfalls verrückt vor, und ehrlich gesagt auch nicht wie eine Hexe«, sagte ich und trank das Mittel in einem Zug aus. Es schmeckte ein wenig scharf, aber nicht unangenehm. »Nur wie ein sehr einsamer Mensch, sehr misstrauisch … und auch sehr starrköpfig und obstinat.«

Ja, obstinat war genau das Wort, das ich gesucht hatte. Diese Frau war widerstandsfähig wie eine Gebirgsblume. Blumen, die mitten zwischen den Felsen erblühen und einsam und unbeugsam dem Wind widerstehen, der über die Gletscher peitscht.

Marie schluckte und starrte mich an, als ob mir plötzlich ein zweiter Kopf neben dem gewachsen wäre, der bereits auf meinem Hals saß. »Ihr müsst achtgeben«, flüsterte sie mir zu, »und zwar ganz genau, auf das, was Ihr sagt, Don Agape.«

Kurz glaubte ich, meinen Onkel vor mir zu sehen. »Gib acht, Agape, auf das, was du sagst. Wie du dich ausdrückst. Worte sind die mächtigste Waffe, über die wir verfügen, das Instrument, um die Herde zu besänftigen, die Gott uns anvertraut hat, der Schlüssel zu allem. Worte, Agape, werden dein Schicksal bestimmen, wähle die rechten, und es werden sich dir die Himmelspforten auftun, sprichst du die falschen, wirst du zu deinem eigenen Untergang beitragen.«

Ich war es leid, so unendlich leid, mich ständig beherrschen zu müssen, zu versuchen, das Richtige zu tun, jedes Wort abzuwägen, dabei stets zuvorkommend zu sein und immer bereit, mir jedes Problem der Welt aufzubürden. Mir platzte der Kopf, und ich beschloss, dass ich für diesen Nachmittag genug hatte von Don Jacques' Intoleranz, von dem schlichten Geplapper Maries, ja sogar von mir selbst, von meinen dummen Ängsten und meiner vollkommenen Unfähigkeit, mich durchzusetzen.

»Ich gehe mir die Beine vertreten.«

Marie konnte nichts dagegen sagen: Ich ließ ihr keine Zeit dazu.

Die Straßen waren mit Weiß überzogen, und der Schnee legte sich sofort auf meinen Mantel, deutlich hob er sich auf dem dunklen Stoff ab. Ich setzte mir den Hut auf und lief vorsichtig, um nicht zu stürzen, vorwärts.

Es war kalt, aber nicht so beißend kalt wie an den Tagen, bevor es zu schneien begonnen hatte. Es herrschte eine trockene Kälte, die einem durch und durch ging, aber nicht ins Fleisch biss. Sie ließ sich aushalten. Mein Atem verlor sich vor mir in kleinen Wölkchen, während ich durchs Dorf lief und die vollkommene Einsamkeit genoss. Niemand war unterwegs, keine Geräusche erfüllten die Luft, selbst die Farben waren aus der Welt verschwunden. Es gab nur diese stille Reinheit, und ich stellte mir vor, dass ich so lange laufen könnte, bis ich mich in diesem weißen Raum verlor, um nie mehr zurückzukehren. Als ob ich mich in Luft auflösen, im Wasser schmelzen würde.

Ich fragte mich, ob das Paradies etwa dieser vollkommenen Leere glich. War Weiß nicht vielleicht die Summe aller Farben?

In der Zwischenzeit war ich, obwohl ich kein genaues Ziel hatte, an das Tor des kleinen Friedhofs gelangt. Ohne nachzudenken, trat ich ein und war ziemlich überrascht, dort eine Frau zu entdecken, die mir den Rücken zuwandte und mit schnellen Handbewegungen einen kleinen Grabstein vom Schnee befreite.

In den wenigen Minuten meines Spaziergangs war ich zu der Überzeugung gelangt, der letzte verbliebene Mensch auf Erden zu sein. Vielleicht war ich deshalb zum Friedhof gelaufen, um mich davon zu überzeugen, dass bereits jemand vor mir gelebt hatte.

Die Frau trug ein Kopftuch, erst als ich näher kam und meine Anwesenheit anzeigte, konnte ich sie erkennen: Es war Adélaïde Borel, die Frau des Dorflehrers.

»Madame Borel …«, sagte ich leise, während ich mich ihr näherte.

Sie kauerte neben einem Grab, das ich bei meinen vorherigen Besuchen des Friedhofs nie bemerkt hatte.

»Don Agape«, erwiderte sie, ohne mich anzusehen. Mit der Hand wischte sie den Schnee fort, der sich trotz ihrer Bemühungen weiter auf den Grabstein legte. Ihre Finger waren schon ganz blau.

»Vielleicht solltet Ihr nach Hause zurückkehren, gute Frau. Es wird allmählich kalt, sehr kalt, und bald wird es dunkel.«

»Ich kann nicht«, antwortete sie. »Martin kann Schnee nicht ausstehen«, sagte sie, ohne in ihren Bemühungen innezuhalten. Sie wartete, bis der Schnee wieder eine leichte Decke gebildet hatte, ehe sie ihn mit einer wütenden Handbewegung fortfegte.

»Martin?«

»Mein Sohn will nicht vergessen werden. Wenn es schneit, ist er hier ganz allein. Keiner denkt an ihn außer mir.«

Etwas packte mein Herz mit einem eisigen Griff. Ich hatte nicht gewusst, dass die Borels ein Kind verloren hatten. Ich betrachtete die Frau des Dorflehrers: Sie war zierlich und hatte ein faltiges Gesicht, sie mochte bereits fortgeschrittenen Alters sein oder einfach nur vorzeitig gealtert. Schmerz kann das bewirken, das hatte ich schon erlebt: Er lässt alle Freude verdorren und hinterlässt nichts als tiefe Spuren; er verhärtet das Herz wie die Augen und lässt Farben verblassen.

Vorsichtig streckte ich einen Arm nach Madame Borel aus

und nahm ihre Finger in meine Hände. Sie waren feucht und eiskalt. »Macht Euch keine Sorgen, gute Frau. Martin ist nun bei Gott. Er leidet weder an Kälte noch an Einsamkeit, da Eure Liebe ihn erreicht. Eure Hände dagegen sind kalt wie Eis. Lasst Euch von mir nach Hause bringen, Euer Mann ist bestimmt schon in Sorge.«

Schließlich sah Adélaïde Borel mich an. Ihre Augen waren wie immer gerötet. Die Haut ihres Gesichts war bleich, und unter dem Tuch, das sie um den Kopf trug, lugten graue Haare hervor. Ihr Kind musste schon lange bei Gott sein, schoss es mir flüchtig durch den Kopf, als ich ihr den Arm um die Schultern legte und sie zum Friedhofstor geleitete. Fügsam wie ein Kind ließ sie sich fortführen, ihre Augen blickten ins Leere.

In der Nähe des Hauses, in dem sie mit ihrem Mann lebte, blieb sie stehen und kam zu sich. »Don Agape …«, murmelte sie, während sie mit den Lidern klapperte, ihre Wimpern waren schneeverkrustet, »sie hat ihn mir fortgenommen.«

»Was meint Ihr?«, fragte ich, ohne zu begreifen, wovon sie sprach. Sie wirkte auf mich weit weniger verwirrt als auf dem Friedhof, aber dennoch nicht bei klarem Verstand.

»Sie war das, sie hat ihn mir fortgenommen.«

»Wer denn?«, fragte ich in die zerbrechliche Stille des späten Nachmittags hinein. Die Schatten um uns wurden länger und verdunkelten Madame Borels Gesicht, nur die Augen, deren weiße Hornhaut von feinen Äderchen durchzogen war, hoben sich unheilvoll und klar ab.

»Die Hexe«, flüsterte sie und umklammerte meine Hand, ihre Finger waren wie Eiskrallen. »Sie hat ihn mir fortgenommen.«

Yann

An jenem Abend ging ich nicht zu ihr. Sie hatte neunzehn Jahre in diesem Wald überlebt und allem standgehalten, wie Moos und Flechten, die sich an den Baumstämmen festsetzen. Sie würde schon einen Weg finden, sich vor dem Schnee und der Kälte zu schützen, würde es einfach so machen wie ihre Freunde, die wilden Tiere. Schließlich war sie eine Hexe.

Erschöpft stieg ich hoch zum Dachboden und ließ mich auf mein Bett fallen, wo ich ruhig liegen blieb, die Deckenbalken anstarrte und an Marie dachte. Ich konnte mich nicht erinnern, welche Farbe ihre Augen hatten. Kastanienbraun oder vielleicht Himmelblau … Es war mir auch gleich. Ich legte die Handflächen auf die Lider und stellte mir vor, das Dach würde verschwinden, der Schnee deckte mich langsam zu und erstickte jeden Gedanken, der in meinem Kopf herumspukte.

Ich war nie ein nachdenklicher Mensch gewesen, und dass ich jetzt ständig grübelte, gefiel mir nicht. Ich öffnete die Augen wieder, setzte mich auf und zündete die Öllampe an, die ich auf dem Boden stehen hatte. Nach ein paar Momenten stand ich auf und hob die Matratze hoch, um das Bündel Briefe hervorzuholen, das ich darunter aufbewahrte.

Ich hielt sie so lange fest gepackt, bis das Papier zerknitterte.

Raphaël hatte auch mir geschrieben. Blätter voller wirrer Worte und verwischter Tinte. Ich hatte begierig jede Zeile verfolgt, während das Schuldgefühl auf mir lastete wie eine vollgesogene Decke. Seine stumme Stimme hatte mir das Gefühl gegeben, nutzlos und hilflos zu sein. Vollkommen leer.

Die Holztreppe knarrte, und als ich aufsah, erkannte ich Agnés, die mit einem Teller Suppe heraufkam.

»Wir haben sie für dich aufgehoben«, sagte sie und warf mir einen besorgten Blick zu.

»Danke, aber ich habe keinen großen Hunger.«

»Ach so«, brummte meine Schwester, stellte den Teller neben die Lampe und setzte sich neben mich aufs Bett. Ihre Augen waren auf die Briefe unseres Bruders gerichtet. Sie streckte eine Hand aus und strich mit der Fingerkuppe über das dünne, zerknitterte Papier. »Darf ich?«, fragte sie leise.

Ich überließ ihr die Briefe nur ungern. Sie blätterte sie langsam durch, ließ den Blick auf der feinsauberen Schrift ruhen, mit der die Adressen geschrieben waren.

Raphaël war ein ausgezeichneter Schüler gewesen, er hätte es zu etwas bringen und das Tal verlassen können, diesen unwirtlichen Ort, an dem man gezwungen war, durch die Kraft seiner Arme zu überleben. Er war besser als wir, als ich. Er hatte mehr verdient.

»Das hier«, flüsterte Agnés und hielt die noch verschlossenen Umschläge hoch, »sind die Briefe, die er an Fiamma geschrieben hat.« Sie sah mir in die Augen, und ich zwang mich, ihrem Blick standzuhalten. »Du hast gesagt, dass du sie weggeworfen hast.«

»Ja. Das habe ich gesagt.«

Meine Schwester seufzte, dann schüttelte sie den Kopf. »Warum verhältst du dich so, Yann?«

»Wie denn?«

»So eben.« Agnés hielt mir die Briefe unter die Nase. »Du läufst zu ihr, wenn du weißt, dass sie in Schwierigkeiten steckt, aber du verheimlichst ihr, dass er ihr diese hier geschrieben hat.«

»Ich laufe zu ihr? Wovon zum Teufel sprichst du?« Einen Moment glaubte ich, meine Schwester hätte meine Gedanken gelesen. Wie konnte sie denn wissen, dass ich überlegt hatte, das Dach von Fiammas Hütte zu reparieren? Doch dann wurde mir klar, dass sie sich auf etwas anderes bezog. »*Du* hast mich doch gebeten, Blanche daran zu hindern, diesen verdammten Fuchs zu töten. Hast du das vergessen? Außerdem habe ich es nicht für sie getan, und das weißt du.«

Agnés senkte den Blick und fuhr zärtlich über die Ränder des Papiers. »Sie gehören dir trotzdem nicht, du hast kein Recht, sie für dich zu behalten. Er hätte gewollt, dass sie sie erhält.«

Sie legte die Umschläge auf die Matratze und stand auf. Die Suppe war inzwischen kalt geworden. Agnés bückte sich, um den Teller aufzuheben. »Ich nehme sie wieder mit nach unten, falls du doch noch Hunger bekommst, kannst du sie dir wärmen. Ich gehe jetzt schlafen.« Sie wandte sich zum Gehen, dann schien sie es sich noch einmal zu überlegen und drehte sich erneut zu mir um. »Wo warst du heute Nachmittag?«

»Unten im Dorf. Warum fragst du?«

In Agnés' Augen stand aufrichtige Sorge, aber auch Misstrauen: Sie glaubte meinen Worten nicht, sondern dachte, dass ich sie anlog. Dass ich in den Wald gegangen wäre.

»Basile Blanche setzt schlimme Gerüchte in die Welt …«, sagte sie schließlich.

»Von mir aus soll er erzählen, was er will. Ich schere mich einen Dreck um diesen groben Hohlkopf.«

Agnés zuckte mit den Schultern. »In Ordnung, Yann. Ich wollte dich bloß warnen. Gute Nacht.«

»Was hältst du von Marie?«, fragte ich plötzlich, ehe sie fortging.

Meine Schwester klapperte verwirrt mit den Lidern. »Was ich von Marie halte? Ich verstehe nicht …«

»Als Ehefrau.«

»Du willst … Marie heiraten?«, rief sie überrascht aus.

»Ich denke darüber nach, ja.«

»Sie ist … ein anständiges Mädchen«, sagte sie schließlich nicht gerade überzeugend. »Mutter gefällt sie.«

»Aber?«

»Du bist nicht in sie verliebt.«

Ich betrachtete sie und zuckte mit den Schultern. »Mich in eine Frau zu verlieben ist meine letzte Sorge, Agnés. Für so etwas habe ich keine Zeit.«

Meine Schwester holte tief Luft, dann atmete sie ganz langsam wieder aus. »Du bist ein Mann, Yann, es steht mir nicht zu, dir zu sagen, was du aus deinem Leben machen sollst. Wenn du Marie heiraten willst, weil du glaubst, dass sie eine gute Ehefrau wäre, dass sie dir mit dem Hof helfen und sich gut um dich und die Kinder kümmern wird, die ihr haben werdet, dann machst du es richtig. Sie wird wahrscheinlich deine Erwartungen erfüllen. Aber vorher musst du Fiamma diese Briefe bringen.«

Verwirrt runzelte ich die Stirn. »Was hat denn das Eine mit dem Anderen zu tun?«

»Raphaël glaubte an die Liebe.«

»Raphaël hatte zu viele Bücher gelesen.«

»Du bist so verbohrt!«, zischte meine Schwester. »Heirate Marie, wenn du willst, aber tu es nicht aus dem falschen Grund.«

»Und der wäre?«, fragte ich misstrauisch. Diese Unterhaltung kam mir inzwischen wie eine riesige Zeitverschwendung vor.

»Dass du vor dem davonläufst, was du wirklich willst. Und wovor du Angst hast.«

»Ich will gar nichts und ich habe vor nichts Angst.«

»Oh doch. Du hast Angst davor, diese Briefe der Person zu übergeben, für die sie bestimmt sind, denn sonst hättest du es schon längst getan.«

Ich biss mir auf die Lippe und fuhr mir mit der Hand über die Augen. »Ich bin wirklich müde«, sagte ich, um das Gespräch zu beenden.

»Sicher, wie du willst. Ich lass dich jetzt schlafen.«

In dieser Nacht schlief ich wenig und schlecht. Wenn ich die Augen schloss, sah ich, wie der Schnee in Fiammas Haus eindrang, auf ihren Flammenhaaren schmolz, ihre Lippen und Lider bedeckte, bis man ihre Züge nicht mehr erkennen konnte. Im Traum näherte ich mich ihr, beugte mich über sie und packte sie an den Schultern. Sie fuhr sich mit einer Hand übers Gesicht, und dann sah ich plötzlich in Raphaëls Augen.

»Du hast mich vergessen«, sagte er. Seine Haut war wächsern, seine Lippen blau angelaufen.

»Nein, ich habe dich nicht vergessen. Ich kann dich gar nicht vergessen«, antwortete ich und schüttelte heftig den Kopf, in der Kehle einen Knoten, der sich kaum lösen wollte.

»Ich habe dir so viele Briefe geschrieben, und du hast mir nie geantwortet«, sagte Raphaël und streckte eine Hand nach meinem Gesicht aus, während sein Erscheinungsbild sich erneut veränderte und er wieder zu Fiamma wurde. »Du hast mich vergessen«, wiederholte sie und streifte mich mit ihren Fingern. Sie waren eiskalt. »Ich friere«, flüsterte sie, während von ihren Lippen eine weißliche Atemwolke aufstieg. Ihre Augen, die starr auf mich gerichtet waren, hatten die gleiche Farbe wie der Wald: grün, braun umrandet und mit dem warmen Glanz goldener Sprenkel. Weniges war mir so vertraut wie ihre Augen.

Ich schreckte aus dem Schlaf hoch und fuhr mit einer Hand zum Gesicht, wo ich noch deutlich ihre Berührung spürte. Dann schlug ich die Bettdecke zurück.

»Verdammt«, knurrte ich und suchte meine Stiefel. Ich wollte die Lampe nicht anzünden, um nicht Agnés oder meine Mutter zu wecken. Es war mitten in der Nacht, aber ich wusste, dass ich keinen Schlaf mehr finden würde. Da konnte ich genauso gut arbeiten.

Lupo, der zusammengerollt vor dem erloschenen Kamin schlief, hob den Kopf, als er mich die Treppe hinunterkommen sah, und klopfte beim Wedeln mit dem Schwanz auf den Boden.

»Gehen wir, mein Schöner. Heute beginnt der Tag etwas früher«, sagte ich, zog meine dicke Jacke an und setzte mir die Wollmütze auf den Kopf. In die Tasche steckte ich das Bündel Briefe, die Raphaël an Fiamma geschrieben hatte. Ich konnte

Agnés nicht recht geben: Ich hatte nichts zu verbergen, da war nichts, was mir Angst einjagte. Wenn ich Fiamma diese Briefe noch nicht gegeben hatte, dann nur, weil mir nichts daran lag. Sicher, es war falsch von mir gewesen, aber ich hatte auch noch nie von mir behauptet, ein anständiger Mensch zu sein.

Als ich die Tür öffnete, wurde ich von einer Landschaft empfangen, in der jeder Bezugspunkt verschwunden war.

Es schneite nicht mehr, aber alles war im Weißen versunken. Der Himmel war blau, erleuchtet nur von einem schwachen Lichtschein hinter den Berggipfeln, und der Schnee funkelte zart blassblau. Da wurde mir klar, dass ich nirgendwohin gehen konnte, wenn ich nicht zuerst den ganzen verdammten Schnee wegschaufeln würde.

Die Sonne versank bereits am Horizont, als ich schließlich beschloss, den Pfad in den Wald einzuschlagen.

Es war ein windiger Tag gewesen, der Schnee war fortgeweht und wirbelte in Staubwolken oben auf den Bergen. Einige Grasbüschel lugten unter dem Weiß hervor, und während ich vorwärtsging, lösten sich kleine Schneehaufen von den Zweigen und plumpsten zu Boden. Lupo lief mit gestreckter Rute vor mir her, schnüffelte am Wegrand und hatte seinen Spaß daran, seine Schnauze in den Schnee zu reiben.

Ich kannte den Weg auswendig, jeden Stein, jedes Stück Baumrinde. Die Birken verschmolzen mit der Landschaft, Weiß vor Weiß. Die Myrten- und Wacholderbüsche waren unter der hellen Schneedecke verschwunden.

Endlich tauchte Fiammas Hütte zwischen den Tannen und Lärchen auf. Das Dach war mit Schnee bedeckt, und etwas besorgt stellte ich fest, dass keine Rauchfahne aus dem Schornstein aufstieg. Als ich vor der Tür stand, bemerkte ich, dass von dort ein schmaler Trampelpfad in den Wald führte. Die Abdrücke schienen von mehr als einer Person zu stammen. Lupo schnüffelte interessiert daran, dann setzte er sich vor den Eingang und winselte laut.

Er kannte dieses Haus, er hatte Raphaël oft hierher begleitet, und er kannte die Frau, die dort wohnte. Seinem Jaulen nach zu urteilen schien er sich darauf zu freuen, ihr zu begegnen.

»Verräter«, knurrte ich ihn an. »Du solltest auf meiner Seite sein anstatt nach ihr zu heulen.«

Ich atmete tief durch und klopfte. Zum Teufel mit meinen dummen Vorsätzen, mich von diesem Ort fernzuhalten, ich kehrte doch immer zurück. Es vergingen ein paar Sekunden, in denen ich keinen Laut aus dem Inneren des Hauses hörte. Etwas überrascht bemerkte ich eine leichte Unruhe und sogar ein wenig Angst. Ich machte mir tatsächlich *Sorgen* um sie.

Ich hätte nach ihr gerufen, wenn ich es gewagt hätte, ihren Namen auszusprechen. Stattdessen klopfte ich etwas energischer. Auch Lupo war nun aufgeregt und lief ungeduldig auf und ab.

Fiamma antwortete nicht. Erst da beschloss ich, die Tür zu öffnen.

Die Albträume, die mich in dieser Nacht heimgesucht hatten, standen mir auf einmal so lebhaft wie nie zuvor vor Augen. Ich stellte mir vor, wie ich sie steif in sich zusammengerollt finden würde, mit blaugefrorenen Fingern und violetten Lippen. Ich befürchtete schon, sie mit meiner Achtlosigkeit, mit meiner dummen Gleichgültigkeit getötet zu haben.

Nicht einen Moment kam mir in den Sinn, dass sie nicht zu

Hause sein könnte, und als ich feststellte, dass genau dies der Fall war, kam ich mir vor wie ein unglaublicher Dummkopf.

Ich hatte mich von Angst überwältigen und von meinem schlechten Gewissen leiten lassen, weil ich ihr Dach nicht vor dem Schneefall repariert hatte.

Ich sah zu der Stelle, durch die ich vor ein paar Wochen den Regen hatte eindringen sehen, und stellte fest, dass sie geschlossen war. Jemand hatte sie gerichtet. Jemand anderes als ich.

Offensichtlich brauchte sie mich tatsächlich nicht. Sie hatte mich nie gebraucht, diese kleine falsche Schlange mit den Waldaugen.

»Verschwinden wir von hier, Lupo. Wir waren zwei Narren, dass wir uns hierherbemüht haben«, knurrte ich wütend.

Der einzige Narr warst du, sagte eine Stimme in meinem Inneren. Was hattest du denn geglaubt? Dass sie auf dich warten und deine Hilfe voller Dankbarkeit annehmen würde? Sie ist eine Hexe. Nur eine kleine durchtriebene Schlange. Der Teufel persönlich wird wohl vorbeigeschaut haben, um dieses verfluchte Dach zu reparieren.

Ich nahm den Werkzeugkasten, den ich bis hierher geschleppt hatte, und wollte schon gehen, als ich mich an die Briefe erinnerte. Nach kurzem Zögern holte ich sie aus der Jackentasche und legte sie auf den mit Kräutern und Flaschen bedeckten Tisch. Ich würde mir nicht noch einmal die Mühe machen herzukommen. So hatte ich ihr nicht einmal begegnen müssen. Alles in allem also ein Glücksfall.

»Lupo, wir gehen«, rief ich den Hund halbherzig. Die Sonne stand nun tiefer, und der Himmel war dunkler geworden. Ich warf einen Blick auf das Bündel Briefe.

Was hatte Raphaël ihr geschrieben? Er liebte sie und wäre zu ihr zurückgekehrt, wenn er gekonnt hätte.

Es tat mir weh, die Briefe einfach so auf dem Tisch zurückzulassen. Deshalb nahm ich sie wieder an mich und suchte nach einem besseren Platz, wo ich sie hinlegen konnte.

Meine Augen suchten den kleinen Raum ab. Der Kamin war voller Asche, der Sessel durchgesessen, das Lager bestand aus Decken und Stroh. Wie konnte man nur so leben? Wenn Raphaël zurückgekehrt wäre, hätte er sie von hier weggeholt. Vielleicht wären sie zusammen fortgegangen. Er verdiente etwas Besseres, und sie wäre ihm gefolgt.

Ich spürte, wie es mich heiß überlief und mir die Kehle zuschnürte. Ich wäre auch in diesem Fall allein zurückgeblieben, doch der Gedanke, dass er irgendwo in der Ferne glücklich lebte, war immer noch besser, als zu wissen, dass er tot war. Und was Fiamma anging … Sie bei ihm zu wissen wäre eine Befreiung. Sie hätte ihm gehört, und ich hätte das akzeptieren können. Angesichts des Offensichtlichen hätte ich mich abgefunden.

Ich betrachtete erneut den Tisch. Vor vier Jahren hatte ich daraufgelegen. Draußen wütete das Gewitter. Der Berg wollte mich haben, der Tod rief nach mir, aber als ich die Augen aufgeschlagen hatte, war da ein Mädchen gewesen, das sich über mich beugte. Ihre Augen, ihre Haare, ihr warmer Atem, der das Eis von meinem Gesicht taute. Ihre schlanken Finger auf meiner Haut. Als ich nur einen Schritt vom Tod entfernt war, hatte sie mir die Hand gereicht und mich an sich gefesselt. Niemals war ich jemandem so nahe gewesen, nicht einmal den Frauen, mit denen ich geschlafen hatte.

In jener Nacht hatte sie mein Schicksal bestimmt und sich mein Herz genommen. Ich hatte seitdem nichts und niemanden mehr geliebt. Sie und Raphaël, der sie so sehr liebte wie ich, ohne sie jedoch so zu kennen, wie ich sie kannte. Denn sie und ich hatten ein Geheimnis, und keiner kennt einen besser als jemand, mit dem man ein Geheimnis teilt.

Ich setzte mich in den Sessel. Mein Bein tat weh, und ich spürte einen stechenden Schmerz in der Brust. Auf der Armlehne lag Fiammas Umhängetuch. Ich nahm es, verbarg mein Gesicht in der verfilzten Wolle und sog ihren Duft ein. Es war der Hauch des Windes, der über die verschneiten Gipfel strich, der Geruch des dumpfen, schattigen Unterholzes. Moos, Harz, feuchte Erde. Es war der Geruch des Lebens. Etwas, das mir nicht gehörte und das zu begehren ich kein Recht hatte. Schnell riss ich mir das Tuch vom Gesicht und ließ es auf die Erde fallen.

Dann stand ich auf und steckte die Briefe wieder in die Jackentasche. Agnés hatte recht, ich war ein Feigling. Diese Briefe gehörten mir nicht, aber ich wollte nicht, dass diese Frau Raphaël noch ein letztes Mal bekam, während mir nichts mehr blieb. Das war gemein und egoistisch von mir, aber ich konnte nicht anders.

Schnell entfernte ich mich, rannte in die Nacht hinaus wie ein Dieb auf der Flucht. Und doch war ich derjenige, dem man etwas gestohlen hatte, etwas, das ich niemals zurückbekommen würde.

Fiamma

Ich sah hoch zu Tal, der auf dem Tisch stand und in einer mir unbekannten Sprache vor sich hin singend das Dach reparierte.

»Wie bitte?«, fragte ich verwirrt.

»Ich habe einen Verwandten, der saust, obwohl er keine Beine hat, und pfeift, obwohl er keinen Mund hat. Wer ist das?«

Ich hatte mich in eine Ecke des Raumes zurückgezogen und beobachtete Tal misstrauisch. Er wirkte nicht gefährlich auf mich, ganz im Gegenteil, aber das Leben hatte mich gelehrt, Fremden nicht zu trauen. Und für mich waren fast alle Menschen Fremde.

»Das ist ein Rätsel«, erklärte Tal. »Also, hast du begriffen, wer das ist?«

Irritiert schüttelte ich den Kopf, aber ich war auch neugierig geworden. Seit Raphaël fortgegangen war, hatte niemand mehr einfach so und mit dieser Leichtigkeit an mich das Wort gerichtet.

»Der Wind!«, rief Tal und strahlte übers ganze Gesicht. Sein Lächeln wärmte mir das Herz, und ich merkte, wie ich es unwillkürlich erwiderte.

»Der Wind ist dein Verwandter?«

»Ja, er ist mit allen Zigeunern verwandt. Wir sind seine Kinder, seine Brüder.«

»Es muss seltsam sein, so zu leben, immer auf Reisen, immer in Bewegung.«

»Ich könnte mir kein anderes Leben vorstellen.«

»Ich bin nie woanders gewesen.«

Tal tastete das Dach mit den Handflächen ab, und als er sich vergewissert hatte, dass er gute Arbeit geleistet hatte, stieg er vom Tisch und sah mich lange und durchdringend an. »Manchmal frage ich mich, wie ihr das aushaltet, ihr Sesshaften. Wie könnt ihr immer am gleichen Ort sein, ein Leben lang? Hinter diesen Bergen liegt eine ganze Welt. Wärst du nicht neugierig, sie zu sehen?«

Ich zuckte mit den Schultern und bemühte mich, ihn mein Unbehagen nicht sehen zu lassen. »Ich hatte einen Freund, der die Welt sehen wollte. Eines Tages ist er fortgegangen und nie mehr zurückgekommen.«

Tal packte sein Werkzeug in einen Lederbeutel. »Das kann ich ihm nicht verdenken.«

»Er ist im Krieg gestorben.«

Der junge Zigeuner sah mich an. Sein Blick hatte sich verdüstert.

»Die Welt da draußen ist ein hungriger Wolf«, flüsterte ich und senkte die Augen.

»Das Schicksal jedes Menschen steht bereits fest«, sagte er nur. »Man kann ihm nicht entfliehen.«

Über uns legte sich eine zerbrechliche Stille, doch kurz darauf stand Jago in der Tür und durchbrach sie. Er trug einen abgewetzten dicken Pullover, und seine Haare waren zerzaust und mit Schnee bedeckt. »Bist du fertig, Tal? Die *Puri Dhai* sagt, du musst sofort zurück: Das Kind kommt gleich zur Welt!«

Tal riss die Augen auf, und ich meinte, kurz Angst in ihnen zu erkennen.

»Gehen wir«, sagte er schnell zu seinem Bruder.

»Rhian sagt, die *Kechali* soll auch mitkommen«, erklärte Jago und wies mit dem Kinn auf mich. In seinen tintenschwarzen Augen mischten sich Furcht und Neugier. Vor allem meine Haare schienen ihn einzuschüchtern, aber gleichzeitig zu faszinieren. Vielleicht war es die Farbe oder auch nur die Tatsache, dass ich sie offen trug; keine Zigeunerin löste leichten Herzens ihre dichte Haarpracht: Die Haare waren mit Magie erfüllt, die man bewahren musste und die nicht verloren gehen durfte.

»Wir können sie nicht zwingen«, sagte Tal, ohne mich anzusehen. »Wenn sie uns begleiten will, wird sie uns folgen. Wir gehen jetzt.«

Er verließ die Hütte, dicht gefolgt von Jago, der sich mehrfach nach mir umwandte, um zu sehen, ob ich auch nachkam. Ich brauchte nicht lange, um mich zu entscheiden. In der Eile vergaß ich sogar, mir das Tuch über die Schultern zu werfen.

Zügig durchquerten wir den verschneiten Wald. Der Schnee drang in meine Pantinen ein und durchnässte den Saum meines Kleides, aber ich wurde nicht langsamer. Tal, der vor mir lief, bewegte sich rasch vorwärts, mit durchgestrecktem Rücken, das Kinn nach oben gereckt. Er stand kurz davor, Vater zu werden, die hübsche, hochschwangere junge Frau, die ich im Lager gesehen hatte, musste seine Frau sein.

Wir erreichten den Bach und liefen an ihm entlang weiter; keiner von uns sagte etwas, das Schweigen umhüllte uns wie eine kalte Decke. Das Wasser strömte unter dem Eis, selbst von dort kam kein Geräusch.

Auf der Lichtung, wo sich das Lager der Zigeuner befand, hatte man den Schnee weggeschaufelt, und in der Nähe der Bäume war in einiger Entfernung zu den Wagen ein Zelt aufgebaut worden.

Tal ging darauf zu, doch nach wenigen Schritten blieb er stehen. Um das Zelt war auf dem Boden ein Kreis gezogen, und ich sah, dass niemand wagte, ihn zu überschreiten. Die Luft war von Stöhnen und Klagerufen erfüllt, die Schwangere musste in den Wehen liegen. Vor dem Eingang zum Zelt sah ich eine Frau. Sie stand aufrecht da, die herzzerreißenden Schreie schienen sie nicht zu berühren, sie murmelte leise Beschwörungen vor sich hin. Bei diesem Anblick hielt ich wie versteinert inne.

Meine Mutter war eine Heilerin gewesen und hatte mehr als einer Frau im Dorf geholfen, ihr Kind zu gebären. Niemand sprach darüber, aber es war allgemein bekannt. Es hieß, Vivienne brächte Unglück und sei gut Freund mit dem Teufel, aber wenn ein Mann aus dem Dorf es nicht mehr mitansehen konnte, wie seine Frau unter den Wehen litt, trotzte er lieber dem Schicksal und klopfte an unsere Tür, als tatenlos dabeizustehen, wenn sich das Leben durch die Dunkelheit Bahn brach. Meine Mutter hatte sich nie geweigert. Sie hatte sich in ihr Umschlagtuch gehüllt, hatte die entsprechenden Kräuter, um das Blut zu stillen und die Schmerzen zu lindern, in ihren Korb gelegt und war ins Dorf hinabgestiegen.

»Fiamma.«

Ich wandte mich um und sah, wie Rhian auf mich zukam. Sein Gesicht war angespannt, doch er brachte ein Lächeln für mich auf. »Dort wird gerade mein erster Enkel geboren«, raunte er mir zu.

»Was macht diese Frau dort?«, fragte ich und zeigte auf die Zigeunerin, die etwas rezitierte, was mir wie Beschwörungsformeln und Gebete vorkam, auch wenn sie es in einer Sprache tat, die ich nicht verstand.

»Das ist eine Zauberin. Sie lenkt ein gutes Schicksal, Glück und Gesundheit auf das Neugeborene«, antwortete er.

»Die Mutter hat Schmerzen. Jemand muss ihr beistehen«, sagte ich.

»Niemand darf sie berühren wegen der Unreinheit, die mit jeder Geburt einhergeht. Niemand von *uns*«, schob er nach und gab mir damit zu verstehen, dass jemand, der nicht ihrem Clan angehörte, es wohl tun konnte. Deshalb hatte er gewollt, dass ich mitkomme. Er hatte Vivienne gekannt und hoffte, dass ich war wie sie, dass ich ihre Geheimnisse gelernt hatte. Schließlich war ich ihre Tochter.

Ich ging auf das Zelt zu und schritt über den Kreis, dann lief ich einfach an der Zauberin vorbei und beugte den Kopf, um es zu betreten. Die Gebärende bog den Rücken durch und hatte die Ellenbogen fest in den Boden gebohrt. Sie wimmerte wie ein Wolfsjunges. Ich kniete mich neben sie hin, schob ihr die gelösten Haare aus der schweißnassen Stirn.

Sie sah mich an, in ihren Augen stand Furcht wie auch Überraschung. »Bist du eine der *Ourmes*?« fragte sie mich keuchend.

Stumm schüttelte ich den Kopf. Ich hatte keine Ahnung, wovon sie sprach. »Ich will dir nur helfen.« Behutsam legte ich ihr eine Hand auf den gespannten, geblähten Bauch und spürte, wie das Kind sich bewegte. »Wie heißt du?«

»Rose.«

»Rose, alles wird gut«, flüsterte ich und strich ihr sanft über eine Schulter. Das hatte ich bei meiner Mutter gesehen, sie konnte Trost spenden, und ich hoffte, dass ich dieser jungen verängstigten Frau etwas davon vermitteln würde.

»Wenn du keine von den *Ourmes* bist, wer bist du dann?«

»Eine Frau wie du. Ich heiße Fiamma.«

Rose warf den Kopf zurück und stieß einen markerschütternden Schrei aus. Neben ihr stand eine Schale voll Milch und Hafer mit drei Löffeln darin. Ich betrachtete sie misstrauisch, was der jungen Frau nicht entging.

»Das ist für die *Ourmes*. Die Schicksalsgöttinnen, die über das Los des Kindes bestimmen werden …« Eine Wehe ließ sie schmerzerfüllt das Gesicht verziehen.

Draußen vor dem Zelt stimmte die Zauberin immer noch Gesänge und Beschwörungsformeln an.

»Erzähl mir von diesen *Ourmes*«, sagte ich, um die Schwangere von ihren Qualen abzulenken.

»Ihre Haare sind mit Nebel durchwebt, und man darf sie nicht verärgern, denn sie sind sehr nachtragend.«

Während Rose mir unter Stöhnen von diesen launischen Feen erzählte, die das Leben der Menschen beeinflussen konnten, ging ich vor ihr in die Knie. Man konnte nun schon das Köpfchen des Kindes sehen.

Es kam mit Schleim und Blut bedeckt zur Welt, ein Junge mit einem dichten rabenschwarzen Haarschopf, der gleich losschrie, bis er rot angelaufen war. Während seine Mutter sich ein wenig erholte, schnitt ich die Nabelschnur durch und brachte das Kind nach draußen, wo es mir aus den Händen genommen und in eine Kupferwanne getaucht wurde, die mit über dem Feuer geschmolzenem Schnee gefüllt war.

Als das Reinigungsritual vollzogen war, wurde der Kleine, der aufgehört hatte zu schreien und nun stumm mit staunend weit aufgerissenen Augen um sich schaute, in blutbefleckte Windeln gewickelt. Das Blut stammte von Tal, der sich gerade mit einem Tuch die Handfläche abwischte, an der er sich einen nicht sehr tiefen Schnitt zugefügt hatte.

»Damit tut er kund, dass dies sein Sohn ist«, flüsterte Rhian mir zu, der neben mir stand. »Blut von seinem Blut. Das schafft das erste Band zwischen ihnen, vermittelt ihm seine Kraft und seine Weisheit.«

»Warum nimmt er ihn nicht auf die Arme?«, fragte ich, nachdem ich bemerkt hatte, dass Tal, obwohl er offensichtlich darauf brannte, seinen neugeborenen Sohn zu halten, auf gebührenden Abstand achtete.

»Er hat Angst, er könnte ihm die Seele stehlen. Es ist besser so, bis das Kind getauft wurde.«

»Was geschieht mit Rose?«, fragte ich, während ich an die junge Frau dachte, die ihr Kind ohne Beistand zur Welt gebracht hätte, wäre ich nicht an ihrer Seite gewesen, und die in einem so sensiblen Moment ganz allein war.

»Rose wird aus der Gemeinschaft ausgeschlossen bleiben, bis sie wieder rein ist. Das dauert einige Tage.«

Ich betrachtete das Kind, das von einer Hand zur anderen gereicht wurde. Jeder murmelte einige glückbringende Worte, aber sie achteten alle darauf, nicht zu eng in Kontakt mit diesem neuen Leben zu treten, das direkt aus dem Dunkel des Vergessens kam. Ein Lichtfunke, der Finsternis und dem Nichts entrissen.

Als jeder dem Neuankömmling ein glückliches Schicksal

gewünscht hatte, wurde er Rhian in die Arme gelegt, der ihn lange und zufrieden ansah. »Du bist auf einem Berg geboren und daher wird dein Name Aerv sein. Willkommen bei uns, Aerv.«

Die Zigeuner begrüßten ihn laut und nannten ihn bei dem Namen, den man ihm gegeben hatte, danach wurde der kleine Aerv zu seiner Mutter gebracht, damit sie ihn zum ersten Mal stillen konnte. Ich sah, wie Tal seine Frau aus der Ferne beobachtete, aber er wagte es nicht, den Kreis auf dem Boden zu überschreiten. Sein Blick brannte vor Liebe und Verlangen. Es würden Tage vergehen, bevor er sie wieder umarmen durfte.

Ich musste den Blick senken. Dieses Gefühl tat zu weh. »Was bedeutet Aerv?«, fragte ich Rhian.

»Der, der von oben heruntersieht.«

Ich nickte nachdenklich. Meine Hände waren noch feucht von dem Blut des Neugeborenen und ich wischte sie im Schnee ab. Die Frau, die Rhian als Zauberin bezeichnet hatte, stimmte weiter ihre Gebete an.

»Sie wird die ganze Nacht weitersingen, um die Gunst der *Ourmes* zu erwerben«, erklärte Rhian. »Wenn die Sonne aufgeht, wird sie eine Nadel in den Boden stecken und nach drei Tagen, wenn wir nachsehen, wie stark sie Rost angesetzt hat, werden wir das Schicksal des Kindes kennen. Wir werden wissen, wie viel Unglück es im Leben ertragen muss.«

»Ihr seid wirklich überzeugt, dass alles vorbestimmt ist? Dass man dem Schicksal nicht entfliehen kann?«

»Ja, so ist es, Fiamma. Wenn wir nicht wenigstens das Schicksal hätten, an das wir glauben können, bestünde unser Leben nur aus Ungewissheiten. Wir wissen nicht, wohin uns unser

Weg führt, wir haben keinerlei Sicherheiten. Der Zweifel ist die einzige Wahrheit, die wir kennen. Die Zukunft liegt auf der gleichen Straße wie die Vergangenheit: Alles wird uns schon vollendet gegeben.«

Ich sah ihn durchdringend an. Seine Augen schienen viele Geheimnisse zu kennen, sie waren ebenso Brunnen voller Wunder wie Abgründe des Schmerzes.

»Du weißt sehr viel, Rhian. Du bist ein weiser Mann.«

»Auch du bist eine Frau von großer Weisheit, Fiamma, und ich danke dir für das, was du heute Nacht getan hast. Deine Mutter wäre stolz auf dich.«

Ich ließ einige Momente verstreichen, ehe ich antwortete: »Deinen Worten entnehme ich, dass du sie gut gekannt hattest und darum beneide ich dich. Ich weiß nichts von ihrem Leben, bevor ich auf die Welt kam. Sie hat mir nie etwas aus ihrer Vergangenheit erzählt.«

Rhian lächelte. »Vielleicht weil ihr wahres Leben erst mit dir begonnen hat.«

Ich zuckte mit den Schultern und sah hinauf zum Himmel. Es wurde langsam hell, die Berge waren in einen feinen Lichthof gehüllt. Bald würde die Sonne aufgehen. »Ich gehe jetzt besser nach Hause.«

»Willst du nicht bei uns bleiben?«, fragte Tal mich, der plötzlich hinter mir aufgetaucht war. »Wir feiern gleich die Ankunft meines Sohnes. Wir werden tanzen und singen und die Feen bitten, ihm ein glückliches Leben zu gewähren.«

Rhian legte ihm eine Hand auf den Arm. »Die junge Frau ist müde. Sie soll sich ausruhen. Heute Nacht hat sie viel für uns getan.«

Ich schlang die Arme um den Körper. Ich fror, alles tat mir weh, und ich fühlte mich leer, als hätte dieses Kind, dem ich auf die Welt geholfen hatte, sich an meine Seele geklammert und sie von mir abgetrennt, in dem Versuch, in Verbindung zu bleiben mit der Dunkelheit, aus der es gekommen war. »Darf ich dich etwas fragen, Rhian?«

Er nickte.

»Was bedeutet dein Name?«

Rhian lächelte, und seine weißen Zähne hoben sich hell von seiner braunen Haut ab. »Feuer. Mein Name bedeutet Feuer.«

Ich sah ihn direkt an. »Wir haben also den gleichen Namen.«

Er seufzte. »Vivienne, deine Mutter, war eine Frau, die von innen heraus leuchtete. Vor vielen Jahren habe ich sie gebeten, mit uns zu kommen, aber sie wollte nicht. Jetzt weiß ich, warum: Du gehörst an diesen Ort. Es gibt Menschen, die dazu bestimmt sind, die Welt zu ihrem Zuhause zu machen, und andere, die tief an einem Ort verwurzelt sind. Du bist wie eine Blume des Tales, du kannst nirgendwo anders überleben. Vivienne wusste das. Deine Wurzeln sind hier, Fiamma.«

Ich lief langsam durch den verschneiten, stillen Wald. Über den Bergen zeichnete sich ein dünner, purpurfarbener Streifen ab, die Wipfel der Bäume wirkten schwarz vor dem dunkelblauen Himmel. Unterwegs blieb ich stehen, um zu beobachten, wie die Morgendämmerung sich mühsam gegen die Dunkelheit durchsetzte. Ich betrachtete die schneebedeckten Bergkämme, die seit neunzehn Jahren meine Augen erfüllten, jedes Mal, wenn ich den Blick zu ihnen hob. Ich hätte mir nicht vorstellen können, einen leeren Horizont zu sehen, eine Landschaft ohne diese vertrauten Silhouetten: der Grand Golliat, der Große St. Bernhard und der majestätische Mont Vélan. Kathedralen unter freiem Himmel, Felsriesen mit einer eigenen Seele.

Rhian hatte recht: Ich würde nie von hier fortgehen. Ich war der Wald und der Bach, der durch ihn hindurchfloss, ich war der eisenhaltige Fels und das Eis oben auf dem Pass. Angesichts dieser Dinge war es nicht wichtig, meine Herkunft zu kennen. Hier war ich zu Hause.

Ich musste an Aerv denken, der zwischen den Bergen geboren war, aber vielleicht keine Erinnerung an diese Orte behalten würde. Ich dachte an das Wanderleben der Zigeuner, an ihr unstetes Dasein, grenzenlos und ohne Fixpunkte. Und dann dachte ich an Raphaël, an den Tag, an dem er mir gesagt hatte, dass er fortgehen würde, die Depesche mit seinem Einberufungsbefehl fest in der Hand und ein trauriges Lächeln auf den Lippen.

»Ich gehe, um meine Pflicht zu erfüllen. Vielleicht werde ich auch etwas von der Welt sehen können. Der Krieg wird so kurz sein, dass du meine Abwesenheit nicht einmal bemerken wirst, es heißt, er wird nur ein paar Monate dauern, mit dem Winter wird alles vorbei sein.«

Er suchte Rechtfertigungen, wollte seine Begeisterung verbergen, die ihm trotz allem diesen Abschied wie den Beginn eines aufregenden Abenteuers erscheinen ließ, etwas, das sich so sehr von seinem eintönigen und mühsamen Alltag abhob.

Ich hatte geschwiegen, die Hände im Bach versenkt, wo ich die Wolle auswusch, die uns ein Bauer als Dank für einen Trank gebracht hatte, den meine Mutter und ich für ihn zubereitet hatten. Das kalte Wasser hatte meine Finger so betäubt, dass ich sie kaum regen konnte.

»Vielleicht werde ich dir nicht einmal fehlen. Du hast ja jetzt anderes im Sinn, oder irre ich mich?« Hinter seiner vorgegebenen Gleichgültigkeit verbarg sich eine feine Spur Verbitterung.

»Ich verstehe nicht, wovon du redest«, hatte ich erwidert, während ich die Wolle ausdrückte und dann in den Korb neben mir legte.

Raphaël hatte sich seitlich zu mir heruntergebeugt, mir eine Haarsträhne aus dem Gesicht geschoben und in mein Ohr geflüstert: »Du weißt ganz genau, wovon ich rede, aber du bist ihm vollkommen egal. Er erinnert sich nicht einmal an deinen Namen. Jetzt, wo er wieder laufen kann, beschimpft er dich nicht einmal mehr. Wenn er dich erwähnt, bezeichnet er dich bloß als ›die Hexe‹. So ist mein Bruder eben. Da, wo bei anderen das Herz sitzt, ist bei ihm ein Stein.«

Ich war verärgert von ihm abgerückt und mit dem Korb in der Hand aufgestanden. »Du gehst mir auf die Nerven, Raphaël. Und wenn du es unbedingt wissen willst, ich erinnere mich auch nicht an den Namen deines rüpelhaften Bruders.«

Raphaël war einen Schritt zurückgewichen und hatte mich misstrauisch gemustert. Er wusste. Er *wusste* es.

Doch ich hatte nicht die leiseste Absicht, seinen Verdacht zu bestätigen. Ich ging an ihm vorbei und lief auf den Wald zu. Wollte ihm nicht in die Augen sehen. Wollte nicht, dass er fortging, doch gleichzeitig wünschte ich mir, er würde mich in Ruhe lassen, würde mir erlauben, meine Geheimnisse zu bewahren. Ich hatte nie welche vor ihm gehabt, doch auf einmal war alles viel komplizierter zwischen uns geworden.

Liebe kann rätselhaft und verwirrend sein. Ein verschlungenes Labyrinth, in dem jede Vernunft verloren geht.

»Ich habe gedacht, du würdest mich nie anlügen, dass du gar nicht fähig wärst zu lügen. Aber du tust es, und sogar ziemlich gut«, hörte ich seine Stimme hinter mir sagen.

Trotz allem lief ich weiter. Ich lief selbst dann noch weiter, als er mich an der Schulter packte und mich so zwang, mich zu ihm umzudrehen. Diese Bewegung war so heftig, dass mir der Korb aus der Hand fiel. Die nasse Wolle verteilte sich über den Boden und wurde mit Schlamm und Tannennadeln beschmutzt.

»Lass mich los«, zischte ich ihn an und sah Raphaël direkt in die Augen. Sie waren blau wie der Himmel, doch in diesem Moment kündigten sie einen Sturm an.

Ich fürchtete mich nicht vor ihm, das hatte ich nie getan, außer am Tag unserer ersten Begegnung und auch da nur einen Moment lang. Raphaël und ich waren gemeinsam aufgewachsen, hatten alles geteilt, hatten die Grenze von der einen zum anderen überschritten und umgekehrt, uns so vermischt, dass sich nur schwer feststellen ließ, wo die eine anfing und der andere aufhörte. Doch in diesem Moment waren wir so weit voneinander entfernt wie noch nie vorher, und dieser Abstand sollte sich sogar noch vergrößern.

»Gib es doch zu: Seit jener Nacht ist alles anders«, platzte er heraus, ohne den Blick von mir zu wenden. »Bist du in ihn verliebt? Liebst du meinen Bruder?«, schrie er und umklammerte mein Handgelenk, an dem er mich festhielt, so sehr, dass es wehtat.

»Geh zum Teufel!«, rief ich und versuchte, mich mit einem Ruck zu befreien. »Weißt du eigentlich, was du da sagst?«

»Nur zu gut«, antwortete er. Ich spürte seinen Atem heiß auf Stirn und Wangen. Raphaël sah mich noch einen Moment an, dann zog er mich an sich und presste seine Lippen auf meine. Während ich mich wand, um mich von ihm loszureißen, merkte ich, wie seine Zunge sich Einlass in meinen Mund zu verschaffen suchte.

»Nein …« Ich wich zurück und versuchte, ihn von mir zu stoßen. Doch Raphaël packte mich wieder und verdrehte mir das Handgelenk so, dass ich vor Schmerzen aufschrie.

»Er schon, aber ich nicht? Ich habe euch gesehen«, murmelte er, während sich seine Lippen auf einen meiner Mundwinkel pressten, sodass seine Worte wie ein Stöhnen klangen. »Ich habe euch in jener Nacht gesehen.«

Keuchend stieß ich ihn weg und sah ihn angewidert an. Das war nicht *mein* Raphaël. Ich spürte, wie Tränen gegen meine Lider drückten.

Er erwiderte meinen Blick. Wirkte, als wäre er erstaunt von sich selbst, als hätte er nie erwartet, dass er zu so etwas fähig sei. »Ich …«, stammelte er.

Ich umfasste mein Handgelenk. Es tat weh, es tat so weh. Dann drehte ich mich um und rannte weg.

Als ich die Hütte betrat, bemerkte ich sofort, dass jemand dort gewesen sein musste. Auf dem Boden in der Nähe der Tür stand ein Kasten mit Werkzeugen. Mein Herz schlug schneller und ich hasste es für sein törichtes Hoffen, für diese starrköpfige Unfähigkeit sich abzufinden – trotz allem.

Ich schloss die Augen und stellte mir vor, wie Yann sich lautlos durch mein Heim bewegte; er war gekommen, um das Dach zu reparieren, vergebens. Schließlich, als der Mut die Oberhand über die Verachtung gewonnen hatte, war er hierher zurückgekehrt und hatte begriffen, dass es stimmte, was ich ihm beim letzten Mal gesagt hatte, als wir uns in die Augen sahen: Ich brauchte ihn nicht, kam gut alleine zurecht, war in der Lage zu überleben.

Er würde nicht mehr zurückkommen.

Ich näherte mich dem Kamin. Das Umschlagtuch, von dem ich mich erinnerte, dass ich es auf dem Sessel liegen gelassen hatte, lag jetzt auf dem Boden. Ich hob es auf, hüllte mich eng hinein, es roch nach Tabak. Ich vergrub mein Gesicht in der Wolle und versuchte, seinen Duft in mich einzusaugen, das Wenige, was er von sich zurückgelassen hatte.

Seine Haut konnte ich einfach nicht vergessen. Sie hatte sich mir eingebrannt, und ich konnte sie nicht abschütteln. Ich hatte versucht, ihn zu hassen. Ihm gelang es eigentlich ganz leicht, doch jeder Versuch von mir musste scheitern. Der Hass kehrte in Liebe verwandelt zu mir zurück, wie bei jenen Hunden, die, selbst wenn man sie mit Fußtritten fortjagt, immer noch mit dem Schwanz wedeln, die Ohren anlegen und einen vertrauensvoll anblicken.

Ich fragte mich, ob auch Raphaël versucht hatte, mich zu hassen. Ob er dort, während er langsam zwischen Schlamm und Asche unterging, versucht hatte, meinen Namen und mein Gesicht von sich fortzuschieben. Ob er in seinen letzten Augenblicken an mich gedacht und mich verwünscht hatte.

Er hatte mir nie geschrieben, und ich würde mir nie verzeihen, dass ich seine letzten Worte nicht hatte anhören wollen. Bevor er fortging, war er nämlich gekommen, um sich zu entschuldigen, um mich um Vergebung zu bitten, und ich hatte mich in meinen verletzten Stolz zurückgezogen, hatte ihn fortziehen lassen, ohne zu bedenken, dass ich ihn vielleicht nie wiedersehen würde.

Agape

Während meine Finger sich fest um die Blätter mit der Predigt schlossen, die Don Jacques mir aufgeschrieben hatte, musterte ich die Gläubigen, die sich zwischen diesen kahlen grauen Wänden versammelt hatten, und schluckte leer.

In der Kirche war es kalt, und aus den Mündern stiegen dünne Atemwölkchen auf. Die Menschen saßen in den Bänken und betrachteten mich mit erhobenem Kinn und gleichgültigem Gesichtsausdruck. An dem, was ich ihnen zu sagen hatte, waren sie im Grunde nicht interessiert, sie wollten bloß nach Hause zurück und sich aufwärmen, sie hatten ihre eigenen Gedanken und Sorgen, handfeste Dinge, nicht so etwas Abstraktes wie der Gott, zu dem sie hier einmal in der Woche gemeinsam beteten. Jener Gott, der oft für ihre eindringlichen Bitten taub blieb.

Vor zwei Tagen hatte es wieder angefangen zu schneien. Der Himmel war milchig und dunstig geworden, die Berge waren im Nebel verschwunden, und sogar der Wald schien unter all dem Weiß abgetaucht zu sein, nur ein paar dunkle Äste ragten hier und da daraus hervor.

Ich räusperte mich und sah hinunter auf die feinen, schrägen Buchstaben, mit denen Don Jacques das Papier gefüllt hatte, makellos, ohne auch nur den kleinsten Tintenklecks zu hinterlassen.

»Aus dem Buch des Propheten Daniel«, begann ich mit leicht bebender Stimme. »›Ach, Herr, du großer und schrecklicher Gott, der du Bund und Gnade bewahrst denen, die dich lieben und deine Gebote halten! Wir haben gesündigt, Unrecht getan, sind gottlos gewesen und abtrünnig geworden; wir sind von deinen Geboten und Rechten abgewichen. Wir gehorchten nicht deinen Knechten, den Propheten, die in deinem Namen zu unsern Königen, Fürsten, Vätern und zu allem Volk des Landes redeten. Du, Herr, bist gerecht, wir aber müssen uns alle heute schämen …‹« Ich schluckte den bitteren Kloß hinunter, der mir in der Kehle saß. Don Jacques hatte die Predigt auf Angst und Schrecken aufgebaut, die Gott im Herzen der Gläubigen wecken konnte und sollte. »›Herr, du großer und schrecklicher Gott …‹«

Ich schaute von der Kanzel hinunter. Die Einwohner von Saint Rhémy saßen regungslos und verwelkt in ihren abgeschabten Mänteln und den Schultertüchern aus harter Wolle da, bleich, mit schmalen Lippen, den Blick gesenkt. Ihre augenscheinliche Fügsamkeit erschreckte mich.

Don Jacques, der neben dem Altar Platz genommen hatte, hielt wie immer die Augen geschlossen, und seine dürren Finger umkrallten den Knauf seines Gehstocks. Als er bemerkte, dass ich zögerte, schlug er die Lider auf und warf mir einen tadelnden Blick zu, um mich so zum Fortfahren aufzufordern.

Ich schüttelte den Kopf, legte die Hände auf die Blätter und verbarg so die Worte, die er mir hatte aufzwingen wollen im Glauben, dass ich nicht so viel Überzeugungskraft hätte wie er, nicht seine Fähigkeit, in die Köpfe der einfachen Leute einzudringen, für die auf Gott zu vertrauen bedeutete, daran zu glauben, dass das Dasein nicht nur an diesem unwirtlichen, Wind und Wetter ausgesetzten Ort stattfand, wo man zum Leben einen Mut haben musste, der weit über die eigenen Kräfte hinausging. Diese Worte voller Schärfe und Missbilligung gegenüber jedem, der es wagte, sich von den göttlichen Geboten zu entfernen.

»Gott«, sagte ich nun und drückte den Rücken durch, »Gott ist überall, in jedem einzelnen Ding.«

Meine Stimme klang nun anders als vorher, und das bemerkten die Gläubigen. Sie hoben die Köpfe und starrten mich verblüfft an.

Genau in diesem Augenblick wurde mir bewusst, dass ich ihre Aufmerksamkeit *wollte*. Bis dahin hatte ich mich versteckt, hatte gehofft, unbemerkt zu bleiben, hatte mich den Aufgaben entzogen, denen ich mich nicht gewachsen fühlte. War dies nicht vielleicht sogar der Grund, weshalb ich mich dorthin geflüchtet hatte, in ein winziges Dorf, in dem nur eine Handvoll Menschen lebten?

Ich hatte nach einer Möglichkeit gesucht, mir selbst zu entkommen und den Entscheidungen, die ich getroffen hatte, ohne mir bewusst zu sein, was daraus folgte. Meine Familie hatte mich dem Herrn überlassen in der Hoffnung, im Gegenzug etwas weltlichen Ruhm zu erhalten und mich in einem prestigereichen Amt im Kreise der Kirche zu sehen. Dank der Beziehungen meines Onkels hätte auch einer wie ich, der niemals und nirgendwo besondere Begabungen gezeigt hatte, eine erfolgreiche Laufbahn anstreben können. Doch ich hatte sie erneut enttäuscht. Mein Entschluss, Pfarrer einer kleinen Gebirgsgemeinde zu werden, den ich als mutigen Akt der Hingabe hinstellte, war doch nichts anderes als der wiederholte Versuch, meinem Leben zu entkommen. Was hatte ich denn in diesen Monaten in meinem frei gewählten Gefängnis schon dort oben geleistet außer zu versuchen, eine Frau zu bekehren, die über weit mehr Glauben verfügte als ich? Waren es nicht ihre Worte, die mir in diesem Moment zu Hilfe kamen?

Gott, der Gott, der in meinem Herzen wohnte, war so anders als der unbeugsame, rächende Herr, der die Predigten von Don Jacques durchzog und belebte.

»Gott lehrt uns Barmherzigkeit«, rief ich und streckte den Gläubigen eine Hand hin. »Zunächst: Richtet nicht. Bemühen wir uns, unparteiisch zu sein und Vorurteile zum Schweigen zu bringen. Auch wenn wir für jemanden verantwortlich sind, dürfen wir niemals seine Absichten verurteilen; wir können nicht wissen, was in seinem Innersten vorgeht, und das Geheimnis seines Herzens gehört nur Gott allein. Noch schlimmer ist es, jemanden zu verdammen: Denn das heißt, ein endgültiges Urteil abzugeben. Vermeiden wir also jedes noch so geringe Verdammen in unseren Worten und in unserem Handeln. Lasst uns stattdessen immer bemüht sein, zu vergeben, zu entschuldigen, jedem seine Schuld nachzusehen; versuchen wir, stets zu verzeihen, so werden auch wir die Vergebung des Vaters erlangen. Und nur dadurch wird das Reich Gottes kommen ›wie im Himmel so auf Erden‹.«

Ich betrachtete die Bewohner dieses kleinen Dorfes der Reihe nach: Lucien Borel und seine Frau, die grau und müde nebeneinander auf der Bank saßen. Das Leben hatte ihnen viel genommen, hatte auf unergründliche Weise an ihnen gehandelt, ohne dass ein Sinn dahinter zu erkennen war. Corinne

Rosset und ihre Tochter Agnés, die nun allein zur Messe kamen; Corinne, deren einer Sohn im Krieg gestorben war und der andere unfähig, den Schmerzknoten loszulassen, der ihm auf der Brust lastete und ihn daran hinderte, gesund zu werden und ins Leben zurückzukehren. Wo mochte Yann Rosset gerade sein, der mit Gott nichts mehr zu schaffen haben wollte? Meine Augen wandten sich Marie zu, die in einer der vorderen Reihen saß. Sie sah mich besorgt an und versuchte, mich mit Blicken zu warnen: Don Jacques war unzufrieden mit mir, und wenn er unzufrieden war, ließ er seine schlechte Laune an ihr aus. Sie hatte jedoch an diesem Tag nicht die Absicht, sich ihre gute Laune verderben zu lassen. Denn am Nachmittag wollte Yann sie zu einem Spaziergang abholen, vielleicht würde er sie fragen, ob sie ihn heiraten wollte. Nicht weit von Marie entfernt saß Basile Blanche da und glotzte stumpf, er reinigte sich die Fingernägel mit der Klinge eines Taschenmessers, mit dem er seit Beginn des Gottesdienstes ununterbrochen herumspielte. Er ging in die Kirche, weil das jeder gute Christenmensch tat, aber er hatte noch nie ein einziges Wort wirklich gehört oder ein Gebet mitgesprochen.

Das war meine Herde, für die ich verantwortlich war.

Ich schwor mir selbst, dass ich mich nie mehr von jemandem beeinflussen lassen würde, und beendete den Gottesdienst in tiefem Schweigen. Zum ersten Mal, seit ich in Saint Rhémy die Messe las, hatte ich ihre ungeteilte Aufmerksamkeit.

»Ich sehe, dass Ihr Euch … etliche Freiheiten genommen habt«, sagte Pater Jacques, als er zu mir kam, während ich den Kelch und die Hostien in den Tabernakel stellte.

Ich versuchte, ruhig zu bleiben. In diesem Augenblick fühlte ich mich stärker als er. Schließlich war ich derjenige, der das Priestergewand trug. »Ja. Ich habe Eure Predigt sehr aufmerksam gelesen und danke Euch, dass Ihr so freundlich wart, sie für mich zu schreiben, aber ich hielt es für angemessen, andere … Themen aufzugreifen.«

»Sicher. Daran habt Ihr gut getan.« Er presste die Lippen so fest zusammen, dass sie wie ein schmaler blutroter Strich in seinem faltigen Gesicht wirkten. Er jagte mir keine Angst mehr ein wie anfangs. Auf mich wirkte er nur noch wie ein sehr alter und sehr einsamer Mann. Ein starrer Felsblock, dessen Spitze sich auch von dem rauesten Nordwind nicht brechen lassen würde.

Hinkend entfernte er sich, und ich wusste, dass er mir meine Stellungnahme niemals vergeben würde. Auf die eine oder andere Weise würde er es mir heimzahlen. Don Jacques würde erst an dem Tag die Waffen strecken, an dem er seine Seele dem Herrn überantwortete.

Draußen vor der Kirche war das Dorf unter einer weißen Schneedecke verschwunden. Auf der Hauptstraße sah man eine Spur von Fußabdrücken, die sich in die Gässchen hinein verzweigte und dort verlor. Die Gemeindemitglieder waren in ihre Häuser zurückgekehrt, zu ihrem Leben, das ihnen nichts ersparte und keine Sicherheit gab. Nur einer stand dort draußen reglos im Schnee und wartete auf mich.

Ich stieg das Treppchen der Kirche hinab und ging zu Lucien Borel.

»Ich habe Eure Worte von heute wirklich sehr inspirierend gefunden, Hochwürden«, sagte er, nachdem wir einige Schritte schweigend nebeneinander hergegangen waren.

Als ich vor einigen Tagen die verwirrte und durchgefrorene Madame Borel nach Hause begleitet hatte, hatte der Dorflehrer von Saint Rhémy mir bloß gedankt und eine verlegene Entschuldigung gemurmelt. Wir hatten nicht wieder darüber gesprochen, und ich vermutete, seine zögerliche Haltung rührte daher, dass er mit mir darüber sprechen wollte. Ich ließ ihm die nötige Zeit, damit er seine Gedanken ordnen konnte oder vielleicht auch nur, damit er den Mut finden würde, etwas zu sagen.

Wir kamen an das Tor des kleinen Friedhofs. Die Grabsteine waren mit Schnee bedeckt, auch der von Martin Borel.

Lucien warf einen schnellen Blick auf das Grab seines Sohnes, dann schüttelte er den Kopf und wandte sich mir zu. »Meine Frau kann sich einfach nicht damit abfinden«, sagte er und stieß dabei eine Wolke lauwarmer Atemluft aus. An der Krempe seines Huts hafteten viele kleine Eiskristalle.

»Es gibt zahlreiche Dinge, bei denen man mit dem Verstand nicht weiterkommt. Es ist das Herz, das sich daran gewöhnen muss weiterzuschlagen, obwohl ein Teil fehlt.«

Borel seufzte. »Der Winter hat Euch weiser gemacht, Hochwürden. Ist es Euer erster Winter im Tal?«

»Ja.«

Er nickte, als ob er etwas wüsste, was ich noch nicht herausgefunden hätte. »Der Winter hier verändert einen. Er zerschmettert einem die Beine oder macht einen stärker. Kein Winter ist wie der in den Alpen. Jeder, der sagt, er habe schon einen strengeren Winter erlebt, lügt.«

»Ich merke es gerade.«

Lucien Borel legte eine Hand auf das verrostete Gitter des

Tors. Seit es wieder zu schneien begonnen hatte, war niemand mehr auf dem Friedhof gewesen. Zwischen den Gräbern lag der Schnee weich und dicht, unberührt.

»Würde Martin noch leben, wäre er jetzt fünfundzwanzig Jahre alt«, erzählte der Lehrer. »Er war ein wunderbares Kind. Neugierig und aufgeweckt und dazu noch brav und gut. Na ja, wahrscheinlich sagen das alle Eltern über ihre Kinder, aber er …« Ihm brach die Stimme. Er schüttelte noch einmal den Kopf und wandte den Blick ab. »Lungenentzündung. Wie ich Euch schon sagte, der Winter hier ist unbarmherzig. Wenn man ihm nicht standzuhalten weiß, wenn man sich seinem Biss nicht widersetzt, verschont er einen nicht.«

»Es tut mir leid«, sagte ich betrübt.

»Das ist so viele Jahre her …«

Ja, überlegte ich, es war so viele Jahre her, daher blieb mir unerklärlich, was Madame Borel über die Frau gesagt hatte, die sie als »die Hexe« bezeichnete. Fiamma war damals noch nicht geboren und Vivienne sollte erst nach Saint Rhémy kommen, als Martin Borel diese Welt schon für immer verlassen hatte.

Im Dorf hatte ich erfahren, dass die Mutter des Mädchens mit den roten Haaren Don Jacques' Haushälterin gewesen war, ehe sie das Pfarrhaus verlassen hatte, um in diese Hütte im Wald zu ziehen. Damals war sie schwanger gewesen, hatte aber niemals irgendjemandem erzählt, wer der Vater des Kindes war, das sie im Schoß trug. Die Leute erzählten sich, dass es ein Zigeuner gewesen wäre oder der Teufel persönlich. Auf jeden Fall bezweifelte ich, dass zwischen Fiammas Mutter und dem Sohn der Borels irgendeine Verbindung bestand.

Sie hat ihn mir weggenommen, hatte die Frau des Lehrers

gesagt, aber vermutlich war sie in dem Moment nicht bei klarem Verstand gewesen und hatte wirres Zeug geredet.

»Habt Ihr Gelegenheit gehabt, mit Fiamma zu sprechen?«, fragte in dem Moment Lucien, fast als hätte er meine Gedanken gelesen.

»Ja, aber ich habe nicht viel erreicht. Sie ist eine ziemlich … obstinate Person.«

Ein Lächeln glitt über das Gesicht des Lehrers. »Ja, das ist sie in der Tat. Obstinat. Und auch mutig. Sie lebt dort oben ganz allein … Der Winter schreckt sie nicht. Genauso wenig wie ihre Mutter.«

Ich wandte mich ihm zu. Sein Gesicht, das nun müde und vom Alter gezeichnet war, hatte sich noch Spuren des Mannes bewahrt, der er einmal gewesen sein musste: ein energisches Kinn, die Nase gerade und der Blick freundlich. Die Augenbrauen und die Haare waren weiß wie der Schnee um uns herum. Sie mussten einst blond gewesen sein, da ein gelblicher Stich darin zu erkennen war. In den hellblauen, klaren Augen lag ein Funke Wehmut, ein niemals gestillter Schmerz. Vielleicht auch ein Geheimnis.

»Ihr solltet zu Eurer Frau zurückkehren, Monsieur Borel. Lasst sie nicht zu lange allein …«

Der Blick, den Lucien Borel mir daraufhin zuwarf, wirkte verändert, als ob ich ihm eben unrecht getan hätte. »Ich habe sie nie alleingelassen, niemals. Sie braucht mich, ich kann sie gar nicht *allein*lassen. Ihr habt ja selbst gesehen, wie zerbrechlich sie ist, als …« Er senkte den Kopf. »Ich habe sie niemals alleingelassen«, wiederholte er, nahm den Hut vom Kopf und klopfte den Schnee ab. Dann setzte er ihn wieder auf, und nach einem letzten Blick auf das Grab seines Sohnes verabschiedete er sich mit einem knappen Kopfnicken von mir. »Auf Wiedersehen, Hochwürden, und hütet Euch vor dem Winter, er kann in dieser Gegend unerbittlich sein.«

Als ich vor dem Pfarrhaus ankam, war ich nicht überrascht, dort Yann Rosset anzutreffen, der gegen den schneebedeckten Zaun gelehnt, die Pfeife im Mund, auf Marie wartete. Er trug eine abgewetzte dicke Joppe und schweres Schuhwerk. Die Schneeflocken schlugen ihm ins Gesicht und mischten sich in seinen Bart. Er hörte mich nicht kommen, sein Blick ruhte nachdenklich auf den Bergflanken, dort wo der Wald im Weißen zu versinken schien.

»Yann.«

Beim Klang meiner Stimme nahm er die Pfeife aus dem Mund und sah mich an. »Hochwürden«, brummte er und stieß den Rauch zusammen mit einer warmen Atemwolke aus.

Yann Rosset war ein gut aussehender junger Mann, groß, mit einem von der harten Arbeit gestählten Körper und durchdringendem Blick. Wäre da nicht sein verkrüppeltes Bein gewesen und dieser Charakter, den als ziemlich übel zu bezeichnen noch ein Euphemismus war, hätte er bei den Frauen bestimmt einen richtigen Schlag gehabt, auch bei denen im Tal. Ich mutmaßte jedoch, dass Yann Rosset das vollkommen gleichgültig war. Im Grunde war auch Marie ihm egal. Das bemerkte ich, als die Tür des Pfarrhauses aufging und sie vorsichtig die eisbedeckten Stufen herabstieg, um nicht zu fallen. Sie hatte die Haare zu straffen Zöpfen gebunden, die Wangen waren gerötet, und sie trug ihren besten Rock, den roten mit dem Ziersaum. Ich hatte gesehen, dass sie ihn bei der Prozession an Maria Schnee angehabt hatte.

Yann betrachtete sie, aber in seinen Augen zeigte sich keinerlei Gefühl, nichts von der Art, in der er das Mädchen aus den Wäldern ansah, als ob er mit unstillbarem Verlangen nach ihr hungerte. Bei dem Gedanken daran, wie er Fiamma betrachtet hatte, bekam sogar ich eine Gänsehaut, und ich war ein Mann der Kirche.

Er klopfte die Pfeife an seinem Oberschenkel aus, und der ausgebrannte Tabak färbte den Schnee zu seinen Füßen.

Ich fragte mich, ob ihm bewusst war, was er im Begriff war zu tun: ob er Marie verletzen würde, wenn er eines Tages seinen wahren Neigungen nachgeben würde, oder ob er sich selbst und sein Herz verraten und trotz allem bei ihr bleiben würde. Ich neigte zur zweiten Annahme. Yann Rosset wirkte wie jemand, der, nachdem er einmal eine Entscheidung getroffen hatte, nicht davon abweichen würde.

»Hochwürden.« Marie wirkte überrascht, mich hier draußen mit inzwischen schneebedecktem Hut vor dem Pfarrhaus anzutreffen. Sie betrachtete mich in einer Mischung aus Verlegenheit und Missbilligung. »Er ist nicht gerade guter Laune, ich warne Euch«, flüsterte sie mir zu, als sie an mir vorüberging.

»Mit Don Jacques komme ich zurecht, macht Euch keine Sorgen, Marie. Seht lieber zu … dass Ihr einen angenehmen Nachmittag verbringt, und achtet darauf, Euch nicht zu erkälten.«

Maries Augen funkelten vor kokettem Stolz. »Uns wird schon nicht kalt werden«, versicherte sie und hakte sich bei Yann unter, der mir von dieser Geste unangenehm berührt schien.

Maries Worte hatten uns beiden die Röte in die Wangen getrieben.

Hastig verabschiedete ich mich von ihnen und stolperte die Stufen zum Eingang hoch. Erst als ich vor der Tür stand, drehte ich mich noch einmal um und sah ihnen nach, wie sie sich auf der verschneiten Straße entfernten. Sie liefen nah nebeneinander, er hatte den Rücken durchgedrückt und bemühte sich, das linke steife Bein so wenig wie möglich nachzuziehen, um mit ihr Schritt zu halten. Es war wohl das erste Mal, dass er mit einer Frau Arm in Arm lief, auf diese Nähe schien er völlig unvorbereitet zu sein. Sich an den Gang von jemandem anzupassen, der neben einem läuft, wenn dieser ein anderes Schritttempo hat, ist schwieriger, als man sich vorstellen kann.

Als sie schließlich im leichten Nebel verschwunden waren, beeilte ich mich, die Tür zu öffnen. Als ich hinter mir eine leise Stimme hörte, wäre ich beinahe zusammengefahren.

Der Junge stand unten an der Treppe, eingemummelt in einen schweren Wollumhang, den Hut tief in die Stirn gezogen. »Hochwürden, habt Ihr einen Moment? Ich müsste Euch in einer Sache sprechen.« Er klang unsicher und misstrauisch. Erst da erkannte ich ihn: Es war Gustave Vevey, der Enkel des Bäckers. Er trieb sich immer mit Etienne Blanche herum, und mehr als einmal hatte ich sie wegen ihres respektlosen Verhaltens schelten müssen. Ich hatte sie dabei erwischt, wie sie Steine nach einem Hund warfen und im Garten der Witwe Clairmont Kohl stahlen. Wenn ich sie gescholten hatte, war mir jedoch aufgefallen, dass Etienne mich frech anschaute, fast so wie sein Bruder, während es Gustave stets aufrichtig leidzutun schien. Er war der typische Junge, der sich gegen seinen Willen zu etwas überreden ließ.

»Aber sicher, Gustave. Was willst du mir erzählen?«

Der Junge knetete seine Finger und schwieg kurz, dann sah er mit verängstigten Augen zu mir auf. »Ich dürfte es Euch eigentlich nicht sagen, daher tut so, als ob Ihr es nicht von mir habt. Also …« Er holte tief Luft und versuchte dann, mir die Wahrheit zu offenbaren. »Ich habe gehört, wie Etienne und Basile gesagt haben, dass sie in den Wald wollten, um … ›ihn vom Ungeziefer zu säubern‹.«

Ich versuchte, ruhig zu bleiben. »›Vom Ungeziefer zu säubern‹?«, wiederholte ich und schüttelte den Kopf. »Meinten sie die Zigeuner?«

Gustave nickte. »Ich glaube schon, aber ich nehme an, dass sie auch von der Hexe sprachen.« Sein Kinderblick spiegelte sich in meinen Augen wider. »Sie hatten ein Seil und ein Gewehr dabei.«

Yann

Das Bein schmerzte. Marie lief hüftschwenkend neben mir her, und ich hatte nur einen Gedanken im Kopf, nämlich einen einigermaßen einsamen Ort zu finden, um ihr den Rock hochzuschieben, diesen lächerlichen roten Rock mit dem Saum aus gestickten Edelweiß. Sie aber redete und redete und gestikulierte …

Marie ging mir auf die Nerven, und ich hatte schon bereut, dass ich ihr diesen Spaziergang vorgeschlagen hatte, hinter dem sich ganz andere Absichten verbargen. Doch jetzt war ich hier, ich konnte nicht zurück. Wenn der Preis dafür, dass ich meine Hände in ihrem weißen, weichen Fleisch versenken durfte, darin bestand, mich mein ganzes Leben an sie zu binden, dann würde ich ihn eben zahlen, und zur Hölle mit allem, was daraus folgte. Das, was folgte, kümmerte mich nicht. Ich war ja nun ein Mann, der nichts mehr zu erwarten hatte.

Schließlich kamen wir an den Waldrand, versanken bis zu den Knöcheln im Schnee und mussten die Schultern hochziehen, um die Flocken abzuschütteln, die sich darauf niedergelassen hatten. Es war kalt, und wir gingen nicht weiter in den Wald. Zu viel Schnee überall.

Doch ich wusste, es gab einen etwas geschützten Pfad, über den sich die Bäume bogenförmig neigten, was den Weg weniger unwirtlich erscheinen ließ. Ich steuerte darauf zu, und Marie folgte mir fügsam, mit einem überraschten Lächeln im Gesicht, das, je weiter wir ins Dickicht vordrangen, einem anzüglichen Erstaunen wich.

»Yann Rosset!«, quiekte sie, als ich ihre Taille umfasste und sie sanft gegen die Rinde einer Lärche stieß. Eine weiße Wolke löste sich aus den Zweigen und ging als Eisstaub auf uns nieder. »Ich weiß nicht, was du dir vorgestellt hast, aber ich bin eine anständige Frau«, erklärte sie und sah mich in einer Mischung aus Misstrauen und vorgegebener Schamhaftigkeit an.

»Was soll ich mir schon vorgestellt haben, Marie?«, flüsterte ich ihr zu und kam immer näher. Unser beider Atem verdichtete sich zu einer einzigen warmen Wolke. Aus dieser Nähe konnte ich alle Poren in ihrer Haut erkennen. Ihre Augen, bei denen ich mich in den letzten Tagen oft gefragt hatte, welche Farbe sie hätten, ohne eine Antwort darauf zu wissen, waren von einem wässrigen Hellblau und dunkler umrandet. Ich versuchte, meinen Mund ihrem zu nähern, doch sie hielt mich auf, indem sie ihre Hand auf meine Lippen legte. Ihre Finger waren eiskalt.

»Was willst du von mir, Yann?«

Ich seufzte. Sie wollte von mir einen regelrechten Antrag hören, während ich nur eins im Sinn hatte: diese Lust abzulassen, die meine Hände zum Kribbeln brachte.

»Du weißt doch, was ich will«, flüsterte ich, legte ihr eine Hand in den Nacken und zwang sie, zu mir aufzusehen. »Ich dachte, du wärst einverstanden.«

Ihr Blick zeigte mir, dass sie hin- und hergerissen war. Einerseits wollte sie mich nicht enttäuschen, aber gleichzeitig fürchtete sie, ich würde nur mein Spiel mit ihr treiben. Schließlich schien sie zu der Überzeugung zu gelangen, dass ich nicht so ein Mann war, und lehnte sich an mich. Ich spürte, wie ihre Brüste sich gegen meinen Oberkörper drückten. Marie war warm und weich, alles, was ich mir in dem Moment ersehnte. Ich überwand den geringen Abstand zwischen uns und presste meinen Mund auf ihre Lippen. Ich spürte nichts außer einer oberflächlichen, meinen Trieben geschuldeten Erregung, die überhaupt nichts mit meinen Gefühlen zu tun hatte.

Unbeholfen erwiderte Marie meinen Kuss. Sie presste die Lippen so fest zusammen, dass ich Mühe hatte, mit der Zunge in ihren Mund einzudringen. Und während ich dies tat, musste ich mich schon mit der offensichtlichen Tatsache abfinden, dass in mir jede Lust erstorben war.

Das waren nicht Fiammas Lippen. Nicht ihre Hände, die sich an meinen Rücken klammerten, nicht ihre Hüften, die sich an meinen rieben. Wie ein Blitz zog diese eine Nacht vor meinen Augen vorbei, die aus Dunkelheit und Schmerzen bestand, als unsere Körper nebeneinandergelegen und unsere Münder sich in einem Kuss vereint hatten. Einem einzigen Kuss, der meine Seele vergiftet und mein Herz zernagt hatte.

Ich schloss die Augen und fuhr fort, Marie zu küssen, streichelte ihre Hüften, dann beugte ich mich hinunter, um einen Zipfel ihres Rockes zu packen. Doch ein Geräusch ganz in der Nähe ließ mich aufschauen.

Marie und ich waren nicht mehr allein im Wald. Als meine Augen die Quelle des Geräuschs entdeckten, erstarrte ich: Ich sah Fiamma vor mir, als hätte die Kraft meiner Gedanken sie herbeigerufen. Sie stand reglos da, zwischen den Bäumen, und sah mich mit weit aufgerissenen Augen an, der Blick so bestürzt und verängstigt wie der einer Hirschkuh, die gejagt wird und nach jedem möglichen Fluchtweg sucht. Und dann floh sie tatsächlich.

Ich sah ihre Flammenhaare im Weiß verschwinden, bis sie nur noch ein verschwommener Fleck waren und das graue Umschlagtuch aus Wolle mit den Schatten der Bäume verschmolz. Nur ein paar Augenblicke, und sie war verschwunden, verschlungen von dem Wald, zu dem sie gehörte.

Instinktiv streckte ich einen Arm in ihre Richtung aus, beinahe als wollte ich sie aufhalten, als wäre ich je in der Lage gewesen, sie zu halten.

Marie war ebenfalls zusammengezuckt und meinem Blick gefolgt. »Das war ja die Hexe!«, rief sie aus und presste sich an mich.

»Sie ist weg«, sagte ich leise, doch mein Blick blieb auf der Stelle haften, an der Fiamma gerade noch gestanden hatte. »Jetzt ist sie weg«, wiederholte ich, während ich den Arm senkte und meine Augen nach einem letzten Funken von ihr, einem letzten Abglanz suchten, wo doch nur weiße Leere war.

Nachdem ich eine Weile in meiner Bestürzung wie versteinert innegehalten hatte, löste ich mich mit finsterem Blick von Marie. »Es wird langsam dunkel, gehen wir zurück ins Dorf.«

Sie sagte kein Wort. Schob sich nur ihre Haube zurecht, strich sich den Rock glatt und setzte sich in Bewegung. Auf dem ganzen Weg zurück sagte keiner von uns ein Wort.

Als wir vor dem Pfarrhaus ankamen, drehte sich Marie zu mir um. »Du gefällst mir, Yann, und ich hätte zu allem Ja gesagt«, sagte sie ganz leise, »aber ich kann dich nicht mit dieser Frau teilen, das kann ich wirklich nicht.«

»Du musst mich mit niemandem teilen, Marie«, entgegnete ich grob. Ich spürte, wie mir die Kälte die Beine hinaufkroch und meinen Rücken einhüllte. Ich hasste Schnee, seinen heuchlerisch weißen und unschuldigen Anschein, wenn er einen doch mehr verletzen konnte als eine Messerklinge.

Marie lächelte bitter. »Du bist ein Lügner, Yann, und was das Schlimmste ist, du belügst vor allem dich selbst. Es ist spät geworden, und ich … bin sehr müde.« Sie wandte sich zur Treppe.

Ich packte sie am Arm und zwang sie, sich zu mir umzudrehen. »Mir liegt wirklich etwas an dir«, erklärte ich und sah ihr direkt in die Augen.

»Das reicht nicht«, flüsterte sie und wich zurück. »Ich will mich nicht mein ganzes Leben lang fragen müssen, ob du immer dann, wenn du nicht bei mir bist, bei ihr bist.«

»Bei *ihr*?«, rief ich voller Empörung aus. »Was bringt dich auf den Gedanken, ich könnte zu … dieser Frau gehen wollen? Dass ich *sie* brauchen könnte?«

Marie sah mich an mit einer Mischung aus Kummer und Mitleid. »Du bist inzwischen der Einzige, der noch an diese Lüge glaubt«, sagte sie, ehe sie sich meinem Griff entzog. »Lebwohl, Yann.«

Ich blieb allein im Schneetreiben zurück. Die Straße lag verlassen da, der Himmel war so grau und unergründlich wie meine Seele. Als ich hinter mir etwas hörte, wandte ich mich um. Don Agape kam atemlos auf mich zugelaufen, den Hut schief auf dem Kopf und eine Hand gegen das Herz gepresst.

»Yann, Gott sei Dank, dass ich Euch endlich gefunden habe«, stieß er keuchend hervor.

»Hochwürden, ich wollte gerade gehen«, sagte ich und zog

meine Joppe stramm. Ich hatte keine Lust, mir jetzt noch eine Strafpredigt von Don Agape anzuhören.

»W … Wartet«, sagte dieser jedoch und streckte die Hand nach mir aus.

Gleichzeitig hallten durch die absolute, reglose Stille im Tal zwei Schüsse, der zweite war nur wenige Sekunden auf den ersten gefolgt. Ich zuckte zusammen und sah, dass es dem Pfarrer ebenso erging. Auf sein Gesicht malte sich pure Bestürzung.

»Basile …«, sagte er leise mit Blick auf den Wald.

»Basile?«, fragte ich, und ein Schauer kroch mir über den Rücken. Bei diesem Namen ahnte ich nichts Gutes, und die beiden Schüsse ließen mich sogar das Schlimmste befürchten. Mein Herz begann heftiger zu schlagen.

»Sie wollen den Wald ›säubern‹«, stammelte Don Agape und sah mich voller Unbehagen an.

»Was zum Teufel soll das heißen?«, rief ich aus und machte einen Schritt auf ihn zu.

»Ich glaube … dass er auf dem Weg zu Fiamma ist.«

In diesem Moment vermischte sich das, was Basile mir vor Monaten gesagt hatte, mit den Worten von Marie: Es war für alle offensichtlich, dass mir mehr an Fiamma lag, als ich zugeben wollte. Sogar Basile hatte das begriffen. Wie konnte er sich besser rächen für die erlittene Kränkung, als indem er dem Menschen etwas antat, der mir am meisten bedeutete?

Bevor ich es überhaupt bemerkte, rannte ich schon zum Wald, so schnell, wie mein Bein es zuließ. Ich hörte die Stimme des Pfarrers undeutlich und verwirrt hinter mir. Er flehte mich an, keine Dummheit zu begehen. Basile Blanche war ein Heißsporn und hatte ein Gewehr.

Ich scherte mich nicht darum.

»Du sollst verflucht sein, Raphaël, für den Tag, an dem du mich zu ihr gebracht hast«, knurrte ich und legte alle Kraft der Verzweiflung in meinen Lauf. Es fühlte sich an, als hätte mir jemand einen Pfahl in die Brust gebohrt, der mir die Luft nahm, und einen anderen ins Bein. Der Schmerz war beinahe unerträglich, doch er reichte nicht aus, um mich aufzuhalten.

Wenn Basile ihr auch nur ein Haar krümmte, würde ich ihn töten. Gott, ich würde ihn mit meinen bloßen Händen töten!

Es war nicht schwer zu erkennen, wohin sie gelaufen war, sobald ich einmal die Lichtung erreicht hatte, von der an es bergauf ging. Der Schnee verbirgt alle Wege, doch Spuren werden durch ihn deutlicher. Ich stolperte zwischen verborgenen Felsen herum und trockenen Zweigen, die plötzlich aus dem verschneiten Boden auftauchten. Im Mund hatte ich den Geschmack von Blut, und ich keuchte vor Anstrengung. Mein Bein war inzwischen nur noch Ballast, den ich mühsam hinter mir herschleppte.

Schließlich machte ich kaum wahrnehmbar zwischen den Bäumen zwei Gestalten aus. Und eine dritte, die in ihrer Nähe auf dem Boden zusammengesunken war. Als ich näher kam, stellte ich erleichtert fest, dass die Situation sich anders darstellte, als ich erwartet hatte: Basile war derjenige, der auf dem Boden lag, nicht weit entfernt von ihm war auch sein Gewehr, und der Schnee um ihn war blutig. Mit einer Hand hielt er sich die Stirn, und neben ihm sah ich einen Stein liegen. Fiamma hatte schon immer verdammt gut zielen können. Doch in diesem Moment war ihre Lage nicht besser als die von Basile: Sie stand wie versteinert im Schnee, den Blick auf Etienne gerichtet, der mit dem Lauf des Gewehrs auf sie zielte. Die Hände des Jungen zitterten, weil die Waffe zu schwer für seine schmächtigen Arme war, und der Rückstoß beim Schuss hätte ihn bestimmt nach hinten geschleudert. Doch wenn dieser Schuss sich löste, wäre es um Fiamma geschehen.

Vorsichtig näherte ich mich und vermied dabei jedes Geräusch. Ich wollte nicht, dass Etienne sich erschreckte und eine unbedachte Bewegung machte. »Leg das Gewehr hin«, sagte ich in gemäßigtem Ton und versuchte, Ruhe zu bewahren.

Etienne warf mir einen Blick zu, in dem sich Hass und Furcht zugleich spiegelten. Die Situation war ihm entglitten, und nun befand er sich in der schwierigen Lage des Henkers. Diese Frau, die alle Hexe nannten und deren Leben niemandem etwas bedeutete, hatte mit einem Stein auf seinen Bruder gezielt und ihn verwundet. Sie hatte es getan, um sich gegen sie zu verteidigen, gegen zwei bewaffnete Männer, aber das zählte kaum. In den Augen der Blanche-Brüder verdiente Fiamma den Tod; sie zu erschießen wäre für sie nicht anders, als würden sie ein wildes Tier töten, eine seelenlose Kreatur.

Ich atmete tief ein und ließ Etienne nicht aus den Augen. »Das ist kein Spiel«, sagte ich und betonte dabei jedes einzelne Wort. »Tu, was ich dir sage, nimm dieses Gewehr runter.«

»Hör nicht auf ihn«, brach es in dem Moment aus Basile heraus, der noch am Boden im Schnee lag. »Töte diese Hure, sie ist eine Hexe, sie verdient den Tod.«

Etienne lief ein Schweißtropfen über die Stirn. Das Gewehr war für ihn zu einer unerträglich schweren Last geworden, und seine Arme gaben langsam nach.

»Bring sie um, habe ich gesagt!«

Der Schuss fiel, und ich schloss die Augen. Ich hatte nicht den Mut, mich nach Fiamma umzudrehen. Hätte ich sie nämlich auf dem Boden liegen gesehen, wäre das letzte bisschen von mir, das sich nach dem Unfall und nach dem, was mit Raphaël geschehen war, noch an das Leben klammerte, mir für immer entglitten.

Nach kurzem Zögern zwang ich mich dennoch, die Augen wieder zu öffnen und aufzusehen: Fiamma war unverletzt geblieben. Die Kugel hatte sie verfehlt und sich hinter ihr in den Schnee gebohrt. Ich stieß einen Seufzer der Erleichterung aus. Sie sah mich an, ihre Augen musterten meine nur für einen kurzen Augenblick, um sich dann hastig abzuwenden. Sie fuhr herum und rannte davon.

Ich stürzte ihr nach. Davonzulaufen war inzwischen sinnlos geworden, es war sinnlos, sich länger davor zu verstecken.

Fiammas Beine waren mehr ans Rennen gewöhnt als meine und viel flinker. Schon kurze Zeit später verlor ich sie aus den Augen, aber ich gab mich nicht geschlagen. Ich wusste, wohin sie ging: nach Hause, an den einzigen Ort, wo sie sich in Sicherheit fühlte, wo sie mich ausschließen und vergessen konnte. Aber ich hatte nicht vor, mir die Tür vor der Nase zuschlagen zu lassen. Nicht dieses Mal.

Ich fluchte, als ich bis zu den Oberschenkeln im Schnee versank. Der Schreck von eben hatte sich in eine rasende Wut verwandelt, die mich vorwärtstrieb, die in mir brannte wie Feuer.

Mühsam schaffte ich es bis zur Hütte und warf mich gegen die Tür. »Mach auf, verdammt noch mal, mach mir auf!«, schrie ich und schlug so heftig mit den Handflächen dagegen, dass ich den Schmerz bis in die Schultern hinein spürte.

»Verschwinde!«, hörte ich sie von drinnen brüllen. Sie war genauso wütend wie ich.

»Verflucht, mach diese Tür auf oder ich schwöre dir, ich trete sie ein!«

Drinnen war auf einmal alles still. Das Blut stieg mir in den Kopf, ich war außer mir und wusste nicht einmal warum. Mit allem Zorn, den ich in mir hatte, krachte ich gegen die Tür und kurz darauf hatte ich sie besiegt. Sie sprang auf und gab den Blick auf das dunkle, mit Gegenständen vollgestellte Innere der Hütte frei.

Ich sah, wie Fiamma hinter dem Holztisch Schutz suchte und mich hasserfüllt ansah. »Verschwinde!«, schrie sie wieder, nahm eine Flasche vom Tisch und schleuderte sie auf mich. Nachdem das Glasgefäß mich an der Schulter getroffen hatte, zerbrach es zu meinen Füßen in tausend Stücke. »Verschwinde, verschwinde!«, rief sie immer wieder, nahm alles, was ihr unterkam, und zielte damit gegen mich.

Sie traf mich mit Dingen jeder Form und jeden Gewichts, aber ich hielt mir einen Arm schützend vors Gesicht und lief unbeirrbar auf sie zu. Als der Tisch leer geräumt war, wich Fiamma weiter zurück, bis sie mit dem Rücken an der Wand stand.

»Hau ab, hau ab! Ich will dich nicht hierhaben!«, schrie sie, als ich schließlich direkt vor ihr stand.

Meine Wange blutete, und ich spürte, wie mir das Blut über die Lippen lief. Ich packte Fiamma mit beiden Händen. Sie wand sich, schüttelte immer wieder den Kopf und schrie, als würde die Berührung meiner Hände sie verbrennen. Ihre Haare peitschten durch die Luft wie Flammenzungen, sie schienen ein Eigenleben zu haben.

»Schluss!«, rief ich wütend aus. »Jetzt ist Schluss!«

»Hau ab, verschwinde von hier! Geh zurück zu ihr! Ich will dich hier nicht haben! Ich will dich nicht!«

»Doch, du willst mich! Du willst mich genauso, wie ich dich will«, sagte ich heiser und zog sie an mich. Sie wehrte sich zwar immer noch, aber nicht mehr so heftig. Uns beiden ging langsam die Kraft aus, die Energie, die nötig war, um dieses rätselhafte Gefühl zu bekämpfen, das uns aneinanderfesselte, das uns zwang, ohne Unterlass einander zu suchen und zurückzustoßen. Wir konnten uns nicht mehr dagegen wehren, sondern nur noch unsere Niederlage feststellen.

»Geh zu ihr«, zischte sie wieder, während sich ihre Stirn gegen meine Brust presste, doch es klang nicht überzeugt. Ihre Hände umklammerten meine Schulterblätter, als wären sie der einzig mögliche Halt, um diesem Abgrund zu entkommen, der uns beide jeden Moment zu verschlingen drohte.

»Es gibt keine andere. Da bist nur du. Da warst immer nur du«, flüsterte ich ihr ins Ohr. Ihre Haare rochen nach Wind. »Fiamma …«

Erst jetzt hob sie ihr Gesicht meinem entgegen und sah mir direkt in die Augen. Ich erwiderte ihren Blick einen langen Moment. »Fiamma«, sagte ich wieder. Ich hatte ihren Namen noch nie laut ausgesprochen. Niemals, vor niemandem. Doch nun kam es mir vor, als könnte ich nichts anderes mehr tun. »Fiamma, Fiamma …«, wiederholte ich, dann beugte ich mich vor und drückte meine Lippen auf ihre, zu unserem zweiten Kuss. Hatte der erste uns in die Hölle gestürzt, musste dieser uns daraus befreien.

Ich verschlang ihren Mund, als wäre ich vollkommen ausgehungert, kämpfte mit ihrer Zunge, nahm ihr Gesicht in meine Hände und drückte sie gegen die Wand. Ich ließ mich gegen sie sinken, sodass unsere Körper wie ein einziger aneinanderhafteten, und löste mich nur von ihr, um ihre Hand zu nehmen und sie auf mein linkes Bein zu pressen, das inzwischen vor Schmerz brannte. »Ich gehöre dir, *nur dir*. Jeder Teil meines Körpers gehört dir, jede Wunde, jeder Tropfen Blut.«

Fiammas Finger zogen genau die Spur der Narbe nach, die noch niemand vor ihr hatte berühren dürfen. Sie kannte meinen Körper, wie ihn noch niemand je kennengelernt hatte, ich war ihr Geschöpf. Sie beugte sich nach unten, bis ihre Wange die Stelle berührte, wo ihre zarten Finger mein Fleisch zusammengeflickt hatten. Ihr Rock legte sich im Kreis um sie, als hätte der Wind ihn aufgebläht, und ich legte ihr die Hände auf den Kopf und vergrub meine Finger in ihren zerzausten Haaren.

»Ja, du gehörst mir«, sagte sie und schloss die Augen. »Du hast mir immer gehört.«

Ich spürte, wie mir etwas die Kehle zuschnürte. Trotz allem musste ich das sagen: »Und wenn Raphaël zurückgekommen wäre …«

Fiamma stand auf und sah mir wieder in die Augen. »Wenn Raphaël zurückgekommen wäre, hätte ich dich trotzdem geliebt. Ich hätte dich immer geliebt.«

Ich schüttelte den Kopf. »Raphaël, er und du …«

Sie nahm mein Gesicht in die Hände und sah mich ganz ernst an. »Raphaël war ein Bruder für mich. Er war meine Familie. Mit dir ist es anders, du bist der Wind, der mein Inneres aufwühlt, du bist derjenige, der meine Schritte lenkt. Wenn du jetzt verschwinden würdest, würde ich mit dir vergehen.«

Unsere Münder trafen wieder ausgehungert aufeinander. Während ich sie küsste, mit einer Gier, wie ich sie noch nie erlebt hatte, knöpfte ich das Leibchen ihres Kleides auf und zog es über ihre Schultern herunter. Ihre Haut war weiß wie der Schnee, der draußen fiel. Ich vergrub mein Gesicht zwischen ihren kleinen, zarten Brüsten mit den blassrosa Knospen. Sie lehnte sich mit dem Nacken an die Wand, atmete keuchend durch den geöffneten Mund, die Handgelenke nach oben gerichtet, während die Finger sich über den schweißnassen Handflächen schlossen und öffneten: Als sie nackt vor mir stand, gönnte ich mir einen kurzen Moment, um sie anzusehen, wie sie sich da an die Wand lehnte. Eine zierliche Gestalt mit schneeweißer Haut, über deren Körper eine Mähne feuerroter Locken fiel. Noch nie hatte ich eine Frau so begehrt wie sie nun.

Ich hob sie hoch und trug sie zum Strohlager, wo sie stets allein geschlafen hatte. Unter Küssen und Liebkosungen, die jedoch durch unsere Hast ein wenig rau ausfielen, ließ ich zu, dass sie mich ebenfalls entkleidete, dass ihre Finger über meine Haut glitten, die sie begehrte, die nach ihr schrie seit jener Nacht vor vier Jahren, als wir uns zum ersten Mal berührt hatten. Ich hatte mir in den Kopf gesetzt, sie zu vergessen, ohne dass es mir je gelungen wäre. Fiamma war die Erinnerung meines Herzens.

In der gesamten Zeit nach unserem ersten Aufeinandertreffen, die ich getrennt von ihr verbracht hatte, hatte ich mir doch nur eins gewünscht, wieder zu ihr zu gehen, aber ich hatte versucht, dieses Begehren zu unterdrücken und die Gefühle in mir abzutöten. Ich hatte geglaubt, dass ich sie hasste, weil sie mich zwar gerettet, aber mir den Berg genommen hatte, das Einzige, was ich liebte; doch das stimmte nicht: Sie war es, die ich über alles liebte. Sie, die in mein Innerstes geblickt und mich in ihr Innerstes hatte schauen lassen. Sie, die genauso bezwingend und zäh wie der Berg war und von einer Reinheit wie Eis und Quellwasser.

Doch der Gedanke an Raphaël verließ mich nie. Er war wie ein Stachel in meinem Fleisch, eine Scherbe, die sich in meine Rippen bohrte und mir den Atem nahm. Mein Bruder hatte sie geliebt, er hatte die Frau geliebt, die ich gerade in den Armen hielt und dabei dachte, dass ich nicht das Recht dazu hatte.

Mein Bruder war im Krieg umgekommen.

Ich löste mich von Fiamma, von ihren durch unsere Küsse geschwollenen Lippen, von ihrer zarten Haut, die mein Bart zerkratzt hatte.

»Ich muss wissen, ob mein Bruder und du …«

»Niemals«, antwortete Fiamma, als hätte sie meine Gedanken gelesen. Sie entzog sich mir, lehnte sich nach hinten aufs Stroh und spreizte die Beine. »Ich habe es dir doch gesagt: Es hat nie jemanden gegeben außer dir.«

Ich betrachtete den sinnlichen Schwung ihrer Hüften, die spitzen Knie und den von kupferfarbenem Schamhaar überzogenen Hügel, nahm mit dem Blick jede Einzelheit in mich auf. Dann legte ich mich auf sie und drang ohne Zärtlichkeit, ohne Zaudern in sie ein.

Fiamma

Es war schmerzhaft, ein Kampf voller Bisse und Kratzer, eine wütende Hast, die sich nur schwer erklären ließ. Yanns Körper auf mir, in mir, sein Atem an meiner Stirn, Zähne, wo die Lippen nicht mehr ausreichten, ins Fleisch gerammte Fingernägel überall. Die Augen weit offen, damit wir einander nicht verloren. Als wäre dieses Einer-im-anderen-Verschmelzen nicht genug, um die Leere all der Jahre, die Einsamkeit dieser erzwungenen Distanz auszufüllen.

Yann war in jedem Schlag meines Herzens.

Ich presste ihn an mich, als er nach einem letzten Aufbäumen auf meinem Körper zusammensank, der für ihn nun keine Geheimnisse mehr barg. Sein heiserer, unregelmäßiger Atem, das wild hämmernde Herz, seine Finger in meinen Haaren vergraben, meine Schenkel fest um seine Hüften geschlungen. Wir hatten endlich aufgegeben, nachgegeben, uns ergeben.

Ganz sanft presste ich meine Finger auf seine schweißnasse Haut. Die Luft um uns war ein weißer Hauch, doch die Kälte konnte uns nichts anhaben. Unsere Beine waren noch ineinander verschlungen, während ich seinen Nacken und den Rücken streichelte und ihn fest an mich drückte. Auf meinen nackten Armen zeichneten sich allmählich die Male seiner Finger dunkel ab, die entstanden waren, als er mich gepackt hatte, um mich am Weglaufen zu hindern; sie verwandelten sich nun in blaue Flecke.

»Ich wollte dir nicht wehtun«, ertönte seine Stimme in der plötzlich entstandenen Stille. Sie klang, als käme sie von einem weit entfernten Ort.

»Du hast mir nicht wehgetan«, sagte ich, und das war nur zum Teil eine Lüge. Wechsel, Wiedergeburt, alles, was Veränderungen im Leben bestimmt, besteht aus Schmerzen. Ich hätte ihm niemals die Schmerzen vorgeworfen, die er mir bei unserer Vereinigung zugefügt hatte, da ich sie nicht als Verlust empfand, sondern eher als Geschenk.

Yann hob das Gesicht und sah mich aufmerksam an. Seine Augen waren so blau wie der Himmel in der Abenddämmerung, wenn die Sonne der Nacht weicht, aber noch ein schmaler Streifen helles Blau zu sehen ist. Seine Augen waren der Spiegel, den ich nie besessen hatte, um mich selbst zu betrachten. Er allein war der Schlüssel zu mir selbst.

Vor vier Jahren hatte ich ihn dem Tod entrissen. Das hatte ich getan, weil ich ihn für mich wollte.

Ich wusste noch genau, wie seltsam mir damals sein nackter starker Körper erschienen war, der da im zitternden Licht einer Kerze lag. Ich hatte ihn weinen und leiden gesehen, hatte seine Hand gehalten, meine Finger mit seinem Blut befleckt. Meine Mutter sagte, wenn man einem Geschöpf das Leben rettet, schafft man dadurch eine Verbindung, die über das Leben und den Tod hinausreicht. Yann hatte mir immer gehört.

Nachdem wir in jener Nacht seine Wunden verbunden hatten, hatte Vivienne ihm Laudanum gegeben, um seine Schmerzen zu lindern. Und in diesem Zustand zwischen Schlaf und

Wachen hatte er meine Nähe gesucht: »Bleib hier. Geh nicht weg. Lass mich nicht allein.«

Ich hatte mich neben ihn gelegt. Der Morgen würde bald dämmern, und meine Mutter war mit Raphaël nach draußen gegangen, um Holz zu suchen.

Yann war so anders als Raphaël, hatte ich gedacht, während ich sein junges, aber gleichzeitig schon gealtertes Gesicht betrachtete. Sonne und Kälte hatten seine Haut auf der Stirn und um die Augen gezeichnet. Seine Haare waren dunkler als die des Bruders, die Kinnpartie markanter, und er hatte volle Lippen. Auf ihnen blieb mein Blick hängen. Ich fühlte etwas Unbeschreibbares, das mich zwang, mich ihm immer mehr zu nähern. Sein Geruch, seine Haut, der nackte Körper, der mir wunderschön erschien, alles an Yann zog mich an wie die Flamme den Nachtfalter. Das war noch keine Liebe, aber mit der Zeit sollte sie sich entwickeln.

Nichts schärft ein Gefühl mehr, als wenn der Gegenstand der Begierde einem entzogen wird.

Bei der Erinnerung an jene Nacht fing ich an zu zittern. Yann wurde ganz ernst. »Es ist kalt«, sagte er und stand auf.

Als er sich von mir löste, spürte ich, wie mein Atem zwischen den Lippen stockte. Er würde gehen. Er hatte sich genommen, was er wollte, und es gab nichts mehr, was ich ihm geben konnte. Alles, was ich hatte, alles, was ich war, hatte ich in seine Hände gelegt.

Ich blieb stumm liegen und beobachtete ihn, wie er aufstand und nackt in der Hütte umherlief. Er bückte sich zum Kamin hinunter, wo nur noch kalte Asche war, und warf einige trockene

Zweige und Rindenstücke hinein. Blieb dort hocken und betrachtete die Flammen, die sich mühsam in das Holz fraßen. Ein weicher Glutschein breitete sich im dunkel gewordenen Raum aus und ließ die Schatten rings um uns länger werden.

Die Narbe auf seinem Bein war eine Furche, die der Schmerz gezogen hatte, die sich unmöglich zuschütten ließ. Yann war zu mir gekommen, und er hatte mich geliebt, doch er blieb trotzdem eine Festung ohne Zugbrücken, ein unzugänglicher Ort, an dem immer der Wind wehte. Die Eiseskälte, die er in sich trug, konnte ich nicht schmelzen.

Stumm wartete ich auf den Moment, wenn er sich anziehen und aus meinem Leben verschwinden würde. Doch das geschah nicht. Er schien ebenfalls unentschlossen, wie er sich verhalten sollte, oder vielleicht war er auch nur erschöpft. In seinem Blick, der auf das Feuer gerichtet war, konnte ich die Qual ablesen, den inneren Kampf, der ihn zögern ließ. Wenn er blieb, würde ich ihm nicht mehr geben können als das, was er sich schon genommen hatte: mich selbst. Das wusste Yann.

Schließlich stand er doch auf, aber er ging nicht dahin, wo er sich kurz zuvor seiner Kleider entledigt hatte. Er kam zu mir zurück. Legte sich neben mich, umarmte mich von hinten, vergrub das Gesicht in meinen Haaren, sein Atem kitzelte mich im Nacken. Seine rauen, schwieligen Hände umfassten meine Brüste; die Knie schmiegten sich in meine Kniebeugen. Von oben gesehen hätte man uns für einen einzigen Körper halten können.

»Ist dir noch kalt?«, fragte er ganz leise.

»Wenn du bei mir bist, weiß ich überhaupt nicht, was Kälte ist«, flüsterte ich. Seine Gegenwart hatte etwas Warmes und Tröstliches, etwas vollkommen Ungewohntes.

»Gut. Dann schlaf jetzt.«

»Und du?«, fragte ich, wobei ich einen Anflug panischer Angst nicht verbergen konnte. Ich hasste es, mich so schwach zu fühlen, so wehrlos, voller Unsicherheiten.

»Ich bleibe hier bei dir«, antwortete er und zog mich an sich. Diese Umarmung hatte etwas Besitzergreifendes und zugleich Beschützendes. Niemand hatte mich je so umarmt, und ich kam mir geliebt vor, vollkommen. Ein Gefühl, wie ich es niemals empfunden hatte, nicht einmal mit Raphaël, der ein Teil meiner Seele war.

»Ich liebe dich, Yann.«

Er schwieg. Die Holzscheite im Feuer knackten und tauchten uns in einen rötlichen Schein. Ich lauschte aufmerksam, doch ich hörte nichts als das knackende Holz, das herunterbrannte, bis der Schlaf mich überwältigte.

Ich wachte in der Morgendämmerung auf wie jeden Tag, blieb einige Momente liegen und lauschte der Stille um mich herum. Sie war zu tief, zu unergründlich; sie ängstigte mich. Langsam drehte ich mich um, während mein Herz schneller zu schlagen begann, um dann seinen Takt so zu verlangsamen, dass es beinahe stehen blieb.

Er war gegangen.

In der Nacht, lautlos. Er hatte das Feuer erlöschen lassen, seine Kleider aufgesammelt und war verschwunden. Und ich hatte nichts bemerkt.

Ich setzte mich auf dem Strohlager auf und schlang die Arme um den Körper. Mir war kalt, innerlich kalt. Und ich fühlte mich, als müsste ich sterben.

Kurz darauf zwang ich mich, das Umschlagtuch vom Boden aufzuheben, und legte es mir um die Schultern. In der Nähe der Tür lagen Glas- und Tonscherben auf dem Boden, Reste von Gegenständen, mit denen ich gestern auf ihn gezielt hatte. Ich hätte ihm wehtun sollen, dachte ich jetzt. Ich hätte ihn daran hindern sollen, sich mir zu nähern, mich zu nehmen und sich in meine Haut einzubrennen, mehr noch als er dies längst getan hatte. Doch jetzt war der Schaden geschehen: Hatte ich vorher mit seiner Abwesenheit leben, überleben können, fühlte ich mich jetzt, da ich erfahren hatte, was er geben konnte, wie er lieben konnte, vollkommen verloren.

Meine Mutter hatte recht: Nichts war so zerstörerisch wie die Liebe.

Schwankend stand ich auf. Zwischen meinen Schenkeln bemerkte ich ein dumpfes Pochen und sah eine getrocknete Blutspur auf meiner Haut. Verwirrt ging ich ein paar Schritte: Ich fühlte mich fremd in meinem eigenen Haus. Er hatte nicht nur meinem Körper Gewalt angetan, sondern meiner gesamten Welt.

Plötzlich weckte etwas meine Aufmerksamkeit. Auf dem leergefegten Tisch lag ein Bündel Briefe. Ich ging hin und streckte die Hand danach aus. Sie zitterte, als ich, nachdem ich die Kordel gelöst hatte, die sie zusammenhielt, die saubere, reumütig wirkende Schrift von Raphaël auf dem Papier erkannte. Einen Augenblick wurde mir schwarz vor Augen, und ich musste mich an der Rückenlehne des Sessels festhalten, um nicht zu fallen.

Raphaël. Das waren Raphaëls Briefe. Die Briefe, die er versprochen hatte mir zu schreiben und die ich nie bekommen hatte. Eine Träne löste sich aus meinen Wimpern und fiel ins Leere.

Yann hatte sie mir vorenthalten. All die Monate, in denen ich überzeugt gewesen war, dass ich Raphaëls Schweigen verdiente, hatte Yann dieses Geheimnis gehütet. Er hatte mich getäuscht, hatte sein Spiel mit mir getrieben, indem er mir das vorenthielt, was mir am teuersten war. Das würde ich ihm nie verzeihen. Meine Beine gaben nach, und ich sank auf dem Boden zusammen.

Ich spürte die Kälte des Bodens durch die nackte Haut. Das Umschlagtuch war mir entglitten und hatte mich schutzlos zurückgelassen. Meine Finger umklammerten die vergilbten Blätter, die es durch den Krieg geschafft hatten, um mir Worte zu überbringen, die ich nunmehr unmöglich begreifen, in die richtige Reihenfolge bringen konnte.

Raphaël war tot. Von ihm blieb nichts mehr, er war verschwunden wie der Schnee im Frühling, verschluckt von der Erde, die sein Blut aufgenommen hatte.

Ich war wie betäubt von dem Gedanken, dass mein bester Freund, der Junge, mit dem ich aufgewachsen war und der an einem Herbsttag versucht hatte, mich mit Gewalt zu küssen, das Schweigen zwischen uns gebrochen und mir geschrieben hatte. Sicher, er hatte versprochen, das zu tun, doch der Krieg verändert vieles. Er verändert die Menschen. Raphaël hatte mir wirklich geschrieben.

Und ich hatte ihm nie geantwortet.

Er war einsam gestorben, im Morast eines Schützengrabens oder auf den dunklen Bergen des Karsts, ohne ein tröstendes Wort von mir. Er war in dem Glauben gestorben, dass ich ihn verlassen hatte.

Dieser Gedanke schmerzte mich mehr als alles andere. In

dem Moment spürte ich unbändigen Hass auf Yann. Ich hasste ihn, wie ich noch niemanden in meinem Leben gehasst hatte. Nicht einmal Gott.

Endlos lange, wie mir schien, blieb ich wie erstarrt auf dem Boden liegen. Meine Hand umklammerte die Blätter, die nackte Haut der Kälte preisgegeben. Nichts schien mich zu berühren, nichts kam an mich heran.

Erst lange Zeit später, als es an der Tür klopfte, zwang ich mich aufzublicken. Ich sah alles undeutlich durch den Schleier der Tränen in meinen Augen, die sich doch nicht entschließen konnten zu fließen. Sie begannen, zu Eis zu erstarren, genau wie mein Herz. Bald würde nichts mehr übrig sein als ein harter Eisblock, den nichts und niemand mehr schmelzen konnte.

»Fiamma, bist du da?«, fragte jemand hinter der Tür. Es war Rhian.

Ich musste an Aerv denken, das Kind, dem ich im Wald auf die Welt geholfen hatte, und erst in dem Moment schien etwas in mir zum Leben zu erwachen, sodass ich es fertigbrachte, aufzustehen und meine Kleider vom Boden aufzusammeln, die genau so noch dort lagen, wie Yann sie am Abend vorher fallen gelassen hatte.

Ich wollte jede Erinnerung auslöschen, den Anblick von ihm vergessen, wie er mich nahm, wie er mich begehrte. Von ihm, der mir Lebwohl sagte. Denn auch wenn er das nicht getan hatte, bedeuteten diese Briefe ganz offensichtlich einen Abschied. Yann wusste, ich würde ihm nie verzeihen, dass er sie vor mir verborgen gehalten hatte.

Ich öffnete die Tür. Als Erstes fiel mir sofort auf, dass Rhian gealtert wirkte im Vergleich zu unserer letzten Begegnung, die nur wenige Tage her war. Tiefe Falten zogen sich von seinen Mundwinkeln hinunter, um die Augen lagen Schatten, und sein Gesicht wirkte angespannt und besorgt.

»Was ist passiert?«, fragte ich und dachte sofort an das Kind. »Aerv … Rose?«

»Aerv geht es gut und Rose auch. Bis jetzt geht es allen gut.«

Rhian griff in die Tasche und holte einen kleinen, länglichen Gegenstand hervor, eine Nadel. Er legte sie auf seine Handfläche und zeigte sie mir, sie war vollkommen verrostet. »Das Schicksal ist gegen uns, Fiamma. Das ist die Nadel, die wir in der Nacht, als Aerv geboren wurde, in den Boden gesteckt haben.«

Mir lief ein Schauer über den Rücken, als ich mich erinnerte, wie Rhian mir erklärt hatte, dass die Zigeuner auf diese Weise das Unglück bemaßen, das jeder in seinem Leben ertragen muss.

»Da ist noch etwas«, fügte er hinzu, ohne dass er mir Zeit ließ, etwas zu sagen, »die Zauberin hat die Zeichen gelesen: Etwas Schreckliches steht bevor, etwas, das über uns alle hereinbrechen wird. Wir müssen fortgehen.«

Ich sah ihn verständnislos an.

Rhian blickte auf zu den schneebedeckten Bergen. Sie wirkten so still und ewig. Unschuldig weiße Gipfel vor einem bleigrauen Hintergrund, doch ich wusste, wie grausam sie sein konnten. Alles, was solche Bewunderung und Erstaunen auslöst, trägt eine unheilvolle Gewalt in sich. Und das wusste auch Rhian.

»Wir gehen fort«, sagte er und erklärte mir damit endlich, warum er zu mir gekommen war.

»Ihr geht«, flüsterte ich bestürzt. »Aber … Aerv ist noch so klein und Rose ist schwach. Der Schnee liegt so hoch, wie wollt ihr das mit euren Wagen schaffen?«

»Wir finden schon einen Weg. Wir haben es immer geschafft, und das werden wir auch jetzt.« Er sah mich eindringlich an. »Auch wenn unser Schicksal geschrieben steht, bedeutet das nicht, dass wir nicht versuchen können, dem Unglück zu entgehen.«

»Dann hoffe ich, dass das Glück mit euch ist. Ich werde Heiltränke für Rose und das Kind zubereiten, damit sie die Reise besser überstehen.«

»Fiamma …« Rhian wirkte am Ende seiner Kräfte. Als er mich direkt ansah, entdeckte ich in seinen dunklen Augen etwas, was ihn beschäftigte. »Ich habe das Gleiche vor zwanzig Jahren zu deiner Mutter gesagt: Komm mit uns. Ich weiß, dies hier ist dein Zuhause, ich weiß, dass dein Herz hierhergehört, aber … Der Wald ist kein sicherer Ort, glaub mir. Geh mit uns, wir werden uns um dich kümmern, werden deine Familie sein.«

Einen langen Augenblick sah ich ihn an, die Zeit, die ich brauchte, um seine Worte zu begreifen. Ich wollte schon den Kopf schütteln, um ihm zu bedeuten, dass ich nie von hier weggehen würde, doch etwas hemmte mich. Was hielt mich denn eigentlich noch hier? Ich war allein.

Meine Mutter und Raphaël waren tot. Ich würde sie immer im Herzen tragen, aber nie wiedersehen. Was Yann anging, so wünschte ich mir nur, seinen Namen zu vergessen. Zu vergessen, was er mir angetan hatte.

»Ich …«

Rhian wartete einige Momente, dann schüttelte er den Kopf. Er schien es eilig zu haben, ins Lager zurückzukehren. »Denk darüber nach«, sagte er. »Wir brechen morgen bei Sonnenaufgang auf. Dies ist für uns kein sicherer Ort mehr.«

»Rhian!« Mein Ruf hielt ihn auf, als er sich schon recht weit durch den Schnee entfernt hatte. Er wandte sich um und unsere Augen begegneten einander. Ich wusste, dass ich sonst keine Gelegenheit mehr bekommen würde, dies zu fragen: »Warum ist Vivienne nicht mit euch gegangen, als sie die Möglichkeit dazu hatte?«, schrie ich. Meine Worte verloren sich im dünnen Nebel, der uns einhüllte. »Warum?«

Rhian schwieg einige Momente lang. »Aus Liebe«, sagte er dann. »Sie konnte den Gedanken nicht ertragen, den Mann zu verlassen, den sie liebte, obwohl er sie verlassen hatte.«

Da begriff ich. Endlich begriff ich meine Mutter, ihren Schmerz. Ihre Einsamkeit. Ihre Warnungen.

Jede Wahl, jede Entscheidung, die wir treffen, hat ihren Preis, den wir bezahlen müssen.

Fiamma,

ich beginne diesen Brief, ohne zu wissen, ob du meine Worte je lesen wirst. Es kann gut sein, dass du beschließt, den Umschlag zu verbrennen, ohne ihn überhaupt zu öffnen, aber noch wahrscheinlicher ist, dass er nie in deine Hände gelangt. Ich werde mich damit abfinden, im Grunde erwarte ich keine Antwort.

Ich schreibe, weil es für mich die einzige Möglichkeit ist, meine Gewissensbisse zum Schweigen zu bringen, oder mein Schuldgefühl zu verringern.

Die Welt außerhalb des Tals ist anders, als ich sie mir vorgestellt hatte. Die ersten Tage der Reise waren die besten, danach wurde alles schlammig und grau. Wir sind wie eine ahnungslose Herde aufgebrochen, verloren wie Schafe, die ich oft genug als hirnlose Tiere bezeichnet habe. Nun sind wir an ihrer Stelle, wir Soldaten, die aus ihren Leben gerissen und in diesen Kessel voll Asche und Elend geworfen wurden.

Wenige Wochen sind vergangen, und schon kann ich mich nicht mehr an Farben erinnern: Der Himmel ist endlos und gleichförmig, die Ebene gelblich und die Berge im Osten formlose, eindimensionale Brocken aus Stein und Granit. Alles ist flach und aus den Fugen im Vergleich zu dem, wie es eigentlich sein sollte. Auch das Leben.

Es kommt mir tatsächlich so vor, als lebte ich gar nicht mehr. Ich bin wie erstarrt und warte nur noch darauf, dass dieser Albtraum zu Ende geht. Ich warte darauf, nach Hause zurückzukehren und meine Augen mit den Wäldern und den Bergen zu erfüllen, richtigen Bergen, nicht diesen albernen Silhouetten ohne Tiefe. Ich warte darauf, zu dir zurückzukehren, auch wenn du vielleicht nichts mehr von mir wissen willst.

Es tut mir leid, Fiamma. Wegen des Kusses und allem Übrigen. Ich bin dir kein guter Freund gewesen. Letzten Endes habe ich mich als genauso gemein und egoistisch erwiesen wie die Leute, bei denen wir uns als Kinder einmal geschworen hatten, dass wir nie so werden würden.

Wie sehr wünsche ich mir, zu den unbekümmerten Tagen unserer Kindheit zurückzukehren, als wir allein gegen den Rest der Welt standen und einander genügten. Wir hatten keine anderen Sorgen als die, den anderen Kindern zu entkommen, die uns quälten.

Ich habe dich immer für deinen Mut bewundert. Ich hätte gern nur einen Bruchteil davon, dort, wo ich nun bin. Ein kleiner Funken deines Mutes würde genügen, diese Dunkelheit zu erhellen, die aus schwarzem Rauch und Erde besteht und in Nase und Mund dringt, ja sie ausfüllt und einen am Atmen hindert. Wir sind noch nicht an der Front, aber vor ein paar Tagen haben wir in einem Gasthaus einen Offizier getroffen, der von dort kam: Er war zum Fürchten. In sich zusammengefallen und mit einem Verband um den Kopf saß er allein da und aß stumm, reagierte nicht auf das Gelächter und die Scherze von uns jungen Rekruten, die wir noch nichts von all dem wussten, was uns bevorstand, und noch unschuldig waren. Noch ganz von der Erregung erfüllt, die uns diesen Krieg als die Gelegenheit erscheinen ließ, unseren Wert zu beweisen, indem wir uns als Helden aufspielten. Wie töricht einen doch Ahnungslosigkeit machen kann!

Vassez, der aus dem Unterland kommt und der Geselligste von uns ist, fackelte nicht lange und versuchte, ihn in unsere heitere Gesellschaft miteinzubeziehen. Vergebens. Der Offizier schaute mit zwei leeren, dunklen Augen zu uns auf. Für mich war das der erste Vorgeschmack auf den Krieg. Die Augen dieses Mannes. Nach und nach steckte uns sein Schweigen an, unsere Scherze machten auf einmal keinen Spaß mehr und bekamen einen üblen Beigeschmack wie nach Verfaultem.

Der Offizier hat uns einen nach dem anderen gemustert, mit diesen Augen wie finsteren, unergründlichen Teichen. Sein Blick war voller Bitterkeit und bar jeder Hoffnung. Als Vassez ihn weiter mit Fragen bedrängte, ohne etwas zu bemerken, gingen seine Mundwinkel nur noch weiter nach unten. Sein Gesicht war eine einzige Maske der Erschütterung. »Ich kann euch nicht er-

zählen, wie es an der Front ist. Ihr müsstet es mit eigenen Augen sehen, und das wünsche ich euch nicht. Mit Worten lässt sich das nicht beschreiben: Man muss es selbst erleben.«

»Es ist hart, ja, das wissen wir«, war der naive Kommentar von Vassez, der sich als Mann mit Lebenserfahrung aufspielen wollte.

Der Offizier schüttelte den Kopf. In seinen Augen war jedes Licht erloschen. »Ihr wisst gar nichts.«

An jenem Abend haben wir schweigend zu Ende gegessen, jeder in seine eigenen Gedanken versunken.

Vor zwei Tagen haben sie uns in eine neue Baracke verlegt, wo wir eine Woche bleiben sollen. Vor ein paar Stunden hat es angefangen zu regnen, und das hat uns allen die Stimmung verdorben. Sogar die Spielkarten, mit denen wir uns die Zeit vertreiben, sind klatschnass.

Nicht weit entfernt hört man die Detonationen der Artillerie, den Kriegslärm. Hier jedoch geschieht nichts. Es gibt nichts als Regen und Sand und Soldaten, die von der Front kommen. Sie marschieren schweigend, ziehen die von Erfrierungen geschwollenen Füße, die sie in das Sackleinen für die Barrikaden der Schützengräben gewickelt haben, durch den Schlamm nach. Wir sehen sie, wie sie sich vor den Baracken vorbeischleppen, ein tödlich erschöpftes Heer. Eine Schar von Unglücklichen, die nicht sprechen, nur marschieren. In ihren Blicken liegt dieselbe Leere wie in den Augen des Offiziers im Gasthaus. Aus ihnen spricht dasselbe stumme Grauen.

Ich sehe sie vorbeiziehen und frage mich, was mich dort wohl erwartet. Worauf muss ich mich einstellen? Ich bin mir nicht sicher, ob ich es wissen will, aber allmählich kann ich es mir ausmalen. Und darum wünschte ich mir, ich hätte deinen Mut, Fiamma, um dieses endlose Grauen zu ertragen, diese Tage, die sich langsam dahinschleppen und die mich von dir fernhalten.

Ums Handgelenk trage ich das Armband, das ich aus deinen Haaren geflochten habe. Es zu berühren beruhigt mich, ich denke dann an dich, an den Tag, an dem wir uns kennengelernt haben. Ich wollte eine Haarsträhne von dir, um den anderen Kindern zu beweisen, wie mutig ich wäre. Aber mein Mut bist du.

Ich sehe zu, wie der Tag der Nacht weicht. Selbst die Sterne bleiben uns in diesem kahlen Niemandsland vorenthalten. Daher schließe ich die Augen und stelle mir unsere Berge und unsere Sterne vor, die so hell sind und so funkeln.

Du fehlst mir, du wirst mir immer fehlen.

Die Kerze ist fast niedergebrannt.

Gute Nacht, meine Freundin.

Fiamma,

du hast auf meinen Brief nicht geantwortet, den ich dir vor ein paar Wochen geschrieben habe. Ich möchte doch nur wissen, ob es dir gut geht, nur das.

Was mich betrifft, so weiß ich gar nicht, ob ich dir erzählen soll, was um mich herum geschieht, aber da du diese Worte wohl niemals lesen wirst und ich sie nur für mich selbst schreibe, um nicht noch den letzten Funken Verstand zu verlieren, gebe ich dir einen detaillierten Bericht von der Situation hier.

Wir sind in der Hölle.

Die Hölle, die Don Jacques in seinen Predigten heraufbeschwor und über die wir uns lustig machten, existiert wirklich. Ich habe sie gesehen.

Man hat uns wieder verlegt und dabei die gut aufeinander eingespielte Gruppe getrennt, die sich gebildet hatte. Ich bin bei Vassez geblieben, der inzwischen viel von seiner kindlichen Begeisterung verloren hat, und zusammen mit ihm in die Nähe eines Sanitätspostens verlegt worden. Der Oberfeldarzt ist alles andere als ermutigend, dabei ist Ermutigung alles, wonach die Verletzten, die jeden Tag in großer Zahl eintreffen, verlangen. Sie bleiben stundenlang im Regen auf den fadenscheinigen Bahren liegen und warten auf den Feldarzt, der sie nur oberflächlich untersuchen kann, ehe er zum nächsten Patienten eilt.

Es sind zu viele, und er ist allein, aber das entschuldigt nicht seine barschen Antworten, seine hastige Art. Ich habe gesehen, wie er den Kopf schüttelte und rief: »Nichts zu machen«, bei einem armen Kerl, der nur um ein wenig Hoffnung bettelte.

Die Wahrheit, Fiamma, ist, dass wir jede Menschlichkeit verloren haben. Der Tod ist hier zur Gewohnheit geworden, ist inzwischen Teil unseres Alltags.

Jeden Tag tragen Vassez und ich aus der Baracke Bahren, auf denen die Leichen der Soldaten liegen, die der Arzt nicht rechtzeitig untersuchen konnte und die in der Zwischenzeit gestorben sind, ganz allein unter einem unbarmherzigen Himmel, an dem sich nicht einmal die Sonne zeigen will. Wir rauchen dort schnell eine Zigarette zwischen den erschlafften Körpern derjenigen, die es nicht geschafft haben, und kehren mit leeren Bahren zum Sanitätsposten zurück.

Wir sehen einander nicht mehr in die Augen. Der Krieg hat uns alle mit Zynismus ausgestattet, der auch notwendig ist, um zu überleben.

Könntest du mich jetzt sehen, ich glaube, du würdest mich nicht wiedererkennen. Ich erkenne mich selbst kaum wieder, aber es ist auch schon zu lange her, dass ich in einen Spiegel geblickt habe. Ich hätte nicht mehr den Mut dazu.

Es gab eine Zeit, da warst du mein Spiegel. Ich habe dich betrachtet und dabei so viel mehr über mich erfahren, als ich mir vorstellen konnte. Ich habe mich in deinen Augen widergespiegelt, auch am Tag unserer letzten Begegnung, als ich aus einem Impuls heraus handelte, den ich keineswegs rechtfertigen will, und mir gefiel nicht, was ich sah.

Ich würde lügen, wenn ich sagte, dass ich es nicht schon lange, zu lange ersehnte, aber es war trotzdem ein Fehler, denn ich hätte wissen müssen, dass du mich nicht wolltest. Ja, ich wusste es, aber ich habe so getan, als ob es nicht so wäre, weil ich dich so begehrte.

Ich habe dich geliebt, Fiamma. Ich liebe dich immer noch.

Gut, jetzt habe ich es gesagt. Inmitten der blutigen Verbände und dem Geschützdonner habe ich den Mut gefunden, das zu gestehen, was ich schon so lange in mir trage, dass ich mich nicht einmal erinnere, seit wann ich so empfinde. Wohl schon immer, nehme ich an.

Lach mich aus, hasse mich, wenn es sein muss, aber geh nicht über den Ruf meines Herzens hinweg: Ich liebe dich. Auch hier, wo Lieben ein Luxus ist, den nur wenige sich erlauben können.

Aber du weißt das, nicht wahr? Du kennst die Kraft dieses Gefühls, denn du hast es am eigenen Leib erfahren. Du hast darunter genauso gelitten wie ich.

Nimm es dir nicht zu Herzen, es ist kein Hass in meinen Worten. Keine Verbitterung. Es mag seltsam klingen, aber der Krieg hat alles auf das rechte Maß zurechtgestutzt. Das, von dem ich dachte, es würde mein Herz brechen, hat es stattdessen stärker gemacht. Die Entfernung hat mir erlaubt, die Dinge im richtigen

Licht zu sehen. Lucien Borel sagte immer: Du kannst erst dann alle Einzelheiten einer Landschaft klar erkennen, wenn du nicht mehr Teil davon bist.

Nun erkenne ich alles klar, Fiamma. Ich sehe deine Liebe für ihn, für meinen Bruder, und sie kommt mir nicht mehr so unvernünftig und falsch vor wie früher, ganz im Gegenteil, denn siehst du, ich glaube, dass auch er dich liebt. Auf seine eigene Weise natürlich.

Yann ist kein einfacher Mann, aber das weißt du. Der Unfall hat ihn unduldsam und launisch gemacht. Er ist ein Mann ohne Frieden, ein Mann, der sich nicht vergeben kann. Du allein kannst ihn retten.

Tu es, ich bitte dich. Tu es für mich.

Ich weiß nicht, ob ich es schaffen werde, aus diesem Albtraum wieder zurückzukehren, der immer dunkler wird. Die Umrisse der Dinge verschwimmen, ein Teil von mir stirbt mit jedem neuen Tag. Nur du bleibst mir klar und deutlich in Erinnerung, vor einem Himmel voller Sterne. Jede Nacht schließe ich die Augen und stelle mir dein Gesicht vor, wie es mir zulächelt. Ich berühre das Armband und sehe, wie deine Haare sich im Wind bewegen, als wären es feurige Funken. Du allein lässt mich durchhalten. Du bist die Hoffnung in einem Universum, das jedes Vertrauen auf morgen verloren hat.

Gute Nacht, meine Freundin.

Fiamma,

ich zähle die Tage nicht mehr, die Zeit hat hier aufgehört zu existieren. Das Leben ist nur noch pures Überleben, und bei jedem Schritt, den ich mache, habe ich den Eindruck, dass es keine

Wiederkehr mehr gibt. An dich zu schreiben, obwohl ich mittlerweile fast sicher bin, dass du diese Briefe niemals erhalten wirst, ist der einzige Weg, der mich noch in der Wirklichkeit verankert hält. Du bist mein Fixpunkt in einer Welt, die jeden Bezugspunkt verloren hat.

Sie haben uns an die vorderste Front versetzt, schließlich habe ich also doch die Schützengräben kennengelernt und konnte so dem dumpfen Grauen, das dieses Wort in den Soldaten hervorruft, die ich von dort habe zurückkommen sehen, ein Bild zuordnen.

Es sind Wunden, die sich im Schlamm auftun, Verletzungen der Erde. Darüber Maschinengewehrfeuer, das Pfeifen der Kugeln, heisere Rufe und Klirren von Metall. Ich weiß nicht mehr, was Stille ist.

Als wir zur Ablösung hierhergekommen sind, haben wir zwei Soldaten bemerkt, die wie erstarrt bei den Schießscharten Wache hielten. Sie antworteten nicht auf unsere Rufe, und erst nach einiger Zeit haben wir festgestellt, dass sie tot waren. Sie hatten noch das Gewehr in der Hand.

Die beiden Leichen wurden nach draußen geschoben, auf den Haufen, der die Löcher im Graben schützend umgibt. Ein ekelhafter Gestank stieg auf, aber wir haben nicht darauf geachtet. Solche Dinge nehmen wir gar nicht mehr wahr. Nur so gelingt es einem weiterzumachen, ohne den Verstand zu verlieren: Man muss gleichgültig bleiben. Gegenüber den Leichen, die im Schlamm verwesen. Leichen von Menschen, die morgen oder in ein paar Stunden schon wir sein könnten. Wir werden hierbleiben und den Boden düngen, der bereits gesättigt ist mit Blut. Unsere Knochen werden sich mit den Felsen verbinden, werden sich in der Erinnerung verlieren. Wer wird sich an uns erinnern, wenn das alles vor-

bei ist? Wird es überhaupt jemals vorbei sein? Ich finde keine Antworten mehr auf meine Fragen.

Ich denke oft an die sonnigen Tage oben auf der Alm, an die Klarheit des Wassers, an das Zirpen der Grillen auf den Wiesen. Die Berge sind tief in meinem Herzen verwurzelt, ich kann sie nicht vergessen. Du bist Teil all dessen, du bist das Paradies, das ich verloren habe und in das ich nie mehr zurückkehren kann.

Du würdest wütend werden, wenn du sehen könntest, wie ich jede Hoffnung verloren habe. Du würdest mich schütteln, mir sagen, dass ich etwas tun, mich nicht aufgeben solle. Aber du weißt nicht, was ich durchmache. Du kannst es dir nicht einmal vorstellen.

Ich schlafe nicht mehr. Nachts prasseln die Kugeln auf uns ein wie Hagel, ein ständiger Beschuss von Sonnenuntergang bis Sonnenaufgang. Ein unerträgliches Martyrium, das nicht wenige von uns in den Wahnsinn treibt.

Der Himmel über dem Schützengraben ist ein ekelhafter bläulicher Bluterguss, der von dem Pulverdampf verschleiert wird. Wir sehen von hier unten nichts anderes, da wir zu einer Untätigkeit gezwungen sind, die Hysterie erzeugt und die Nerven bloßlegt. Die Österreicher nehmen uns ununterbrochen unter Beschuss, wir können nicht einmal Proviantnachschub holen. Meist werden die Soldaten, die beauftragt wurden, diesen zu uns zu bringen, unterwegs erschossen. Lieber hungern wir zwei Tage, als uns aus der Deckung zu wagen und Essen und Trinken zu holen.

Das Leben hat uns verraten, Fiamma. So viele zerbrochene Träume, so viele enttäuschte Hoffnungen!

Versuche wenigstens du, glücklich zu sein. Geh zu ihm, zögere nicht, hab keine Angst. Was ich dir damals im Wald erzählt habe, war nichts als eine der Eifersucht geschuldete Lüge. Ja, es stimmt, Yann hat dich niemals beim Namen genannt, aber nur, weil dein Name ihn mehr verstört, als er sich eingestehen kann. Ja, er hat dich verflucht, hat unaussprechliche Worte gegen dich geäußert, aber nur, um unter Verachtung das zu verbergen, was er im Grunde seines Herzens bewahrt.

Mein Bruder liebt dich. Ich habe es in jener Nacht begriffen, als ich beobachtet habe, wie er dich in seiner Erschöpfung angesehen hat. Mit Angst und Verlangen: Das ist doch das, was Liebe ausmacht?

Ich musste in jener Nacht nach draußen gehen, weil mir beim Anblick von Blut immer übel wurde. Jetzt ist es anders, mir kommt es so vor, als hätte ich nichts anderes in der Nase als diesen metallisch-salzigen Geruch. Er vernebelt mir die Sicht, verwirrt meinen Verstand, aber ich kann ihm nicht entkommen. So wie ich in jener Nacht dem nicht entkommen konnte, was meine Augen gesehen haben.

Du hast ihn geküsst oder vielleicht hat auch er dich geküsst. Was spielt das noch für eine Rolle? Ihr hattet es schon damals erkannt. Es war Liebe auf den ersten Blick, von der Art, die dich in die Knie zwingt, dir keinen Ausweg lässt.

In dieser Geschichte bin ich nur ein Zuschauer. Das Einzige, was ich mir vielleicht anrechnen kann, ist, dass ich euch zusammengebracht habe, mehr nicht.

Ich weiß, ich werde rührselig. Ich sitze hier in diesem Graben, der vielleicht mein Grab sein wird, zwischen Gefährten, die vielleicht schon morgen tot sein werden. Ich hätte nie geglaubt, dass die Welt so grausam sein könnte, dass sie dir jede Freude aus dem Leib prügeln und dann vor die Füße werfen könnte. Was mich fertig-

macht, was mich demoralisiert, ist, dass ich all diesem sinnlosen Sterben zusehen muss. Wir sind doch nur Schlachtvieh. Das Vaterland ist pure Illusion.

Verzeih mir, wenn diese Worte so grausam, so voller Traurigkeit sind. Ich würde dieses Blatt zerreißen, doch dann denke ich wieder, dass du meine Briefe sowieso nie lesen wirst, und darum erlaube ich mir diesen Ausbruch, der nichts anderes ist als ein stummer Schrei zu den Sternen, die ich von hier nicht sehen kann, aber die irgendwo in einem Himmel, der noch nicht auf uns herabgestürzt ist, existieren. So wie auch du noch existierst.

Nur eines schenkt mir Trost: das Wissen, dass du existierst.

Du bist jemand, der diese Welt besser macht, Fiamma.

Fiamma,

nach diesem Brief werde ich nicht mehr schreiben. Es ist dunkel und zu kalt.

Aus den morastigen Wänden des Schützengrabens ragen Schuhe und Glieder von Menschen hervor, die begraben wurden oder langsam darin versunken sind. Nicht einmal in meinen schlimmsten Albträumen hätte ich mir ein ähnlich entsetzliches Szenario vorstellen können. Wir sind vom Tod umgeben, es gibt keine Steigerungen zu der Tragödie, die sich vor unseren ohnmächtigen, inzwischen gleichgültigen und erloschenen Augen abspielt.

Draußen vor dem Schützengraben ist es noch schlimmer: Das Erdreich ist von menschlichen Überresten bedeckt, die sich übereinander türmen, durchlöcherten Helmen, die unter dem unaufhörlichen Maschinengewehrfeuer nutzlos waren, inzwischen unbrauchbaren Gewehren, Hüten mit Federbüscheln, die vor

Schlamm und Blut starren, und Papier von Briefen und Postkarten, die träge bei jedem Windstoß aufflattern, um ein paar Meter weiter wieder zu Boden zu sinken. Worte, die niemals die Menschen erreichen werden, für die sie bestimmt sind, letzte Hoffnungen, Lebensmomente, die sich im Nichts verlieren.

Durch einen Spalt zwischen zwei Sandsäcken betrachten wir diesen erbärmlichen Friedhof; unbegrabene Tote, lebendig Begrabene. Das ist das Ende der Welt.

Nach all dem kann es nichts anderes mehr geben.

Die Scharfschützen auf der anderen Seite erwarten uns mit brutaler Gier und nie versiegender Hartnäckigkeit. Nur wir harren noch in diesem in die Eingeweide der Erde gegrabenen Loch aus. Ein letztes Aufbäumen von Leben, ein letzter Abglanz verlorener Menschlichkeit. Wir werden dieser düsteren Falle nicht mehr entkommen, die sich mit jedem Tag enger um uns schließt.

Es regnet seit zwei Tagen. Wir sind völlig durchnässt, von der Kälte erstarrt, erschöpft. Aufgerieben von dem Warten, das immer länger wird wie die Schatten, wenn die Sonne am Horizont versinkt. Ich habe bloß noch ein Blatt Papier und einen kurzen Bleistiftstummel. Ich reiße das Blatt in der Mitte durch: Die eine Hälfte ist für dich, die andere für Yann.

Du musst mir etwas versprechen, Fiamma: Bring ihm diesen Umschlag. Wenn meine Worte nicht ins Leere gefallen sind, wirst du, wenn du sie liest, schon seit Längerem wissen, dass ich recht habe.

Du liebst ihn, wie du mich niemals geliebt hast. Das ist kein Vorwurf, nicht einmal Bedauern. Ich will nur, dass du glücklich wirst, meine Freundin. Aus dieser Hölle heraus, die aus fahlem

Dämmerlicht und endlosem Schweigen besteht, wünsche ich mir nichts anderes.

Du bist das Teuerste, das mir geblieben ist. Ich weiß jetzt, dass ich nicht zurückkommen werde, aber selbst wenn ich überleben, wenn ich den Weg nach Hause finden sollte, wäre ich nicht mehr derselbe. Also werde ich nicht zurückkommen.

Seit zu langer Zeit schlafe ich nicht mehr, meine Hände sind bis auf die Knochen abgemagert, meine Augen sind geschwollen und die Stirn glüht vor Fieber. Ich kann nicht mehr schreiben, daher verzeih mir, wenn dieser letzte Brief von mir so kurz ist.

Über mir setzt gerade das Bombardement wieder ein, das wegen des Regens verstummt war. Nicht mehr lange, und der feindliche Sturm wird wieder über uns hereinbrechen, um dieses letzte Nest unsinnigen Widerstands auszuheben. Mir bleibt keine Zeit mehr.

Gib den anderen Brief meinem Bruder. Es ist wichtig, ich bitte dich nur um diesen einen Gefallen.

Fiamma, dich loszulassen ist das Schwierigste, das ich jemals getan habe. Schwieriger als dieser Krieg, der am Ende meines Lebens steht.

Wenn ich die Augen schließe, meine ich, den frischen Windhauch unseres Tales zu spüren, der über die Wiesen und die zerklüfteten Felsen streicht und in den Wald mit den roten Lärchen, zwischen den Birken hindurch. Die Berge heben sich scharf gegen den Sonnenuntergang ab. Der Wald liegt schon im Dunklen, aber oben auf den Almen scheinen noch die letzten Strahlen der Sonne und spenden Wärme; während wir hier unten im Schatten frieren. Die Nacht bricht herein, und am Himmel funkeln die Sterne auf, und sie leuchten so hell, dass es einem die Sprache verschlägt. Und dir ist nicht bewusst, noch nicht, dass wir nichts anderes sind als eine Handvoll Murmeln, die in die Unendlichkeit geworfen wurden. Zarte, bebende Funken, die eine zu finstere Welt erleuchten.

Und du bist dort, ein stetes Lächeln auf dem Gesicht.

Lebwohl, meine Freundin, meine einzige Liebe.

Agape

Der Schein der Kerze warf dunkle Schatten in wilden Formen auf die Wände. Ich war noch von den Ereignissen des Nachmittags erschüttert. Unser hitziger Lauf durch den Schnee, der Schuss, Yann Rosset, der Fiamma in den Wald hinterhersetzte … Mir war das alles vollkommen wirr vorgekommen, als wäre ich gar nicht Teil der Szene gewesen, sondern nur ein unbeteiligter Zuschauer.

Ich war mit Basile Blanche und seinem Bruder Etienne zum Pfarrhaus zurückgekehrt, beide wirkten sehr durcheinander. Noch dazu blutete Basile heftig aus einer Wunde an der Stirn.

»Die Hexe hat mich beinahe umgebracht, Hochwürden«, hatte er zwischen zusammengepressten Kiefern hervorgestoßen, während ich die beiden ohne viel Federlesens zwang, vor mir herzulaufen.

Sie hatten immerhin versucht, eine Frau zu töten, das konnte ich ihnen nicht durchgehen lassen. »Mir kam es so vor, als wärst du derjenige gewesen, der angefangen hat«, war mein harscher Kommentar dazu. »Ich glaube kaum, dass sie nach dir gezielt hätte, wenn du nicht vorher versucht hättest, sie zu erschießen.«

»Sie ist eine Hexe«, hatte er protestiert, als genügte das als Rechtfertigung.

»Sie ist ein Geschöpf Gottes«, hatte ich kalt erwidert, »und Gott duldet es nicht, dass man seinen Geschöpfen etwas zuleide tut. Heute habt ihr eine Sünde begangen, die zu verurteilen meine Kompetenzen übersteigt. Beim Jüngsten Gericht werdet ihr euch dafür vor dem Herrn verantworten müssen, und bereits jetzt vor Don Jacques.«

Meiner Meinung nach war es wesentlich schlimmer, Don Jacques gegenübertreten zu müssen als Beelzebub höchstpersönlich.

Etienne Blanche lief mit gesenktem Kopf vorwärts, die Arme hingen kraftlos am Körper herab. Das Gewehr hatte er im Wald liegen gelassen, vielleicht absichtlich, möglicherweise auch einfach, ohne es zu bemerken. Er hatte auf eine wehrlose Frau geschossen. Ohne einen offensichtlichen Grund hatte er geschossen, nur aus blankem Hass. Einem tiefen, ungerechtfertigten Hass, der von Vorurteilen und Unwissenheit bestimmt war. Doch das, was er getan hatte, schien ihn zu bedrücken.

Als der Schuss losging, war ich gerade völlig aufgelöst und außer Atem auf der Lichtung angekommen. Ich hatte befürchtet, dass Yann Rosset sich umbringen lassen würde, stattdessen wäre um ein Haar das Mädchen aus den Wäldern gestorben. Die Kugel war im Schnee hinter ihr stecken geblieben. Sie war wie versteinert gewesen. Hätte sie auch nur mit einem Muskel gezuckt, wäre sie vielleicht getroffen worden, im Grunde hatte die Kugel sie nur knapp verfehlt.

»Herr, vergib ihnen, denn sie wissen nicht, was sie tun«, richtete ich ein leises Gebet an den bleigrauen Himmel, vor dem sich düster und verschneit die Berge abzeichneten. Stumme, unerschütterliche Riesen aus Fels, gegen die unser Flehen nichts ausrichten konnte. Diese Blöcke aus Stein und Eis blieben taub gegenüber unseren Tragödien, unempfindlich gegenüber dem Elend unserer Leben, die im Vergleich zu ihrer ewigen Beständigkeit so flüchtig wie Löwenzahnsamen waren.

Marie öffnete uns die Tür des Pfarrhauses und riss entsetzt die Augen auf, als sie Basiles blutüberströmtes Gesicht sah. »Großer Gott, was ist passiert?«, rief sie und schlug eine Hand vor den Mund.

Basile schaute sie finster an. »Dein Verehrer ist den Röcken dieser Hexe hinterhergelaufen, wenn du es unbedingt wissen willst, Marie ...«

Ich legte ihm eine Hand auf den Rücken und schob ihn ins Haus, bevor er noch etwas sagen konnte. Der traurige Blick von Marie allerdings gab mir die Antwort, nach der ich gesucht hatte: Sie wusste bereits alles. Ihr Spaziergang mit Yann Rosset musste nicht nach ihren Erwartungen verlaufen sein, und auch das bestätigte meinen Verdacht. Die Augen jenes Mannes hatten eine deutliche Sprache gesprochen: Marie war nicht die Frau, die er begehrte.

Als Etienne diesen Schuss abfeuerte, hatte ich gesehen, wie Yann schlagartig das Blut aus dem Gesicht gewichen war. Er hatte nicht den Mut gehabt, sich nach Fiamma umzuwenden. Auch wenn ich sie selbst nie in ihrer leidenschaftlicheren Form empfunden hatte, konnte ich doch Liebe erkennen, wenn sie mir begegnete.

»Marie, sag Don Jacques Bescheid. Und ihr zwei setzt euch hier hin«, sagte ich drohend zu den Brüdern und deutete auf zwei Schemel in der Küche.

Vorsichtig nahmen sie Platz, Basile war empört, während

Etienne sichtlich von Gewissensbissen geplagt wurde. Er war ja eigentlich noch ein Kind.

Ich setzte mich vor ihn hin und musterte aufmerksam sein Gesicht. »Ich hoffe, du weißt, was du da gemacht hast, Etienne. Das ist eine sehr schwerwiegende Tat …«

Er wich meinem Blick aus und starrte auf den Boden.

Sein Bruder schüttelte den Kopf. Das Blut in seinen Mundwinkeln war inzwischen angetrocknet, was ihm das gespenstische Aussehen eines Zirkusclowns verlieh. »Sie hat es herausgefordert«, behauptete er frech. »Sie hat versucht, uns mit einem ihrer Zaubersprüche zu verfluchen.«

Ich sah Basile vorwurfsvoll an, aber ehe ich etwas sagen konnte, hörte ich die schlurfenden Schritte von Don Jacques, begleitet von dem Klicken seines Stockes, im Flur näher kommen. Als er die spärlich beleuchtete Küche betrat, war auf seinem Gesicht keinerlei Beunruhigung zu erkennen, es wirkte ausdruckslos wie immer.

Marie musste ihn bereits über alles in Kenntnis gesetzt haben, dachte ich, oder, was ebenso wahrscheinlich war, nichts auf dieser Welt konnte Don Jacques noch erschüttern. Seine Augen waren kalte graue Spiegel, die nichts trüben konnte.

»Ihr habt meine Abendgebete unterbrochen, Don Agape«, sagte er, ohne seine Empörung darüber zu verhehlen. »Ich kann nur hoffen, dass es sich um eine wichtige Angelegenheit handelt, die Ihr nicht ohne mein Zutun hättet lösen können, denn nichts ärgert mich mehr, als wenn man mich im Gebet stört.« Er räusperte sich und schaute von mir zu den beiden Brüdern. »Ich sehe hier vor mir nur zwei verängstigte Burschen«, fuhr er fort in seinem Bemühen, mich herabzusetzen.

»Diese zwei verängstigten Burschen, wie Ihr sie nennt, haben gerade auf eine wehrlose Frau geschossen.«

Don Jacques krallte seine Finger um den Knauf seines Stockes. »Stimmt das?«, fragte er und betrachtete die beiden Jungen mit einem wohlwollenden Blick, ganz anders und keineswegs so finster wie für gewöhnlich mich.

»So war es überhaupt nicht, Pater. Wir waren auf der Fuchsjagd, als diese Frau, diese Verrückte, hinter einer Baumgruppe hervorgesprungen kam, uns beschimpfte und mit Steinen nach uns warf. Seht nur, was sie mir angetan hat!«, rief Basile und zeigte auf seine Stirn.

»Und da habt ihr euch entschlossen, auf sie zu schießen?« Don Jacques' Stimme klang ruhig und gelassen. Sie ließ keinen Tadel erkennen.

»Sie hat uns überrascht. Darauf hat sich ein Schuss gelöst, aber niemand wurde verletzt. Etienne kann das bestätigen!« Basile griff nach seinem Bruder und rüttelte ihn an der Schulter. Der Junge nickte kaum wahrnehmbar, blickte aber weiterhin zu Boden. Gott sei gelobt besaß er noch ein Mindestmaß an Anstand, sich dessen bewusst zu sein, was er getan hatte.

»Gut, also was mich betrifft, ist die Lage damit geklärt. Ich kann darin keine Schuld erkennen«, schloss Don Jacques ruhig.

Ich sprang auf, so plötzlich, dass ich keinen sicheren Stand hatte und ein wenig schwankte, bis ich mein Gleichgewicht wiederfand. »Ihr beliebt zu scherzen, hoffe ich!«

Der Blick, den Don Jacques mir daraufhin zuwarf, hätte genügt, um das ganze Dorf in Schutt und Asche zu legen. »Sehe ich etwa so aus wie jemand, der zu Scherzen aufgelegt ist?«

Nein, das tat er wirklich nicht. »Habt Ihr etwa vor, eine … eine solche Tat ungestraft zu lassen?«

»Wie ich bereits gesagt habe, sehe ich kein schuldhaftes Verhalten in dem, was heute Nachmittag geschehen ist, es handelt sich schlicht und ergreifend um einen Unfall. Ihr solltet nachsichtiger gegenüber unserer Herde sein, Don Agape, und weniger gegenüber denen, die noch nie dazugehört haben. Diese Frau hat aus freien Stücken beschlossen, sich von Gott zu entfernen; folglich ist sie nicht mehr unser Problem.« Er stieß diese Worte mit einer Verachtung hervor, die sich mir nicht erschloss.

»Das ist nicht die Barmherzigkeit, die man mich gelehrt hat«, gab ich nach einigen Momenten der Sprachlosigkeit zurück. »Das ist nicht der Gott, den ich lieben gelernt habe. Gott lässt seine Geschöpfe nicht im Stich.«

»Eure Naivität, Don Agape, ist so entwaffnend wie die eines Kindes. Vielleicht habt Ihr unseren Herrn bislang einfach nicht recht verstanden. Besser gesagt: Ihr habt ihn ganz und gar nicht verstanden.«

Damit ließ er mich stehen, stumm, unfähig, die Worte zu finden, um ihm entsprechend zu antworten.

Basile und Etienne Blanche hatten das Pfarrhaus still verlassen und waren draußen durch den Schnee geschlurft.

Ich hingegen war in der verlassenen Küche sitzen geblieben, bis das diffuse Licht der Morgendämmerung die Holzwände und den steinernen Kamin erhellte. Erst Maries Schritte hinter mir hatten mich aus der Starre gerissen, in die ich verfallen war, während ich über mein Leben und den Sinn in allem nachdachte.

Ich hatte das Priestergelübde abgelegt, um mich der Verantwortung für Entscheidungen zu entziehen, die mir damals als der wesentlich schwierigere Weg erschienen waren. Ich hatte den Kopf gesenkt und mich treiben lassen. Hatte mich der Führung anderer übergeben und war bei der erstbesten Gelegenheit geflüchtet, weil ich dachte, je mehr Distanz ich zwischen mich und die Vergangenheit legen würde, desto weniger würde ich die Last des Lebens spüren, das ich mir selbst auf den Leib geschneidert hatte. Ein Gewand, das mir zu eng war und mich in meiner Bewegungsfreiheit behinderte, das sich nicht wie mein eigenes anfühlte.

»Ihr seid schon auf, Hochwürden?«, fragte Marie, als sie an mir vorbeilief, um das Feuer anzuschüren.

Erst in dem Moment bemerkte ich den milchigweißen Atem vor unseren Mündern. Im Raum musste es sehr kalt sein, aber ich hatte es gar nicht bemerkt.

»Ich habe überhaupt nicht geschlafen«, erwiderte ich, während ich versuchte, meine kalten und steifen Gliedmaßen zu strecken, die zu lange nicht bewegt worden waren. Ich legte die Hände auf die Nieren und drückte den Rücken durch. Jeder einzelne Teil meines Körpers schmerzte mich.

Die Berge jenseits der Fenster waren dunkle Schatten, um die der Wind pfiff. Der Schnee, der von den Gipfeln hochwirbelte, ließ sie aussehen, als wären sie in Nebel gehüllt, und sie wirkten so geheimnisvoll und unergründlich wie das menschliche Herz. Und ebenso beängstigend.

»Marie, glaubst du, dass dort oben jemand ist?«

»Ausgerechnet Ihr fragt das?«, rief sie überrascht aus.

»Ja, ausgerechnet ich. Ich bin mir über gar nichts mehr sicher, Marie. Ich habe keine Antworten.«

Sie wischte sich die aschebeschmutzten Finger an der Schürze ab. »Ihr seid ein Mann Gottes, Hochwürden, nicht Gott persönlich. Nur er hat alle Antworten.«

»Ja, aber … ich müsste sie haben. Zumindest ein paar. Wie kann ich das Wort Gottes lehren, wenn ich der Erste bin, der daran zweifelt?«

»Hochwürden, ich glaube, das Wichtige ist nicht, die Antworten zu haben, sondern sich die richtigen Fragen zu stellen.«

Ich saß da und sah zu, wie der Tag die Dunkelheit vom Schnee fortwischte und ihm dadurch seine strahlende Reinheit zurückgab. Vor meinen Augen war nichts als dieses Weiß. Das hätte mich aufmuntern sollen, doch aus irgendeinem merkwürdigen Grund beunruhigte mich dieses Fehlen von Perspektive. Man musste sich alles erwarten von einer Welt, die ihre Farben eingebüßt hatte.

Diese seltsame Beklemmung verließ mich den ganzen Tag nicht. Ich versuchte, Don Jacques aus dem Weg zu gehen, was nicht schwierig war, da auch er mich zu meiden schien.

Die Straßen des Dorfes waren unpassierbar geworden und lagen menschenleer, so blieb ich im Pfarrhaus und genoss die wohlige Wärme des Kamins. Ich überlegte, zu Lucien Borel zu gehen, um eines meiner Bücher zu holen, doch dann verwarf ich den Gedanken. Beim letzten Mal waren wir nicht in Frieden voneinander geschieden. Der sonst stets so höfliche und entgegenkommende Dorflehrer hatte nervös und abweisend auf mich gewirkt, was ich auf die Stimmungsschwankungen seiner Frau zurückgeführt hatte, diese unheilbare Traurigkeit, die Adélaïdes Augen befallen hatte. Fiamma bereitete ihr Absude gegen die Bindehautentzündung, doch daran litt Madame

Borel im Grunde gar nicht. Es waren Tränen des Schmerzes, die ihre Augen röteten und ihren Blick leer machten. Wie lange schon höhlte der Kummer das Herz dieser Frau aus, die ansonsten einen so sanften, ruhigen Eindruck machte?

Ehe ich an diesem Abend die Kerze auf meiner Kniebank löschte, betete ich für jeden Einwohner dieses kleinen, zwischen Bäumen und Schnee verlorenen Dorfes, der irgendwie mein Herz berührt hatte: für die Eheleute Borel, für Marie, Yann Rosset und für Fiamma, das Mädchen aus den Wäldern. Jeder von ihnen hatte auf seine Art einen kleinen Teil von mir verändert, hatte mich dazu bewogen, in mich hineinzublicken und mich zu hinterfragen.

Marie hatte recht: Nicht die Antwort zählte, wirklich von Bedeutung war die Frage.

Ich schlief über der Frage ein, ob Gott auf der anderen Seite dieses bleigrauen Himmels zumindest das unermüdliche Hinterfragen meines Selbst zu schätzen wusste.

Nach einer kurzen Zeit, es kam mir so vor, als wären nur ein paar Minuten vergangen, seit ich in den Schlaf gesunken war, weckte mich ein schreckliches Donnern. Ein Hallen, das in der Dunkelheit verklang. Mir kam es vor, als würde alles um mich erzittern. Der Schüsselständer stürzte um, ebenso die Kniebank. Zunächst dachte ich an ein Erdbeben. Doch dann erinnerte ich mich an die Berge. Sie lehnten sich auf, erbrachen über das Dorf ihre Last an Schnee und Schutt.

Mein Herz klopfte mir schlagartig bis zum Hals, ich bekam kaum Luft und hatte Schwierigkeiten, mich in dieser Dunkelheit zwischen Stößen und Erschütterungen zurechtzufinden.

Schließlich fasste ich einen Mut, von dem ich niemals gedacht hätte, dass ich ihn besäße, schlug die Bettdecken beiseite und stellte mich vorsichtig hin. Die Erde schien ihr Gleichgewicht wiedergefunden zu haben. Ich zog mir den Talar über das Nachthemd, schlüpfte in die Stiefel, und ohne mir die Zeit zu nehmen, sie zuzuschnüren, öffnete ich die Zimmertür.

Marie lief mit einer Kerze in der Hand über den Flur. Die offenen Haare fielen ihr über die Schultern wie weiche, blasse Algen.

»Was ist passiert?«, schrie ich.

»Eine Lawine, Hochwürden! Oh Gott …«

Ich nahm ihr die Kerze aus der Hand und lief voran. »Wir müssen … Ich muss …«

In dem Moment dachte ich nur an eines: an die Handvoll Seelen, für die ich die Verantwortung übernommen hatte, die Leben, die anzuleiten und zu retten meine Aufgabe war, die ich versammeln und in Sicherheit bringen musste.

Ich warf mir den Mantel über die Schultern, und ohne auch nur einen Moment nachzudenken riss ich die Tür des Pfarrhauses auf.

Die Bewohner von Saint Rhémy strömten bereits aus den Häusern. Es waren Leute der Berge. Sie lebten von Geburt an mit der unbarmherzigen und zerstörerischen Macht der Alpen und kannten jede Wetterveränderung, jede Laune des Schicksals. Und doch bemerkte ich auf ihren von der Mühsal und zu vielen Wintern gezeichneten Gesichtern große Bestürzung.

Die Lawine schien vor dem Dorf Halt gemacht und es nicht zerstört zu haben, aber der Wald war verschüttet. Der Schnee war bis zu den ersten Häusern gelangt. Ich kniff die Augen zusammen und stellte erleichtert fest, dass sie noch standen.

Mit offenem Mund starrte ich auf dieses gleichermaßen schreckliche wie unglaubliche Naturschauspiel, bis eine Stimme sich über dem wilden Gemurmel erhob, das sich nach der Stille unter den Dorfbewohnern wieder erhoben hatte.

»Meine Tochter ist dort oben.« Es klang verzweifelt. Der Mann kam durch den Schnee auf mich zu. Sein Gesicht zeigte nichts als blanken Schmerz. »Ich bitte Euch, helft mir, meine Tochter ist im Wald. Ich muss ... ich muss hinauf und sie holen.«

Als ich bemerkte, wem diese Stimme gehörte, war ich zunächst sprachlos. Lucien Borel eilte auf mich zu und packte mich am Mantelkragen. Die weißen Haare umwehten seine Schläfen, in seinen Augen brannte die Verzweiflung.

»Helft mir, bitte. Wir müssen sie holen. Wir müssen ...« Er sank vor mir zusammen. Konnte sich nicht mehr auf den Beinen halten.

Ich brauchte einen Moment, um diese Nachricht zu verarbeiten: Fiamma war Lucien Borels Tochter. Nun verstand ich die Worte von Madame Borel, die mir die ganze Zeit nicht aus dem Kopf gegangen waren: »Sie hat ihn mir fortgenommen.« Sie hatten sich nicht auf Martin bezogen, sondern auf Lucien. Vivienne hatte ihr die Liebe ihres Mannes gestohlen, dieses verzweifelten, verlorenen Mannes, der mich gerade anflehte, ihm zu helfen, damit er nicht noch eines seiner Kinder sterben sehen musste.

Ich blickte hinauf zu den Bergen. Eine lange Linie weißer Gipfel säumte den matten Himmel. Die aufgehende Sonne beleuchtete den Pulverschnee, der von überallher aufstob. Es herrschte eine merkwürdige, unwirkliche Stille. Tief und vollkommen. Zum ersten Mal meinte ich, die Stimme des Berges zu vernehmen. Es war die Stimme Gottes.

Doch sie kam nicht von draußen, sie war in mir selbst. Da begriff ich meinen Irrtum: Ich hatte immer etwas gesucht, das von mir weiterführte, über meine flüchtige Existenz, meine Sterblichkeit hinaus. Stattdessen hätte ich in mich hineinsehen und dort in den Abgründen meines furchtsamen Herzens suchen sollen. Von dort kam die notwendige Kraft, um auf die Unbill des Lebens zu reagieren.

Gott war wirklich in jedem einzelnen Ding. Und diese Dinge in dem Universum aus Sternen und Galaxien, aus unwirtlichen Bergen und grenzenlosen Ozeanen waren wir Menschen.

»Gehen wir«, sagte ich und half Lucien Borel auf. Er wog fast nichts, und gleichzeitig spürte ich in mir eine neue Kraft. Ich war immer ein kräftiger Mann gewesen und hatte mich dessen stets geschämt, mich fehl am Platz gefühlt in diesem zu massigen Körper, der zu viel Raum einnahm. Endlich konnte ich meiner Leibesfülle einen Sinn zuschreiben: Sie bedeutete Schutz. Ich war für diese Aufgabe bestimmt. Den Weg, den ich zurückgelegt hatte, hatte ich nicht vergebens hinter mich gebracht. »Gehen wir und holen sie. Wir alle gemeinsam!«

Die Dorfbewohner verharrten stumm. Eingehüllt in ihre Umschlagtücher und Umhänge, die sie sich in aller Eile über die Schultern geworfen hatten, als der Berg seine Wut über uns ergoss, sahen sie mich verloren an, unfähig zu handeln. Da begriff ich zwei Dinge von beachtlicher Bedeutung:

Sie wussten es. Sie wussten alles über Lucien Borel. Sie hatten es immer gewusst und hatten dieses Geheimnis eifersüchtig gehütet, wie eine Familie.

Und: Sie waren eine Familie. Steinchen in einem großen Mosaik, einer für den anderen unentbehrlich.

»Wir sind eine Gemeinschaft, eine Gemeinde«, rief ich. »Wir sind ein einziges Herz, und jeder von uns ist unersetzlich, damit dieses Herz nicht zu schlagen aufhört. Gott fordert euch auf, keinen Bruder zu verstoßen: ›Was ihr getan habt einem von diesen meinen geringsten Brüdern, das habt ihr mir getan.‹ Erinnert ihr euch?«

Meine Worte schienen ins Leere zu fallen.

»Dieses Mädchen«, fuhr ich fort und wies hinauf auf den Wald, von dem nur noch die Baumwipfel zu sehen waren, und zwar bloß die der Bäume, die nicht von der zerstörerischen Wut der Lawine entwurzelt worden waren, »das ihr Hexe nennt und immer ausgegrenzt habt, war stets ein Teil von euch. Sie hat eure Wunden versorgt, eure Krankheiten kuriert, euren Kindern auf die Welt geholfen. Zu ihr seid ihr alle gegangen, *allesamt* seid ihr klammheimlich zu ihr gegangen, um ein Mittel gegen eure Leiden zu bekommen. Wenn ihr sie jetzt im Stich lasst, wird Gott euch das nie verzeihen. Wenn ihr sie im Stich lasst, werdet ihr euch nie verzeihen, dass ihr eurem Egoismus gefolgt seid.«

Ich sah sie einen nach dem anderen an, so wie ich sie von der Kanzel aus gemustert hatte, und versuchte ihnen zu vermitteln, was ich selbst fühlte. Diesen Gemeinschaftssinn, ein Gefühl für die Gemeinde, zu der ich mich endlich zugehörig empfand.

Sie wandten sich von mir ab und kehrten in ihre Häuser zurück.

Wenige Minuten später sah ich sie mit entschlossenen Gesichtern wieder auftauchen. In den Händen hielt jeder eine Schaufel, um den Schnee fortzuschippen.

Yann

Ich hackte Holz in der Stallscheune, draußen fiel dafür zu viel Schnee. Noch lag das Dorf im Dunkeln, nur ein purpurroter Streifen Helligkeit war am Horizont zu sehen. Die Tiere stießen ihren Atem in die Eiseskälte aus, wo er in der von Dunggestank und süßlichem Heugeruch erfüllten Luft zu kleinen Wolken kondensierte.

Auf mir hütete ich immer noch Fiammas Duft, diesen wilden Geruch, der mir vor Jahren unter die Haut gefahren war und den ich seitdem nicht mehr fortwaschen konnte. Doch meine Lippen verloren allmählich den Geschmack der ihren. Bald wäre er nicht mehr als eine dunkle Erinnerung, die ich dort begraben würde, wo ich alles verborgen hielt, was mich schmerzte: im dunkelsten Teil meiner selbst.

Sie würde mich hassen. Sie würde mich verfluchen und verachten, und das zu Recht. Nun hatte ich sie für immer verloren.

Ich ließ die Axt auf das Holzscheit niedersausen, und während ich beobachtete, wie es zersplitterte, stellte ich mir vor, dass sich mit jedem Schlag die Klinge in mein Fleisch bohrte. Nicht einmal ich selbst konnte mir verzeihen. Würde es niemals können.

Seit ich meinem Trieb nachgegeben hatte, sie zu nehmen, sah ich mich meines eigenen Willens beraubt, konnte nur dem

Herzen folgen, und das war die Strafe, die ich verdiente. Dass ich mich zu einem ganzen Leben ohne sie verdammt hatte, nachdem ich die Wärme ihrer Haut auf meiner erfahren hatte, war das, was ich verdiente.

Uns trennte auf immer ein Abgrund des Schmerzes, diese nicht zu füllende Lücke, die Raphaël hinterlassen hatte und die sich wie ein Riss zwischen ihr und mir erstreckte. Diese klaffende Wunde würde nicht einmal Fiamma mit ihren geschickten Fingern nähen können. Es war eine Wunde, die niemals heilen konnte.

Die Stalltür öffnete sich, und Agnés kam in ihr Schultertuch gewickelt herein. Sie trug einen Melkeimer, weil es Zeit war, die Kühe zu melken. Bei meinem Anblick blieb sie verärgert stehen: »Yann? Was zum Himmel …?« Sie betrachtete das Holz, das ich in dem Anfall von Zerstörungswut gehackt hatte, der mich schon seit Stunden quälte, seit ich Fiammas Hütte verlassen hatte. Überall waren Holzsplitter verteilt. Im Stroh und in meinen Haaren. Mit einer barschen Handbewegung fegte ich sie von mir.

»Ich hacke Holz, siehst du das nicht?«, rief ich und rammte die Axt in den Holzblock.

Agnés schwieg einige Augenblicke. »Du warst heute Nacht nicht zu Hause«, sagte sie schließlich. »Mutter hat sich Sorgen gemacht.«

Ich wischte mir den Schweiß mit dem Hemdsärmel von der Stirn. Antworten hatte ich keine für sie.

»Yann!« Ein plötzlicher Schrei draußen vor der Scheune ließ uns beide herumfahren. Als ich Fiammas Stimme erkannte, musste ich bitter schlucken: Sie klang schrill vor Zorn. Und vielleicht vor Tränen. Ich stand da wie erstarrt, unfähig, mich zu rühren.

Agnés legte den Kopf schief und musterte mich sowohl misstrauisch als auch besorgt. Dann, als sie sah, dass ich überhaupt nicht reagierte, ging sie zur Stalltür.

»Warte!«, sagte ich und riss mich aus meiner Betäubung. »Nicht …« Ich verstummte, weil ich nicht wusste, wie ich den Satz fortsetzen sollte. Ich konnte Fiamma in diesem Moment nicht entgegentreten, nicht nach dieser Nacht. Wenn ich ihr in die Augen gesehen hätte, wenn ich den Hass darin gelesen hätte, der sie in diesem Moment bestimmt erfüllte, wäre ich gestorben. Ihre Verachtung hätte mich getötet, hätte jedes Gefühl in mir ausgelöscht und nur eine leere Hülle hinterlassen, in der das Echo meines Herzschlags sich im Nichts verloren hätte, um schließlich ganz zu verstummen.

»Agnés, bitte sag ihr nicht, dass ich hier bin«, flüsterte ich.

Meine Schwester schien nicht zu begreifen.

»Yann!«, schrie Fiamma erneut. Ihre Stimme riss tiefe schmerzliche Gräben in meinem Herzen auf. Ich stellte mir vor, wie sie draußen wütend und mit zerzausten Haaren im Schnee stand. Es gelang mir nicht, dieses Bild mit der Erinnerung in Einklang zu bringen, wie sie in meinen Armen geschlafen hatte, so zerbrechlich, so wehrlos.

Agnés öffnete den Mund, sie wollte etwas sagen. Dann blitzte in ihren Augen kurz Verständnis auf. »Die Briefe«, sagte sie schließlich. »Du hast ihr die Briefe gegeben.«

Mein ohnmächtiges Schweigen bestätigte ihren Verdacht. Sie drehte sich um und ging zur Tür. Als sie sie öffnete, ergoss sich das Tageslicht in die Scheune. Ein weißes, gleißendes

Licht, das in den Augen wehtat. Ich wich zurück, um im Schatten zu bleiben.

Fiammas Stimme drang noch deutlicher in meine Ohren, traf mich wie Eissplitter im Gesicht. »Wo steckt der Feigling?«

Agnés schloss die Tür hinter sich, und ihre Worte drangen nur noch gedämpft zu mir.

»Yann ist nicht hier. Ich weiß nicht, wo er ist. Geh nach Hause, Fiamma.« In der Art, wie meine Schwester sich ausdrückte, lag Gelassenheit, auf die nun die schrille Stimme der Frau traf, die ich liebte und die jetzt nur eines im Sinn hatte, ihre ganze Verachtung über mich auszuschütten.

»Dann gib du ihm das hier und sag ihm, dass ich ihm niemals verzeihen werde, *niemals*, dass er mir *seine* Briefe unterschlagen hat.«

»Ich verstehe deinen Zorn«, versuchte Agnés sie zu besänftigen.

»Nein. Nein, das kannst du nicht!«

Ich stellte mir ihre tränenfeuchten Augen vor, ihr von Wut und Enttäuschung verzerrtes Gesicht.

»Fiamma …«

»Ihr seht mich nie wieder«, sagte sie. »Nie wieder. Ich gehe weg, ich werde mit den Zigeunern fortziehen. Ich weiß, dass es euch nicht kümmert …« Sie gönnte sich eine Pause. Fiamma sprach in der Mehrzahl, sie wusste, dass ich da war, dass ich sie hörte. Sie wandte sich an mich, und ihre Worte waren eine scharfe Klinge, die in meine Haut drang und mich tief verletzte. »Ihr habt mich immer verachtet, habt mir seine Briefe verheimlicht und mich damit zum Schweigen verdammt. Warum? *Warum nur?* Habe ich das verdient?«, fuhr sie hart und unerbittlich fort. »Von nun an werde ich für euch kein Problem mehr sein. Lebt wohl«, schloss sie, und ich stellte mir vor, dass sie Agnés da schon den Rücken zugedreht hatte und ihre Haare sie umwehten wie eine funkensprühende Wolke.

Einen Moment lang, nur einen kurzen Moment, wollte ich allen Widerstand aufgeben, zu ihr laufen und hinnehmen, dass sie all ihre Wut auf mir ablud, wollte sie anflehen, mich trotz allem nicht zu verlassen. Aber meine Beine waren wie aus Marmor, mein Herz war tief in meiner Brust versunken und schwieg. So verharrte ich, ohne mich zu rühren, verbarg mich im Schatten wie der ärgste Feigling. Als ich nichts anderes hörte als den Wind, der draußen ums Haus pfiff, wurde mir bewusst, dass sie wirklich gegangen war.

Fortgegangen für immer.

Ein Schlag, nur ein Schlag, mit aller Wucht gegen die Scheunenwand, dann gaben mir die Knie nach, und ich sank kraftlos zu Boden, presste mir die blutende Hand an die Brust, direkt vor das Herz, die Knöchel waren abgeschürft, wund wie meine Seele jetzt.

Als Agnés hereinkam, fand sie mich zusammengekauert in einer Ecke. Sie sah mich mit einem Gesichtsausdruck an, den ich nie mehr vergessen werde: Tiefes Mitleid lag in ihrem Blick.

Ich brach vor ihren Augen entzwei. All die Teile, die ich so viele Monate, ja jahrelang mühsam zusammengehalten hatte, brachen nun auseinander wie Eis, das von der Sonne gestreift wird.

»Ich nehme an, du hast alles gehört, was sie gesagt hat.« Sie sprach leise.

Ich nickte, ohne etwas zu sagen. Meine Stimme hätte mich verraten.

Agnés seufzte, dann beugte sie sich vor und legte einen einmal gefalteten Umschlag vor mich hin.

»Der hier ist für dich.«

Kurz darauf, als sie sah, dass ich überhaupt nicht reagierte, wandte sie sich zum Gehen.

»Ich habe alles falsch gemacht, Agnés.«

Meine Schwester blieb stehen, drehte sich allerdings nicht mehr nach mir um. »Nein, Yann. Du hast nur *einiges* falsch gemacht. Du bist nicht unfehlbar. Im Grunde ist das niemand von uns. Du solltest aufhören, dich zu hassen. Das ist dein Problem: Du kannst dir selbst nicht vergeben. Aber es gibt Dinge, auf die wir keinen Einfluss haben. Raphaëls Tod ist eines davon.«

»Was sind die anderen?«

»Der Berg, zum Beispiel, und dass Raph und du, dass ihr beide euch in dieselbe Frau verliebt habt.« Sie zögerte kurz, dann stieß sie in die kalte Luft eine warme Atemwolke aus. »Es ist noch nicht zu spät, Yann.«

»Wofür?«

»Um die Schuld zu begleichen, für die du nicht direkt verantwortlich bist, und um die Fehler auszubügeln, die du in dieser Überzeugung begangen hast. Denk darüber nach. Und lies diesen Brief, er ist von Raphaël.«

»Wie?«, fragte ich verwirrt. Ich war überzeugt gewesen, dass es Fiammas Worte wären, eine Art, mir Lebewohl zu sagen.

»Die Schrift auf dem Umschlag ist die von Raphaël.«

Ich brauchte Zeit, ehe ich den Mut aufbrachte. Ich habe mich mein Leben lang nie vor etwas gedrückt, aber an dem Tag verließ ich die Scheune nicht mehr. Ich befürchtete, wenn ich aus jener Ecke hervorkäme, in die ich mich verkrochen hatte wie ein verletztes Tier, das sich zurückzieht, um allein zu sterben, würde ich langsam zerbrechen.

Schließlich, als das Licht blass und sanft wurde und der Tag seine Farben an die Nacht verlor, nahm ich all meinen Mut zusammen und riss den Umschlag auf, holte ein Papier hervor, das so dünn wie ein dürres Laubblatt war, das jeden Moment in Stücke zerfallen konnte.

Es waren die letzten Worte meines Bruders. Außer diesem mit Tinte beschriebenen Stück Papier würde nichts mehr von ihm bleiben.

Ich schloss die Augen und schmiegte mein Gesicht an das Blatt, das nach Stroh und Schimmel roch, dann entfaltete ich es und versuchte, einen Sinn in den engen, feinen Buchstaben zu erkennen, aus denen diese Botschaft bestand.

Yann,

wenn du in diesem Moment meine Worte liest, bedeutet es, dass sie dir diesen Brief gebracht hat.

Sie liebt dich, Yann. Sie liebt dich, genau wie du sie.

Schüttle jetzt nicht den Kopf, zerknüll den Brief nicht, das führt zu nichts. Mit dem Abstand, den ich habe, sehe ich alles viel klarer.

Wenn ich eines begriffen habe durch diesen Krieg, aus dem es kein Entkommen gibt, dann ist es die Bedeutung von Zeit. Wir haben davon nur einen kurzen Moment, und den vergeuden wir damit, ein Leben zu leben, das wir gar nicht wollen und in dem wir unsere Wünsche unterdrücken. Wir sind so schwach, so unvernünftig.

Geh zu ihr, Yann. Liebe sie, beschütze sie, lass zu, dass sie sich um dich kümmert.

Sie allein kann deine Wunden heilen, all die, die du seit jener Nacht in dir und auf dir trägst. Du hast ihr erlaubt, deine Haut zusammenzuflicken, gestatte ihr nun auch, deine Seele wieder zusammenzusetzen.

Du trägst keine Schuld an dem, was geschehen ist, der Berg kann so grausam sein, genau wie das Leben. Du hast gedacht, ihn zu kennen, aber das, was man liebt, kennt man niemals wirklich, man kann es bloß lieben.

Yann, mein Leben endet hier und jetzt, nicht deines.

Steh wieder auf, mein Bruder. Steh auf und geh zu ihr, das ist alles, worum ich dich bitte.

Lebe das Leben, das ich gern gelebt hätte. Koste jeden einzelnen Moment aus, jedes Lächeln von ihr.

Du bist mein Bruder, und ich liebe dich. Ganz gleich, welche Wendung dein Leben nehmen mag, das wird nichts daran ändern.

Du bist mein Bruder, behüte das, was mir am teuersten ist. Ich lege es in deine Hände, denen ich immer vertraut habe, denen ich immer vertrauen werde.

In Liebe, Raphaël

Aus dem Umschlag fiel ein geflochtenes Armband. Als ich es mir näher ansah, erkannte ich, dass es nicht aus Schnur war, sondern aus Haaren. Aus Fiammas Haaren. Raphaël hatte es nie abgelegt, es war sein Glücksbringer gewesen.

Raphaël …

Ein Fleck breitete sich auf dem Blatt aus und ließ die Tinte verlaufen. Ehe ich es bemerkte, rannen mir die Tränen über die Wangen. Tränen der Wut, bittere Tränen, Tränen des unerträglichen Schmerzes. Ich krümmte mich zusammen, schluchzte, stieß heisere Laute aus, die die Kühe im Stall erschreckten. Tiere nehmen Angst wahr.

Die Hände gegen die Augen gepresst flennte ich hemmungslos wie ein kleines Kind, mit an die Brust gezogenen Knien, die Stirn gegen die Wand gelehnt. Der Schmerz kam in Wellen über mich, ließ mich wehrlos, ohnmächtig zurück. All das, von dem ich angenommen hatte, dass ich es in mir abgetötet hatte, lebte noch und schrie laut auf. Dieses abgrundtiefe Leid brachte mich an meine körperlichen Grenzen. Wieder und wieder schlug ich die Faust gegen die Wand, bis ich keinen Schmerz mehr spürte.

Die Liebe, die ich empfand, die Wunde im Herzen, wo vorher Raphaëls Platz gewesen war, der Abgrund, der sich vor meinen Füßen aufgetan hatte, als der Berg mich verraten hatte … Alles überkam mich wie ein wütender Strom, der alle Uferdämme bricht.

Am Ende blieb ich schwach und zitternd zurück, in mir nahm ich den Nachhall einer unerträglichen Stille wahr, die mich mehr als alles andere verängstigte. Ich stand auf und verließ auf wackeligen Beinen die Scheune.

Meine Mutter war in der Küche. Sie saß vor dem Feuer und beobachtete die Flammen, die sich windend emporzüngelten und die feuchten Zweige verbrannten. Es roch nach verbranntem Holz und gekochtem Essen im Haus. Das hätte mich eigentlich trösten sollen, doch es verstärkte nur meine Beklemmung.

Sie hob das Gesicht und sah mich lange und eindringlich an. »Yann«, sagte sie bloß, als ob es genügte, einfach meinen Namen zu nennen, um die Schatten zu vertreiben, die mich umgaben.

Ich ging zum Buffetschrank und griff nach der Flasche mit dem Grappa.

»Yann …«

»Was? Was ist, Mutter?«

»Es bricht mir das Herz, dich so zu sehen.«

Tränen glitzerten auf meinen Wangen, als ich die Flasche an die Lippen setzte und einen Schluck trank, der mir sofort in der Kehle brannte.

»Du warst immer der Verantwortungsvollste unter meinen Kindern, der alles sogleich auf sich nahm, Pflichten wie Schuld«, sagte meine Mutter und sah wieder ins Feuer. »Heute Morgen, als ich diese Frau gesehen habe …«

»Sie wird nicht wiederkommen.«

»… als ich diese Frau gesehen habe«, fuhr sie fort, ohne auf meine Worte einzugehen, »habe ich zwei Dinge begriffen: Raphaël ist nicht mehr, und du, mein Sohn, musst dir selbst gestatten, glücklich zu sein. Versuch es wenigstens.«

»Was weißt du denn schon davon, Mutter, was mich glücklich machen könnte?«, fragte ich anklagend. »Auf das Glück habe ich vor langer Zeit verzichtet.«

»Liebst du sie?«, flüsterte sie.

Ich seufzte und nahm noch einen Schluck Grappa. »Ja.«

»Dann heirate sie.«

»Es ist zu spät. Sie ist mit den Zigeunern fortgegangen. Das ist ihre eigentliche Familie, und daher ist es richtig so. Sie hat nie zu diesem Ort gehört.«

Meine Mutter sah vom Feuer auf. Sie wirkte verärgert. Dann schüttelte sie den Kopf. »Sie ist die Tochter von Lucien Borel, Yann. Sie gehört zum Dorf genauso sehr wie du und ich. Sie ist ein Teil von uns.«

Mir blieb der Mund offen stehen, die Grappaflasche fiel mir aus der Hand und zerschellte neben meinen Füßen. Der Schnaps breitete sich zu einem Fleck auf dem Boden aus und wurde von den Holzdielen aufgesaugt.

In dem Augenblick kam der Berg über uns. Es gab einen Riesenknall, gefolgt von einem Geräusch, das ich nie mehr vergessen würde, seit ich es zum ersten Mal gehört hatte: Es war der Schnee, der aufbrüllte und schnell dahinströmte und dabei alles mit sich riss, was er auf seinem Weg fand – Bäume und Felsbrocken, Häuser und Menschen.

Menschen!

»Fiamma.«

Fiamma war in den Wald zurückgekehrt.

Meine Mutter sprang auf, auf ihrem Gesicht zeigte sich eine Mischung aus Angst und Verwirrung. Die Wände unseres Hauses erbebten, Sachen fielen aus den Regalen, die Zinntöpfe lösten sich von den Wänden und schlugen klirrend gegeneinander, bis sie ebenfalls zu Boden fielen. Ich lief zur Tür.

»Yann!«

Ich riss sie so weit auf, dass ich den Schnee durch die Luft wirbeln sah. Der Wald war verschwunden, verschlungen von der weißen, verhängnisvollen Wut der Lawine.

Ein blütenweißer Wirbel aus tödlichem Schnee.

»Yann!«

Ich lief nach draußen, taub gegenüber jedem Ruf. Ich rannte

trotz meines Beins, scherte mich nicht um die Angst, die der Schnee mir einjagte. Er hatte mich einmal besiegt und mich gezwungen, auf mein Leben zu verzichten. Er würde mir nicht mehr nehmen können, als ich bereits verloren hatte.

»Gott!«, schrie ich in den stummen Nachthimmel hinauf, während ich bis zu den Knien versank. »Ich bitte dich nur um eins, nimm sie mir nicht weg.«

Die Schneemassen hatten den Weg ausgelöscht. Die Bäume waren umgeknickt, sodass ich nicht erahnen konnte, in welche Richtung ich mich wenden musste. Keuchend blieb ich stehen. Ich erkannte den Weg nicht mehr, der zu Fiamma führte, hatte jede Orientierung verloren. Ich legte die Hände auf die Stirn und spürte, wie nackte Angst mir die Kehle zuschnürte.

Da sah ich ihn, reglos stand er vor mir: Sein Helm war verbeult und die Uniform löchrig, aber seine Augen strahlten in diesem überraschend hellen Blau, es waren Raphaëls Augen. Er starrte mich eine Weile an, endlos, wie mir schien, dann drehte er sich um und begann über den Schnee zu laufen, ohne darin Spuren zu hinterlassen.

Ich folgte ihm. Ich folgte ihm, weil mir nichts anderes blieb, an das ich mich klammern konnte, nichts außer dieser Erscheinung, die vielleicht Teil des Waldes war oder auch nur in meinem Kopf existierte.

Mein Bruder kannte den Weg besser als ich, besser als jeder andere. Er war der Erste gewesen, der ihn hochgelaufen war. Er hatte ihn auch in der Nacht meines Unfalls zurückgelegt, als er mich zum ersten Mal zu ihr gebracht hatte. In diesem Weg lag mein Schicksal.

Plötzlich verlor ich ihn aus den Augen, er war wie vom Erdboden verschluckt, aber ich hatte den richtigen Weg erkannt und folgte ihm nun allein mit sicherem Schritt. Ich war ein Schneesoldat gewesen, ich wusste, wie man sich auf den tückischen Pässen zwischen Spalten und Gletschern bewegen musste. Ich war trotz allem immer noch ein Schneesoldat.

Mit einbrechender Morgendämmerung erreichte ich die Lichtung. Von der Hütte ragte nur noch das Dach aus dem Schnee, von dem die Steinplatten abgerissen waren. Mühsam arbeitete ich mich dahin vor und begann, mit meinen bloßen Händen zu graben. Ich spürte meine Finger nicht mehr, meine Knöchel waren aufgeschürft von dem Schlag mit der Faust gegen die Stallwand, aber all das kümmerte mich nicht.

Ich räumte Schnee und Schutt beiseite, zersplitterte Baumstämme und Gesteinsbrocken, in der Hoffnung, einen Spalt freilegen zu können, durch den ich zu ihr in ihr eisiges Gefängnis gelangen konnte.

Die Hölle war nicht rot wie Feuer oder dunkel wie die Schatten, die Hölle war weiß, ich hatte sie gesehen.

Meine Fingernägel brachen ab, meine Arme wurden schwächer, aber der Schnee war immer noch da.

»Bitte …«, flüsterte ich schluchzend. »Ich bitte dich, Gott, lass mich jetzt nicht allein …« Ich versenkte die Arme bis zu den Ellenbogen in den Schnee und hoffte, Fiammas Hände auf der anderen Seite der Mauer zu spüren, die uns trennte, hoffte, sie würden die meinen berühren.

Wenn sie tot war, würde ich mit ihr sterben. Am Ende hatte der Berg doch gesiegt, mir war nichts mehr geblieben.

»Ich liebe dich«, sagte ich und presste die Stirn in den Schnee. »Ich liebe dich.«

Da fiel ein Lichtschein auf mein Gesicht. Ich sah auf und erkannte den neuen Pfarrer, der durch den von der Lawine zerschmetterten Wald stapfte, in der Hand eine Laterne. Hinter ihm kam das ganze Dorf.

Fiamma

In Luciens Haus roch es nach bedrucktem Papier. Die Wände und der Boden waren aus Holz, es gab Vorhänge an den Fenstern und Kissen auf den Stühlen. Von dem Bett aus, in das man mich gesteckt hatte, sah ich mir alles aufmerksam und voller Neugierde an. Ich war noch nie in einem Haus, also in einem richtigen Haus gewesen.

An die Lawine hatte ich nur wenige zusammenhanglose Erinnerungen. Vor allem an die Kälte. Und an dieses Gefühl zu ersticken, als der Schnee die Hütte getroffen, die Wände niedergerissen und sich über mich ergossen hatte.

Das ist das Ende, hatte ich gedacht.

Dann hatte ich gesehen, wie Raphaël mir eine Hand entgegenstreckte. Ich hatte nach ihr gegriffen, schließlich ließ ich nichts weiter zurück als ein Leben, das so leer geworden war wie ein verlassenes Schneckenhaus.

Dann hatte sich auf einmal ein Lichtstreif in dem Schnee, der mich umschloss, gezeigt. Undeutliche Stimmen waren zu hören und dann … sein Geruch! Ich hätte ihn unter Tausenden erkannt: Tabak, Leder und Harz.

Yann hatte mich an sich gedrückt. Nicht Raphaël. Yann.

Er hatte meinen Namen gerufen, ein Mal, zwei Mal, hundert Mal. Mit einer Verzweiflung, die mich dazu gezwungen hatte, die Lider zu heben, obwohl eine unglaubliche Müdigkeit mich umklammerte wie eine Kletterpflanze. Ich fühlte mich körperlos, empfand nicht einmal mehr Schmerzen.

»Sie lebt«, hatte ich ihn flüstern gehört, während er mich fest an sich drückte, eine Hand in meinen Nacken gepresst. Hinter ihm zuckende Lichter und Gemurmel.

Meine Luft reichte nicht aus, um etwas zu sagen, noch hatte ich genügend Kraft, um mich zu wehren. So ließ ich ergeben geschehen, dass seine Arme mich vom Boden aufhoben und er mich weg aus dem Wald hinunter ins Dorf brachte.

Luciens Haus war Zuflucht, aber auch Gefängnis für mich geworden. Ich hatte mir einen Knöchel verstaucht und ein Handgelenk war gebrochen. Mein Heim war unter dem Schnee verschwunden.

Wie durch ein Wunder hatte ich überlebt. Dank der Beharrlichkeit und dem Edelmut derer, die mir gegenüber nie Liebe oder Anerkennung gezeigt hatten: der Einwohner dieses Dorfes, zu dem zu gehören ich mir als Kind mehr als alles andere gewünscht hatte.

Andere hatten in jener Nacht jedoch nicht das gleiche Glück gehabt. Eine Träne lief mir still über die Wange und benetzte das Kissen.

Die Tür öffnete sich, und Lucien kam herein, er trug auf einem Tablett eine Schale herein, aus der Dampfwolken aufstiegen.

»Du bist wach«, sagte er, doch sein erfreutes Lächeln verschwand, als er meine Tränen bemerkte.

Ich fuhr mir rasch mit dem Handrücken über das Gesicht. »Ja.«

Er stellte das Tablett auf dem Nachttisch ab. »Ich habe dir etwas Suppe gebracht ...«

»Ich habe keinen Hunger ...«

»Du musst etwas essen, wenn du wieder zu Kräften kommen willst.«

»Später.«

Lucien seufzte, aber er beharrte nicht darauf. Er wusste, wie starrköpfig ich werden konnte.

»Darf ich?«, fragte er und deutete auf den Stuhl neben dem Bett.

»Das ist Euer Haus, Lucien, Ihr braucht nicht um Erlaubnis zu bitten.«

Er setzte sich stumm, mit gesenktem Blick hin. Als er aufsah, entdeckte ich in seinen Augen grenzenlose Qual. »Da gibt es etwas, das ich dir sagen muss, Fiamma. Etwas, das ich dir schon vor langer Zeit hätte sagen sollen, was ich aber aus einer Reihe von Gründen nie fertiggebracht habe.«

»Ich höre«, sagte ich und sah ihn aufmerksam an.

»Das ist ... wirklich nicht leicht«, murmelte er und sah hinunter auf seine geöffneten Hände. Sie waren glatt und weiß. Lucien Borel arbeitete mit Büchern und Tinte, ein Luxus, den sich nur wenige in diesem Tal aus Eis und Fels erlauben konnten.

»Ich bin überzeugt, dass Ihr die richtigen Worte finden werdet. Sie sind ja schließlich Euer Beruf.«

Er deutete ein Lächeln an. »Manchmal sind es nicht die Worte, die einem fehlen, sondern der Mut, sie auszusprechen.« Er atmete tief ein. »Es geht um Vivienne, deine Mutter ... Also, ich ... habe sie geliebt.«

Ich sah ihn schweigend an. Mit einem Mal schien es mir, als befände ich mich auf einer Eisfläche, und eine einzige falsche Bewegung würde genügen, um diese Kruste, die dünner war, als ich mir vorstellen konnte, zu durchbrechen. Gleichgewicht. Es war alles eine Frage des Gleichgewichts.

»Vivienne war ein stilles Mädchen«, fuhr Lucien fort und knetete seine Finger, »und sie war … wunderschön. Sie war gerade erst unten aus dem Tal heraufgekommen und arbeitete im Pfarrhaus, sie trug immer ein Tuch auf dem Kopf und hielt die Lider gesenkt. Sie redete mit niemandem, aber nicht etwa aus Hochmut. Es interessierte sie einfach nicht. Deine Mutter war schon immer jemand, der gern für sich blieb. Sie schien keine anderen Menschen um sich zu brauchen, sie fürchtete sich weder vor der Stille noch vor der Einsamkeit.«

»Ich weiß. Ich habe siebzehn Jahre mit ihr im Wald gelebt – mit ihr allein. Ich verstehe genau, was Ihr meint.«

Lucien nickte. »So war sie eben … Ja, ich habe sie darum beneidet. Damals war ich vierzig, zwanzig Jahre älter als sie, und hatte gerade meinen Sohn verloren, das einzige Kind, das meine Frau mir gebären konnte. Wir haben drei andere verloren, Geschöpfe, die zu zerbrechlich waren und nicht einmal das Licht der Welt erblickt haben. Martin dagegen war vier Jahre alt, als eine Lungenentzündung ihn in einem allzu strengen Winter hinwegraffte.«

Er schloss die Augen, und ich streckte eine Hand nach ihm aus. Lucien drückte sie, als würde dies genügen, um ihn vor dem Abgrund zu retten, über dem er hing.

»Ich konnte nicht schlafen. War immer müde und schlecht gelaunt. Ich machte lange Spaziergänge in den Wald, weil ich die Blicke der Leute nicht mehr ertrug. Dabei bin ich Vivienne das erste Mal begegnet. Ich wusste, wer sie war, aber ich hatte noch nie ein Wort an sie gerichtet oder sie an mich. Doch an jenem Tag muss etwas in meinem Blick sie dazu gebracht haben, ihre Zurückhaltung zu überwinden und mich anzusprechen. ›Es gibt kein Mittel gegen den Schmerz‹, sagte sie zu mir, ›aber ich kann Euch einen Absud bereiten, der Euch Schlaf bringt; den braucht Ihr dringend.‹ Sie pflückte Kamille, ich erinnere mich, als wäre es gestern gewesen. Ihr Korb quoll über vor Blüten, und die Luft um uns roch süß nach Honig. Ihre Augen, wie sie an jenem Nachmittag waren, die werde ich nie mehr vergessen.

So begann es. Sie bereitete mir einen Absud zu, der mir half zu schlafen, und brachte mich dazu, wieder etwas Vertrauen in die Zukunft zu schöpfen, und ich vergalt ihr dies auf die einzige Weise, die mir zur Verfügung stand: Ich brachte ihr Lesen und Schreiben bei. Sie wollte so gern lernen, die Namen der Blumen und anderen Gewächse aufzuschreiben, die sie besser als alles andere zu kennen schien, um ein Herbarium zusammenstellen zu können. Pflanzen liebte sie deutlich mehr als Menschen. Wir haben uns jeden Nachmittag im Wald getroffen. Sie brachte mir bei, Schafgarbe von Engelwurz zu unterscheiden, und ich las ihr aus dem *Dekameron* vor. Fiammetta war ihre Lieblingsfigur …«

Auf seinem Gesicht zeigte sich ein schwaches Lächeln, und ich begriff, dass es nach diesem Geständnis kein Zurück mehr geben würde.

»Wir haben uns ineinander verliebt wie zwei junge Leute. Doch nur sie war jung. Ich war ein erwachsener Mann und verheiratet. Ein Mann, dessen Frau am Rand des Wahnsinns stand, nachdem wir unser Kind verloren hatten. Ich durfte mir dieses Gefühl nicht erlauben, konnte unmöglich … Aber ich liebte sie, mehr als ich je einen Menschen geliebt hatte. Ich habe sie immer geliebt, auch als sie in den Wald geflüchtet ist, um dort ihr Geheimnis zu bewahren und mein Leben nicht zu ruinieren. Ich habe sie jeden einzelnen Tag bis zu ihrem Ende geliebt, aber ich konnte meine Frau nicht verlassen, sie wäre daran gestorben …« Lucien schüttelte den Kopf, seine Augen waren feucht, sein Blick voller Bedauern. »Ich konnte sie nicht *alleinlassen.*«

»Also habt Ihr uns alleingelassen«, flüsterte ich und entzog ihm meine Hand.

Plötzlich erschien mir alles wie eine einzige Lüge: Lucien, der einzige Freund, den ich nach Raphaël je gehabt hatte, war gar nicht mein Freund, sondern mein Vater.

»Ich habe euch nie alleingelassen, Fiamma. Ja, es stimmt, ich war nie ein Gefährte und schon gar kein Vater … aber ich wäre es so gern gewesen, glaub mir, ich hätte es mir aus ganzem Herzen gewünscht.«

»Das kann ich kaum glauben«, antwortete ich kühl. »Sie ist Euretwegen geblieben, und als sie starb, war sie allein. Nur ich war bei ihr. Sie hat Euch als ihren Untergang bezeichnet …«

Von Luciens Wimpern löste sich eine Träne, lief die schlaffen Wangen herab und blieb in den Furchen hängen, die der Lauf der Zeit dem Gesicht eingeprägt hatte. Einem Gesicht, das mir nie so vertraut erschienen war wie in diesem Moment: die Form der Augen, der Schnitt der Lippen, die gerade Nase. All das hatte er mir vererbt und vieles andere mehr: die Liebe zu Worten, den Wissensdrang. Und mein Name selbst stammte aus einem seiner Bücher.

Ich hasste ihn und spürte doch gleichzeitig, dass ich ihn noch nie so sehr geliebt hatte.

»Ich möchte allein sein«, sagte ich und wandte das Gesicht ab. Ich konnte seine Tränen nicht ertragen. Ich konnte sie nicht ertragen, weil ich wusste, dass sie aufrichtig waren; weil es ihm trotz allem, auch ohne mir ein Vater zu sein, in den neunzehn Jahren gelungen war, mir seine Liebe zu beweisen. Vivienne hatte ihm das nicht verwehrt. Sie hatte ihn in unserem Haus empfangen, zugelassen, dass er mich auf die Knie nahm und mit mir spielte, dass er mir Lesen und Schreiben beibrachte wie ihr, dass er sich für jedes Detail meines Lebens interessierte; er war voller Zurückhaltung und ließ nie mehr als seine Liebe und seine Freundschaft erkennen.

Wie schwer war es wohl für beide gewesen, sich nach den gemeinsam verbrachten Tagen zu trennen und jeder in sein eigenes Leben zurückzukehren? Vivienne allein im Wald und Lucien im Dorf mit seiner Frau, die er nicht liebte, für die er sich aber verantwortlich fühlte? Wie schwer war es wohl gewesen, auf das Leben zu verzichten, das sie gern geführt hätten, wenn es denn möglich gewesen wäre?

Liebe ist das komplizierteste aller Gefühle. Das erbärmlichste und zugleich das mutigste.

Als ich wieder allein war, rollte ich mich zusammen, soweit mir das mit dem gebrochenen Handgelenk und dem bandagierten Knöchel möglich war, und fiel in einen wirren, unruhigen Schlaf, aus dem ich erst etliche Stunden später erwachte.

Das Erste, was ich sah, als ich allmählich die Augen aufschlug, war die Gestalt eines Mannes, der neben mir saß.

»Don Agape«, murmelte ich mit verklebten Lippen.

»Wie fühlst du dich, Fiamma?«

»Als hätte mich eine Lawine überrollt.«

Der Pfarrer lächelte ein wenig. »Das trifft es in der Tat gut.«

»Sie haben es nicht geschafft, stimmt's? Die Zigeuner, meine ich.«

Der Blick des Pfarrers verdüsterte sich. »Nein, leider nicht. Sofort nachdem wir bei dir gewesen waren, sind wir zur Lichtung gegangen, auf der sie ihr Lager aufgeschlagen hatten, doch wir konnten nichts mehr tun. Gott möge sich ihrer unsteten Seelen annehmen«, sagte er leise und bekreuzigte sich.

Ich dachte an Rhian, an Tal, an Rose, an Jago ... Dann, mit einer Anstrengung, die mir schier unerträglich war, erinnerte ich mich an das faltige, tiefrote Gesichtchen von Aerv, als ich ihn auf der Welt in Empfang genommen hatte. Ich war die Erste gewesen, die ihn auf den Armen gehalten hatte, diesen Kleinen, dessen Leben nicht einmal einen Mondzyklus gedauert hatte. Die mörderische Wut des Bergs, seine eisigen Krallen hatten ihn in den Tod gerissen.

»Das ist nicht gerecht«, sagte ich, während der Stein, der mir in der Kehle festgesteckt und mir die Luft zum Atmen genommen hatte, sich in salzige Tränen auflöste. Ich bedeckte mein Gesicht mit den Händen, und meine Schluchzer drangen zwischen den Fingern hindurch. Ich weigerte mich zu glauben, dass sie alle tot sein sollten. Sie hatten meinen Weg für eine gar zu kurze Zeit gekreuzt, jedoch lang genug, um meine Schritte in eine andere Richtung zu lenken, um mich zu ändern. Ich würde sie nie vergessen.

»Nein, es ist nicht gerecht. So ist das Leben«, sagte Don Agape und legte mir eine Hand auf den Kopf, eine zärtliche

Berührung, die in eine Umarmung überging, als ich mich an ihn klammerte.

»Aber du bist hier, Fiamma. Etwas wurde gerettet.«

»Jetzt sagt Ihr mir gleich, dies sei der Beweis dafür, dass Gott existiert«, stammelte ich unter Tränen, ohne mich von seiner warmen, tröstlichen Brust zu lösen. Er war in jeder Hinsicht ein großer Mann.

»Nein, das ist der Beweis dafür, dass *du* existierst, trotz allem. Trotz Gott.«

Ich rückte ein wenig von ihm ab, sodass ich ihm in die Augen sehen konnte. Es waren gute Augen, haselnussbraun, und sie vermittelten Ruhe und Sicherheit. Dies hatte ich bei unserer vorangegangenen, unserer einzigen Begegnung gar nicht bemerkt.

»Der Berg hat auch Euch verändert. Oder vielleicht war es der Winter«, flüsterte ich, ohne den Blick von ihm zu wenden. »Vorher kanntet Ihr keine Sicherheit.«

»Die habe ich auch jetzt noch nicht, außer in einem Punkt: Wir sind in unserem Leben nicht allein. Wir sind immer Teil von Etwas, und es ist genau dieses Etwas, das uns oft rettet, auch vor uns selbst.«

Ein leises Klopfen an der Tür unterbrach uns.

Yann stand auf der Schwelle. Er sah schrecklich aus: Die Wangen waren eingefallen, die Augen verschwanden beinahe unter den dunklen Schatten, der Bart war ungepflegt und struppig. Zwischen seinen abgeschürften Händen knetete er seine Wollmütze. Dieses Detail rührte mich. Die Art, wie er diese Kopfbedeckung knetete, als wäre sie sein einziger Halt, die einzige Stütze, damit er nicht völlig zusammenbrach. Ich war gewöhnt, ihn kalt, verächtlich und von sich selbst überzeugt zu sehen. Doch in diesem Moment erschien er mir als der, der er wirklich war: ein Mann voller Verletzlichkeiten, schutzlos. Nachdem er all seine sonst so verstörenden Verhaltensweisen abgelegt hatte, war er nur noch Yann. *Mein* Yann. Der Yann, der sich in einer Unwetternacht den Händen eines jungen Mädchens überlassen hatte, meinen Händen. Derselbe Mann, der mich in den Arm genommen hatte, um mich zu wärmen und in den Schlaf zu wiegen.

Don Agape erhob sich. »Komm herein, Yann. Ich nehme an, ihr habt euch viel zu erzählen, deshalb lasse ich euch allein.« Er warf mir noch einen Blick zu. Voller Dankbarkeit. »Ich schulde dir viel, Fiamma; du hast mich mit wenigen Worten mehr gelehrt, als ich in Jahren des Studiums gelernt habe. Gott ist überall, in jedem einzelnen Ding. Das habe ich hier zwischen diesen Bergen begriffen, die ebenso wundervoll wie schrecklich sind. Ich habe es hier unter einfachen Leuten begriffen, die mit wenigen Antworten leben, sich aber die richtigen Fragen stellen. Jetzt lass dir bitte etwas von mir sagen, was ich am eigenen Leib erfahren habe: Weglaufen ist zwecklos. Das Leben findet immer einen Weg, uns zu erreichen, und es ist besser, den Dingen von vorn zu begegnen, als dass sie irgendwann hinter einem auftauchen. Glaub mir.«

Ich folgte ihm mit den Augen, bis er hinter der Tür verschwunden war. Dann zwang ich mich, den Blick auf Yann zu richten.

Er hatte sich ein paar Schritte genähert, doch wirkte er unentschlossen, ob er weitergehen oder umkehren sollte. Ich sagte kein Wort. Ließ ihm die freie Wahl.

Schließlich fasste er sich ein Herz und kam an meine Seite.

Ich ließ zu, dass er die Hautabschürfungen betrachtete, die mein Gesicht verunstalteten, die bandagierte Hand, den geschwollenen Knöchel. Auch er war übel zugerichtet: An seinen Fingerknöcheln war die Haut abgeschürft, und die Handrücken waren voller Kratzer. Wir sahen aus wie zwei Überlebende nach einem Gefecht.

Das waren wir auch. Wir hatten das Leben überlebt und das Leid, das wir einander angetan hatten.

»Ich dachte, ich hätte dich verloren«, sagte er ganz leise.

»Du hast mich verloren.«

Es vergingen einige Sekunden, in denen sich die Stille zwischen uns zerbrechlich und angespannt ausdehnte. Dann streckte ich meine Hand aus und strich sanft über seine.

Diese Berührung genügte, und er brach zusammen. Er fiel neben dem Bett auf die Knie, umklammerte meine Hand, presste sie gegen seine rauen Lippen. Ich sah, dass er Raphaëls Armband am Handgelenk trug, das dieser als Kind aus meinen Haaren geflochten hatte. Ich entzog Yann meine Hand und berührte damit leicht das Armband.

»Ein Teil von mir wird dir nie verzeihen können«, sagte ich.

»Ein Teil von mir wird mir selbst nie verzeihen können.«

»All diese Jahre lang hast du mich nur von dir ferngehalten, von deinem Herzen … Ich dachte, du hasst mich. Du musst mich wirklich gehasst haben, wenn du mir seine letzten Worte vorenthalten hast«, überlegte ich und sah immer noch auf das Armband.

»Es stimmt, ich habe dich von mir ferngehalten. Aber nicht von meinem Herzen, das nie. Ich liebe dich. Die Briefe habe ich vor dir verborgen, weil ich Angst hatte.«

»Angst wovor?«

»Dass du ihn mehr geliebt hast als mich jetzt.«

Ich schloss die Augen. Spürte, wie seine Liebe gegen die Wände anlief, die ich schützend um mich errichtet hatte, sie wollte hinein und sich eines Platzes bemächtigen, der ihm gehörte, schon immer nur ihm gehört hatte. Aber ich vertraute ihm nicht mehr.

»Du hast mir wehgetan, Yann, mehr als du dir jemals vorstellen kannst.«

Er legte seine Wange auf mein Herz, ich spürte seinen Atem auf meiner Haut. »Ich bitte dich nicht, mir meinen Egoismus zu vergeben. Aber bleib bei mir. Hasse mich, aber bleib bei mir. Verachte mich jeden Tag deines Lebens, aber bleib bei mir. Heirate mich, Fiamma. Oder heirate mich nicht, wenn du das nicht willst, aber bleib bei mir. Verlass mich nicht, niemals.«

Neve

Meine Hand fest in der von *maman* laufen wir durchs Dorf zum Friedhof. Unsere Körbe quellen über vor Blumen. Wir haben sie auf den Almen gesammelt, ehe die Tagelöhner sie abmähen, um Heu zu machen. Einige landeten in *mamans* Gefäßen, in ihren mit Zauber angefüllten Flaschen. Oma Corinne nennt das Gebräu, aber ich weiß, dass sie jeden Abend vor dem Schlafengehen ein Gläschen von dem Stärkungstrank einnimmt, den *maman* zur Linderung ihrer Rückenschmerzen zubereitet hat. Sie tut das heimlich, und genauso heimlich füllt *maman* die Flasche wieder auf, wenn sie sieht, dass sie leer ist.

»Gleichgewicht«, hat sie mir geantwortet, als ich sie gefragt habe, warum sie sich so merkwürdig verhalten. »Es ist alles eine Frage des Gleichgewichts, Neve.«

Wir gehen langsam, die Sonne steht noch hoch am Himmel, und die Berge erheben sich majestätisch über uns.

Das Tor des Friedhofs quietscht, die Grabsteine tauchen vor meinen Augen wie moosbedeckte Wachsoldaten auf. Oma Adélaïde pflanzt Veilchen auf das Grab von Onkel Martin. Ich lasse *mamans* Hand los und laufe zu ihr.

Sie lächelt mich an. »Er mochte Veilchen so gern, mein Martin. Er brachte mir immer ein Sträußchen mit, wenn er aus dem Wald kam.«

»Wir haben auch Blumen für ihn mitgebracht!«, rufe ich und zeige auf mein Körbchen mit Enzian und Holunderblüten.

Mit *mamans* Hilfe ordnen wir die Blumen vor dem Grab an. Oma hat gesagt, dass Onkel Martin noch ein Kind war, so wie ich, als er in den Himmel hinaufgeflogen ist.

»Und er hatte genau die gleichen Haare wie du«, hat sie mir einmal ins Ohr geflüstert und zärtlich meine Zöpfe gestreichelt, »rot wie die deiner Mutter und deines Opas.«

»Opa hat weiße Haare«, habe ich protestiert.

»Bevor sie weiß wurden, waren sie rot wie das Kupfer der Töpfe«, hat sie mir erklärt und dazu ein wenig traurig gelächelt.

»Waren deine Haare wirklich so rot wie meine und wie die von *maman*?«

Opa, der im Sessel vor dem Kamin ein Buch las, hat ebenfalls gelächelt. Ein wehmütiges Lächeln. »Vor vielen Jahren schon.«

Während Oma und ich die Blumen richten, entfernt sich *maman* zwischen den Gräbern mit ihrem Korb unterm Arm. Sie wirkt nachdenklich, als sie am Grab des alten Pfarrers von Saint Rhémy vorbeikommt. Ich habe ihn nie kennengelernt, er ist in der Nacht der Lawine gestorben, Don Agape hat ihn am nächsten Morgen gefunden. Er hat stocksteif in seinem Bett gelegen, die Augen weit aufgerissen und den Rosenkranz in der Hand.

Im Dorf heißt es, dass sich der Teufel seine Seele geholt hat, weil Don Jacques mit ihm einen Pakt geschlossen hatte, damit er den Berg herabstürzen ließ. In dieser Nacht sind die Zigeuner gestorben, die im Wald ihr Lager aufgeschlagen hatten, *mamans* Freunde.

Sie erzählt mir oft von ihnen. Sie waren Vagabunden, deren

Hände die Gabe des Feuers hatten, ihre Augen waren angefüllt mit Orten, und ihre Füße waren zum Reisen und Tanzen gemacht, sie tanzten zu den Klängen der Musik, die sie nie verließ. Sie bemaßen das Schicksal mit einer Nähnadel und konnten aus der Hand die Zukunft lesen.

Letztes Frühjahr hat Don Agape einen Stein aufstellen lassen an dem Ort, wo die Zigeuner die Wut des Berges getroffen hat. *Maman* und ich haben ihn uns lange angesehen, auch noch nachdem der Steinmetz gegangen war.

Als ich sie gebeten habe, mir vorzulesen, was da geschrieben stand, habe ich gesehen, wie ihr eine Träne langsam übers Gesicht lief. »Für die Zinn-Zigeuner, verloren in ihrem Nomadenleben, umherziehend aus harten Lebensnöten, die hier der reinweiße Sturm aus todbringendem Schnee traf und besiegte. Wanderer, gedenke ihrer und bete für sie.«

»So kann sie keiner vergessen, *maman*«, habe ich geflüstert und ihre Hand gedrückt.

»Ja, keiner kann sie vergessen«, hat sie wiederholt und den Blick abwesend auf den Wald gerichtet, wo sie einst gelebt hatten.

Papa hat mir die Geschichte erzählt. Eines Abends, als er bei mir unten vor meinem Bett saß, hat er mir verraten, dass *maman* in Wahrheit eine Waldfee war, ein Geschöpf der Wildnis, das sich nur aus Liebe zu ihm entschieden hat, unter den Menschen zu leben.

»Wie hast du sie denn dazu gebracht, Papa?«

Er hat mit den Schultern gezuckt. »Das war wirklich nicht leicht. Feen sind von Natur aus sehr misstrauisch. Ich brauchte viel Geduld und musste ihr beweisen, dass ich ein guter Mann bin. Ein Mann, der das Opfer wert ist, das sie für ihn gebracht hat: nämlich auf ihre Feennatur zu verzichten und ein Mensch zu werden.« Dann hat er die Stimme gesenkt: »Jetzt verrate ich dir ein Geheimnis, Neve: Ich glaube, ein wenig Magie ist ihr geblieben. Sie verzaubert mich immer noch.«

»Hatte *maman* Flügel, als sie eine Fee war?«

»Nein, aber sie war mit einer Füchsin befreundet und konnte mit den Bäumen sprechen. Aber das kann sie immer noch.«

»Vermisst *maman* denn nicht den Wald?«, habe ich mit leicht banger Stimme gefragt. Denn oft, wenn ich sie ansah, hatte ich den Eindruck, dass sie ganz woanders wäre, an einem Ort, wo es mich nicht gab und sie vollkommen frei war.

Papa hat aufgeschaut. *Maman* stand dort oben im Halbschatten des Hängebodens. Sie haben einander lange angesehen, dann hat sie gelächelt. »Als ich eine Fee war, war ich zwar frei, aber auch sehr einsam. Jetzt aber weiß ich überhaupt nicht mehr, was Einsamkeit ist. Wenn das der Preis war, den ich bezahlen musste, dann habe ich ihn gern bezahlt.«

Wir verlassen den Friedhof und laufen den Weg hinauf, der zu den Almen führt. Die Sonne geht schon fast unter, und das Licht wird schwächer. Die Tagelöhner bündeln das Heu, es ist die Johannisnacht, und wenn es dunkel ist, werden wir ein Freudenfeuer entzünden, und es gibt ein großes Fest.

Maman ist müde, sie läuft langsam. Ich folge ihr und lasse den nun leeren Korb an meiner Hand vor- und zurückschwingen, bis ich Papa entdecke. Ich lasse den Korb fallen und laufe ihm entgegen. Er legt die Sense hin und nimmt mich hoch auf den Arm. Unter dem Hut ist seine Stirn nassgeschwitzt und in seinem Bart stecken lauter Halme. Ich zupfe sie sanft heraus, und er zerstrubbelt mir die Stirnhaare. Als *maman* zu uns kommt, setzt er mich auf den Boden ab und drückt ihr einen langen Kuss auf die Lippen, während er ihr über den dicken Bauch streichelt. Die anderen Bauern wenden sich ab, ich dagegen sehe ihnen strahlend zu.

»Du solltest zu Hause sein und dich ausruhen«, sagt Papa besorgt.

»Du weißt, dass ich nicht im Haus eingesperrt bleiben kann«, erwidert sie und drückt sich die Hände flach in den Rücken.

Er schiebt ihr eine Haarsträhne hinters Ohr, dann streichelt er wieder beschützend ihren Bauch. »Ich streite nicht mit dir, das ist sowieso vergebens.«

»Ein weiser Entschluss.«

Papa seufzt zwar, aber seine Augen funkeln belustigt.

Er gibt nicht immer so leicht nach. Manchmal streiten sie so laut, dass ich denke, das Haus stürzt gleich über uns zusammen. Oma und Tante Agnés schauen sich dann an und sorgen dafür, dass ich möglichst weit weg spiele, aber ich höre trotzdem ihr Geschrei.

Einmal, als ich noch kleiner war, ist *maman* drei Tage lang verschwunden. Papa war wie ein wildes Tier, das man in einen Käfig eingesperrt hatte, wie der Dachs, den Etienne Blanche vor ein paar Monaten gefangen hat und den er in einer Kiste hielt: Er knurrte jeden an, der mit ihm reden wollte, und fletschte die Zähne. Schließlich, nachdem er noch gesagt hatte, wie dumm er doch gewesen sei, sich einen solchen Wildfang ins Haus zu holen, und dass wir bestens ohne sie auskommen, ist er doch losgezogen und hat sie zurückgeholt. Bei der Rückkehr weinten beide und hielten sich eng umschlungen, als hätten sie Angst, sich erneut zu verlieren.

Maman hatte sich in den Wald geflüchtet, in die Überreste von ihrem Haus, das von der Lawine zerstört worden war.

Durch die Lawine haben sich meine Eltern wiedergefunden, nachdem sie einander jahrelang gesucht hatten.

Sie hatten sich verloren, hat mir *maman* erklärt, aber ich habe ihnen geholfen, den richtigen Weg zu finden. »Neve, in deinem Namen, der ›Schnee‹ bedeutet, liegt Schmerz und Neuanfang.«

Maman und ich erreichen den Pfad, der in die Berge führt. Es gibt Pflanzen, die man in ebendieser Nacht sammeln muss. Man nennt sie auch die Hexennacht, denn die Grenzen zwischen den Welten sind dann am dünnsten. Die Sonne vermählt sich mit dem Mond, sagt *maman*, und alle Pflanzen und Kräuter erhalten besondere Heilkräfte.

Beifuß, Wiesensalbei, Bergminze, Eisenkraut und Raute: Wir müssen große Mengen davon sammeln, wenn wir genug Vorräte für die kommenden Monate haben wollen.

Den Bach entlang steigen wir weiter aufwärts. *Maman* geht langsam wegen ihres dicken Bauches, aber sie kennt den Weg genau, der in die Berge führt, besser als den wieder hinunter ins Dorf.

»Den Weg nach Hause vergisst man niemals. Eines Tages werde ich dorthin zurückkehren, Neve. Wenn mir der Atem knapp wird und meine Glieder steif und nutzlos geworden sind, werde ich dorthin zurückkehren und niemand, nicht einmal dein Vater, wird mich diesem Ort erneut entreißen können.« Sie bleibt stehen, um wieder zu Atem zu kommen, das Kind drückt gegen die Rippen. Sie schaut hoch zu den Bergen, und ihr Blick verliert sich im hellen Blau des Himmels. »Man sagt, die Hochebene sei die letzte Grenze zwischen den Lebenden und den Geistern …«, flüstert sie.

Ich nicke. Ja, ich habe die Geister der Hochebene gesehen, ich glaube an sie.

Maman setzt sich auf einen Felsblock und stellt den Korb für die Pflanzen, die wir sammeln, neben sich. »Ich ruhe mich ein wenig aus«, sagt sie und streichelt mit langsamen Bewegungen über ihren Bauch. »Fang schon mal an, die Pflanzen zu suchen, die wir brauchen … Und gib acht mit dem Messer, geh vorsichtig damit um.«

Ich nicke und packe den Korb beim Henkel. Ich weiß, was ich suchen muss. Stolz gehe ich ein paar Schritte. *Maman* hat mir eine wichtige Aufgabe anvertraut, das Sammeln der Pflanzen in der Johannisnacht ist nicht ganz einfach. Doch gleich darauf habe ich plötzlich Angst um sie. Als ich mich umwende, um zu sehen, ob es ihr gut geht, und ihr ein Lächeln zu schenken, stelle ich fest, dass sie nicht allein ist. Neben *maman*, die die Augen geschlossen hat und die Hände sachte auf ihren Bauch presst, steht der blonde Junge, den ich schon oft in den Wäldern gesehen habe. Er hat ein freundliches Lächeln und die gleichen Augen wie Papa. Und er sieht *maman* genauso an wie er, zärtlich und mit grenzenloser Liebe.

Als er mich bemerkt, schaut er mich an und lächelt mir zu. Ich erwidere sein Lächeln und winke ihm.

Ich möchte ihm sagen, dass auch er nicht vergessen ist, genauso wie die Zigeuner, dass es auf dem Friedhof einen Stein mit seinem Namen gibt, obwohl er nicht dort liegt, und dass wir, wenn mein kleiner Bruder zur Welt kommt, ihm denselben Namen geben werden: Raphaël Rosset.

Er legt den Finger auf die Lippen: Das ist unser Geheimnis. Nachdem er *maman* sanft übers Haar gestreichelt hat, dreht er mir den Rücken zu und läuft in den Wald. Neben ihm läuft ein Fuchs mit silbrig ergrauter Schnauze.

Plötzlich erfüllt Musik den Wald, und ich sehe sie, ich sehe die Zigeuner. Sie musizieren und tanzen, da sind Kinder, die Nachlaufen spielen und Frauen, die kleine Trommeln mit Glöckchen hoch in den Himmel schwenken. Und ein Kleinkind, das seine ersten Schritte macht. Seine Haut ist hellbraun wie Karamell, und die Augen sind so dunkel wie Tinte.

Und da begreife ich, dass das, was man mir erzählt hat, wahr ist: Keiner stirbt ganz, wenn er in den Herzen derer bleibt, die ihn geliebt haben.

Anmerkung der Autorin

Obwohl es sich bei der Geschichte von den Zinn-Zigeunern um ein historisches Ereignis handelt, das sich in der Gemeinde Saint Rhémy en Bosses zwischen 1919 und 1920 wirklich so zugetragen hat, ist sie hier romanhaft verfremdet. Daher ist jeder Bezug auf Personen oder Ereignisse rein zufällig.

Wahrheitsgetreu ist nur die Inschrift auf dem Stein, die man noch heute lesen kann und die besagt:

Für die Zinn-Zigeuner,
verloren in ihrem Nomadenleben,
umherziehend aus harten Lebensnöten,
die hier der reinweiße Sturm aus
todbringendem Schnee traf und besiegte.
Wanderer, gedenke ihrer und bete für sie.

Danksagungen

Mein erster Dank geht gebührendermaßen an das Lektorat von Neri Pozza, an den Leseklub der Fondazione Pini und an die Jury für den Nachwuchspreis von Neri Pozza, die dieses Buch ermöglicht haben.

Ich hätte diese Geschichte nicht schreiben können ohne die Unterstützung meiner Reisegefährtinnen bei diesem Abenteuer, das das Schreiben nun mal ist: Andreina Grieco, Catia Furlan, Raffaela Monda, Sara Sidoti und Sonia Favi, ich stehe tief in eurer Schuld, weil ihr mir mit eurem unbezahlbaren Enthusiasmus Mut gemacht habt, sodass ich niemals den Rhythmus beim Schreiben verloren habe. Und so konnte ich den Roman beim Wettbewerb fristgerecht einreichen. Diese Geschichte gehört euch ebenso wie mir.

Meine tiefe Dankbarkeit gilt Sara Piasente, weil sie mir seit Jahren die richtigen Bücher empfiehlt, die die besten Ideen in mir hervorholen. Und weil sie eine wahre Freundin ist, immer bereit, sich meine Zweifel anzuhören und mir ehrliche Ratschläge zu geben.

Silvia Grassi hatte sich angeboten, die erste Fassung des Romans zu lesen, und hat mir nie ein offenes Wort und nützliche Tipps verwehrt.

Ich danke auch Luca Sulpizi dafür, dass er in mir diesen Funken entdeckt hat, der es mir ermöglichte, mit jedem weiteren Wort Licht in diese Geschichte zu bringen, und dafür, dass er mir erklärt hat, was der Glaube ist. Der an Gott oder auch ganz einfach an sich selbst.

Mein Dank gilt ebenfalls der Bibliothek von Saint Rhémy, wo man meine Fragen über die Geschichte der Zinn-Zigeuner stets freundlich und prompt beantwortet hat; und der Bibliothek von Aosta, die mir Zugriff zu Informationen aus sonst nicht zugänglichen Texten verschafft hat.

Besonders erwähnen möchte ich meinen Freund Antonio Custode, denn ihm gebührt das Verdienst, mir ein Foto mit der Gedenktafel gezeigt zu haben, aus der die Idee zu dieser Geschichte entstanden ist, und der später so freundlich war, mich selbst an den Ort zu begleiten, wo der Stein steht.

Doch vor allem gelten meine Liebe und Dankbarkeit meiner Familie dafür, dass sie mich stets unterstützt und bei meinem Projekt mitgefiebert hat. Danke, dass ihr an mich geglaubt habt, dass ihr mir erlaubt habt, Fehler zu machen und wieder auf den richtigen Weg zu gelangen. So einen Weg tragen wir alle in uns. Und ich habe das ungeheure Glück, ihn mit euch an meiner Seite zu gehen.

Francesca Diotallevi wurde 1985 in Mailand geboren. Sie hat Kulturwissenschaften studiert und arbeitet in einer Rechtsanwaltskanzlei. Ihr Roman »Der Wind in meinem Herzen« wurde mit dem Premio Neri Pozza ausgezeichnet.

Die Originalausgabe erschien 2016 unter dem Titel
»Dentro soffia il vento« bei Neri Pozza Editore, Vicenza.

Dieses Buch ist auch als E-Book erhältlich.

Verlagsgruppe Random House FSC® N001967
Das verwendete Papier für dieses Buch
ist FSC® zertifiziert.

Wunderraum-Bücher erscheinen im
Wilhelm Goldmann Verlag, München,
einem Unternehmen der Random House GmbH.

1. Auflage
Deutsche Erstveröffentlichung Juni 2019

Umschlaggestaltung und Konzeption: buxdesign/München
Umschlagmotiv: Rekha Garton/Trevillion Images
Redaktion: Christina Neiske
BH · Herstellung: Han
Satz: Buch-Werkstatt GmbH, Bad Aibling
Druck und Bindung: GGP Media GmbH, Pößneck
Printed in Germany
ISBN: 978-3-336-54803-3

www.wunderraum-verlag.de

Auf Wiedersehen im

WUNDERRAUM